Joseph Alois Gleich

Wendelin von Höllenstein

Eine Geistergeschichte

Joseph Alois Gleich

Wendelin von Höllenstein
Eine Geistergeschichte

ISBN/EAN: 9783743652934

Hergestellt in Europa, USA, Kanada, Australien, Japan

Cover: Foto ©Andreas Hilbeck / pixelio.de

Weitere Bücher finden Sie auf **www.hansebooks.com**

Wendelin von Höllenstein

oder die

Todengloke

eine Geistergeschichte.

Wien und Prag
bey Franz Haas. 1798.

Erstes Kapitel.

Die zwey eisernen Särge.

Es war im Jahre 1117, als der tapfere Kaiser Heinrich der Fünfte, der Unbilden müde, die ihm von Rom her so häufig zugefügt wurden, ein gewaltiges Heer sammelte, und damit gegen Italien zu ziehen beschloß, um daß er durch die Macht der Waffen seine Rechte gründe, und durch Gewalt erlange, was ihm durch Güte nimmermehr wurde. Schon seit vielen Jahren stritten seine erlauchten Vorfahren um das Recht der Investitur; Heinrichs Absicht war, dieses Recht nun mit Macht zu behaupten, obschon es ihm nur allzu sehr mißlang, und Trotz seinen zahlreichen Streitern entsagen mußte, wie die Geschichte seines Lebens hinlänglich erklärt.

Von Worms her zog der Kaiser mit dem Kern der deutschen Ritterschaft durch die fruchtbaren Fluren von Schwaben, wo ihm aus den zahlreichen Vesten hier und da die Ritter mit ihren Fähnlein entgegen kamen, und seinen Zug ansehnlich verstärkten.

Es war an einem herrlichen Abend, als der Monarch mit seinen Edeln in das Murrthal kam, sich am grasreichen Ufer dieses Flusses lagerte, und gerne der gewohnten Bequemlichkeit entsagte, in einer wohlgebauten Veste zu übernachten, um mit dem Frühesten aufbrechen und seinen Zug nach Kräften fördern zu können. Die Ritter hatten ihre Harnische los geschnallt, sie sammelten sich um das Zelt ihres Kaisers, der gerne mit seinen edlen Kriegern den vollen Becher leerte. Scherz und Laune wurden allgemein, der Geist der Freude umschwebte sie. Nur einer von Heinrichs Lieblingen, Wendelin mit Nahmen, stand seitwärts, und mengte sein Lachen nicht in den Freudenton; er hatte sich in den Mantel der Schwermuth gehüllt, da alles der Heiterkeit oblag. Wendelin war ein junger Mann; er hatte erst das zwey und zwanzigste Jahr durchlebt, sein Herz war gut von der Natur gebildet, aber auch weich wie Wachs, jeden Eindruck schnell fassend, leicht zu lenken nach dem Sinne anderer; er war noch nicht Ritter, hatte aber sein Schwert oft wacker zum Dienste seines Herrn geübt, besonders in der Schlacht, die Graf Hoyer von Mannsfeld den Thüringern im Nahmen Heinrichs geliefert hatte. Zwey Mahl hatte Wendelin dem Grafen Hoyer das Leben gerettet, als er aber dennoch fiel (sein Tod war schon im großen Buche des Schicksals aufgezeichnet); sank auch Wendelin verwundet nieder, wurde, als die Thüringer siegten, halb todt von einigen treuen Knechten in ungestümer

Flucht mit fortgerissen, und von einem Eremiten im dunkeln Forste gepflegt und geheilt. Als seine Wunde verharrscht war, er den schweren Harnisch wieder tragen konnte, eilte er an Heinrichs Hoflager, wurde von ihm mit Freuden bewillkommt und ermahnt, jetzt den Zug nach Italien mitzumachen.

Heinrich liebte ihn; er war sonst gerne ein Gefährte des Frohsinnes, auch jetzt bemerkte er seine einsame Treue bald, und rief ihn zu sich. „Wendelin,“ sprach der Kaiser, „warum nimmst du nicht Theil an der Heiterkeit meiner Edeln?“

Wendelin. Erlauchter Monarch, der Edelknecht darf sich nicht unter die Zahl der ehrbaren Ritter mengen.

Heinrich. Weiß es wohl, aber sie wissen alle, daß ich dir mit Huld gewogen bin, und dürfen sich deiner edeln Geburt wegen deiner nicht schämen, auch hab' ich bereits beschlossen, wenn ich aus Italien, will's Gott, rückkehre, und du dein Schwert abermahl so männlich, wie seither, gebraucht hast, mit der ritterlichen Würde dich zu belohnen.

Wendelin. Mit innigster Rührung danke ich meinem gnädigsten Herrn für dieses huldreiche Versprechen, aber nicht allein dieß, sondern auch meine Pflicht, die jeder treue Unterthan gegen seinen Fürsten fühlt, heißt mich, sonder Hoffnung auf Belohnung, Blut und Leben willig zu opfern.

Heinrich. Bist ein treuer Kämpfer, Wendelin, weiß es wohl, und bin dir stets wohl gewogen.

Ein Ritter. Aber doch ist Wendelin nicht so heiter wie sonst, und muß ihn wohl etwas betrüben, denn er war sonst immer der erste, der uns einen ehrbaren Schwank vormachte.

Heinrich. Sag an, an was gebrichts dir?

Wendelin. Es ist eine sonderbare Stimmung, die mich befallen hat, gnädigster Herr — da stand ich am Ufer des Murrflusses, und sah hinab ins tiefe finstre Thal, wo er sich in der düstern Buchenau verliert, mein Auge gleitete aufwärts auf die hohen, mit Wäldern bedeckten Felsen, die es einengen, und blieb lange an den Ruinen dort oben haften, die so schauerlich von der Höhe herab blicken. Sie erinnern mich, daß mein Vater auch einst eine stattliche Veste hatte, sie aber, meiner nicht eingedenk, veräußerte, um nach Jerusalem zu ziehen, wo er, leider Gott! von den Ungläubigen erschlagen ward.

Heinrich. Die Andacht deines Vaters war löblich, er ließ dich dem Schutze Gottes zurück, der jedem Vogel ein Nest gibt, wirst wohl auch noch ein Haus finden, wo du wohnen kannst. Aber sagt mir, was sind das für Ruinen? Sie ziehen nun auch meine Aufmerksamkeit an sich, mag einst eine stattliche Veste gewesen seyn, liegt in einer wilden, und doch wieder sehr schönen Gegend. Wälder und Felsen wechseln mit Ebenen, von Bächen durchwässert, trefflich ab.

Ein Ritter. Diese Trümmer liegen wohl schon länger als drey hundert Jahre da, ohne daß jemand eine neue Wohnung sich hinbaute. — Die Sagen sind dunkel, nur so viel weiß ich, daß die Veste einst der Höllenstein hieß, und es jetzt manchmahl darin fürchterlich spucken soll; man hört oft den schaurigen Ton einer Glocke darin, und dieß soll gewöhnlich einen wichtigen Todtenfall bedeuten, daher sagt man allgemein, wenns laut wird: Gott gnade jedem, auf Höllenstein läutet die Todtenglocke wieder.

Wendelin. Hä, wenn ich da Burgherr würde, mich sollte das haufende Gespenst wohl nicht erschrecken.

Heinrich. Frevle nicht, Wendelin.

Wendelin. Mit nichten, gnädigster Herr, denke nur immer, daß gute Geister nicht schaden können, und der Mann mit reinem Herzen die bösen nicht zu scheuen habe.

Heinrich. Wohl gesprochen.

Wendelin. Auch gibt es manchmahl Gespenster mit Haut und Knochen, und da sind ein starker Arm und ein gutes Schwert das sicherste Mittel, sie zu erlösen.

Heinrich (lachend.) Wohlan Wendelin, wenn du so wenig Gespenster scheust, so will ich, wenn du Ritter wirst, dich mit diesen Ruinen belehnen, dir so viel geben, daß du eine kleine Veste hin bauen, und einige Leibeigene dir zum Dienste anschaffen kannst.

Wendelin. O dann wäre mein sehnlichster Wunsch erfüllt, dann will ich in Ruhe und Frieden hausen, und mit lautem Jubel mit meinem Fähnlein heraus ziehen, wenn Noth meinem Fürsten und Vaterlande droht.

Es hatte dem Jünglinge schon lange wehe gethan, daß er, von edler Geburt, kein Eigenthum besäße, jetzt hatte er Hoffnung dazu, seine Heiterkeit kehrte zurück, und sein gesprächiger Mund machte oft die Ritter lachen und kurzweilen.

Als der Tag heran brach, die Trompete zum Aufbruche blies, bestieg auch Wendelin sein Roß, und schloß sich an des Kaisers Gefolge. „Harre meiner, guter Burggeist,“ sprach er halb leise, als er hart am Felsen vorbey zog, „wenn ich wiederkehre, will ich dich lösen, oder sollte es nicht möglich seyn, doch in Eintracht mit dir leben.“ Er blickte bey diesen Worten zu den Ruinen empor, und eine Schaar Eulen floh krächzend um die Mauern herum, aus denen schauerlich der Ton einer Glocke ertönte, daß die Ritter alle aufwärts blickten, ihre Gesichter sich bleichten, und sie, sich kreuzigend, die Rosse hastig antrieben, um bald vom Höllenstein wegzukommen.

Als das Heer Italiens Gränze betrat, da gab es der Streitigkeiten mancherley, die Deutschen hielten sich wacker, kämpften oft gegen die Italiäner und Normandiner. Immer war Wendelin wegen seines kühnen Muthes von den Feinden, die ihn kannten, gefürchtet, von den

Freunden gelobt und geehrt; es war stets, als
ob eine unsichtbare Macht in der größten Gefahr
ihn schützte.

Heinrich schlug ihn, seines Versprechens ein=
gedenk, noch in Italien zum Ritter, und gab
ihm den Nahmen der alten Veste Höllenstein.
„Dieß sollst du meinen Feinden stets bleiben,“
sprach er, „sie sollen dein Schwert fürchten, wie
den Bewohner der Hölle, fest wie ein Stein soll
dein Muth zur Vertheidigung meiner und deiner
Gerechtsame bleiben, ein Himmelsstein aber sollst
du der unterdrückten Unschuld und der Tugend
werden, an dem sie sich empor klimmt. Darum
führe einen schwarzen und weißen Stein in deinem
Wappen, über welchen ein flammendes Schwert
ist. — Gott gebe aber, daß nie in schwarzen Stein
dein Herz sich wandle, und hart bleibe, wo Tu=
gend und Unschuld dich rufet.“

Nach zwey Jahren zog Heinrich, nicht ver=
mögend, bey all seiner Macht sein Recht zu er=
langen, höchst mißvergnügt nach Deutschland zu=
rück. Er vergaß seines Versprechens nicht, und
als Wendelin ihm nach Mainz gefolgt war, gab
er ihm so viel, als zur Erbauung einer Veste und
Anschaffung einiger Leibeigenen nöthig war. Ver=
sehen mit Geld und Schankungsbrief über die
Ruinen und einen kleinen Streif des anliegenden
Landes, zog Wendelin nun vom Hoflager fort.
Heinrich hatte ihm scharf eingebunden, sich nun
in den Tagen der Ruhe nicht den Anlockungen
der Weichlichkeit und den daraus entspringenden

Laſtern zu überlaſſen. Edel zu bleiben in der
Ruhe, aber ſchnell den Becher mit dem Schwertt
zu wechſeln, wenn eine Hülfeheiſchende Stimme
ihn auffordert.

Mit den Planen ſeines künftigen Lebens be-
ſchäftiget, zog nun Wendelin von Mainz nach dem
Murrthale, ſein gutes Herz, das noch fühlte, wie
ſehr ihn Armuth drücke, beſchloß, ſich ihrer nach
Kräften anzunehmen, ſtets die gebrückte Unſchuld
zu pflegen und zu vertheidigen, ſeine Veſte dem
Hülf ſuchenden immer offen zu laſſen, aber ſo
ſchnell zu ſchließen, wenn ein Böſer ſich nahe, den
in Schutz Genommenen zurück fordere, und auch
ſeine Macht zu ſcheuen, denn Gott ſegnet immer
den, der die Unſchuld beſchützet.

Nach mehreren Tagereiſen ſah er endlich die
ſo ſehnlich gewünſchten Gegenden vor ſich, er
wollte den Ort vorerſt genau unterſuchen, den
Plan des Gebäudes bey ſich überlegen, und dann
erſt ſich um einen redlichen und verſtändigen Bau-
meiſter umſehen. Daher ſtieg er, obſchon es gegen Abend ging, einſam den verrufenen Berg
hinauf, und kletterte in den Ruinen umher, wo
nur Nachtvögel, durch ſeinen Tritt aus ihrer un-
geſtörten Ruhe aufgeſcheucht, ſich empor hoben,
und ſein Haupt krächzend umflatterten. Wendelin kannte das Wort Furcht nicht, er kroch
jeden Winkel durch, und überlegte, wo er am
füglichſten dieſes oder jenes Gemach werde hin-
bauen laſſen. Jetzt ging die Sonne unter, und
Wendelin ſtieg aus dem Gemäuer hervor, um

dieses prächtigen Anblicks zu genießen — o wie schön war's an dem Orte, wo er nun stand — da öffnete sich ihm eine weite Aussicht in Ebenen und Blachfelder, hier und da glänzten die Baumwipfeln der Auen im rothen Schimmer der untergehenden Sonne, ferne sah er, schon im grauen Nebel gehüllt, die Thürme einiger Ritterburgen auf hohen Felsen, unter ihm lag das dunkle Thal, durch welches sich der Murrfluß wälzte, der schon ganz bleyfarbig schien, weil hier bereits des Abends Dunkelheit herrschte. „In diese Gegend" sprach Wendelin „will ich den Rittersaal und mein Schlafgemach bauen lassen, da wird sichs herrlich wohnen, da seh' ich auf die Heerstraße, und kann schon von weitem einen freundlichen Nachbar erkennen, der zum Besuche hierher zieht — o wie wohl wird mir seyn, wie ruhig und stille will ich da leben. In dem hintern Theile, wo nur nackte Felsen, der große dunkle Schwarzwald zu sehen ist, lasse ich die Waffenkammer und feste Thürme bauen, die mich vor Feinden schützen können. Er eilte und irrte so lange in den öden Gemäuern umher, bis er die Zeit zur Rückkehr versäumte, und gewahrte, daß er vor Anbruch der Nacht nicht mehr den Berg hinab kommen könne, wo er dann wohl erst in mehreren Stunden eine Herberge antreffen würde, um dort zu übernachten. Der furchtlose Wendelin beschloß also hier zu bleiben. „Die erste Nacht" sagte er, „will ich auf den Ruten schlafen, die zweyte auf dem weichen Lager in der vollendeten Burg." Er suchte sich also einen bequemen Ort zur Ruhe, stak sein blankes Schwert in den Erdboden, und lehnte das Haupt an eine Mauer, um da noch manches zu überdenken, bevor er sich dem Schlafe ergeben wollte.

Immer ward es stiller und feyerlicher um ihn her, die Nacht zog mit ihren düstern Schatten herauf, bedeckte Fluren und Auen, und lud zur Ruhe die wachen Geschöpfe. Wendelin glaubte sich am Anblicke des Mondes laben zu können, wie er die Ebenen bleichen, den Schatten der Bäume verlängern, versilbern würde die Wogen der Murr, aber er kam nicht; düstere Wolken drängten sich gleich Felsenmassen am Himmel zusammen, bald erhob sich ein heftiger Wind, rauschte durch die Baumwipfel, und wimmerte, wie die Braut auf der Leiche ihres Geliebten, in dem öden Gemäuer — Wendelin starrte in die Wetternacht am Himmel, die so gählings, so unvermuthet dem schönsten Abende gefolgt war; er sah ferne den lichten Schimmer der Blitze über die dunkeln Häupter der Berge fliehen, hörte bald das dumpfe Gemurmel des Donners, und schritt kopfschüttelnd in die Ruinen, um sich gegen den allzu heftigen Anfall des Windes zu schirmen. Jetzt wurden Donner und Blitze häufiger und stärker, bald glühte der Himmel unausgesetzt, ein Schlag folgte dem andern, und Wendelins Herz bebte nicht, es war wohl beklemmt, schien übernatürliche Dinge zu ahnden, aber Furcht war ferne von ihm. „Gott trifft mich überall," sprach er, „und sollte mein Tod beschlossen seyn, so ist

es einerley, ob er mir durch Geisteshand oder
Menschenboßheit wird." Doch konnte er nicht
umhin, bey jedem Rauschen des Windes in den
Hecken umher zu sehen, oft sich in der Nähe zu
überzeugen, wenn bey dem gähen Lichte eines
Blickes eine weiße Mauer gleich einem Gespenst
vor seinen Augen sich zeigte, ob er sich täusche,
oder wirklich der Bewohner der Ruinen vor ihm
sey: Aber nichts ließ sich hören, nichts kam zum
Vorschein. Länger als eine Stunde hatte das
Gewitter getobt, seine Wuth schien sich zu mindern, schon glaubte Wendelin sein Ende heran
nahen zu sehen, denn nur mehr seltnes Wetter-
leuchten erhellte den Himmel, als schnell ein ge-
schlängelter Blitz über seinem Haupte hin fuhr,
die bläulichte Flamme hell seine Augen blendete,
und bey dem gähen Schmettern des Donners eine
halb stehende Mauer hart neben ihm zusammen
stürzte. Der Ritter sprang auf, um nicht unter
dem Schutte begraben zu werden. Er wollte
jetzt lieber im Freyen durchnäßt werden, als un-
verhofft in den öden Mauern sein Grab finden.

Doch war dieß der letzte Ausbruch des Wet-
ters, der Donner schwieg, der Wind trieb die
Regenwolken abwärts, gegen Mitternacht blickten Sternchen am Himmel, und die Mondenkugel
floß zwischen dem Thränenschleyer des Himmels
hervor. Eine anmuthige Nacht folgte dem Sturme, hell waren alle Gegenstände beleuchtet. Wendelin hatte, da er schnell dem Sturz der Mauer
entsprang, sein Schwert am Boden stecken lassen,

er ging nun hin, es zu hohlen, betrachtete die eingesunkene Mauer, und gewahrte bald, daß sich dadurch eine tiefe Kluft geöffnet hatte; als er näher trat, sah er steinerne Stufen, die abwärts führten. Der Gedanke, wie, wenn hier verborgene Schätze lägen, durchflog plötzlich seine Seele, war ihm zu wichtig, daß nicht schnell der Wunsch, sich davon zu überzeugen, hätte folgen sollen. Der dürren Reiser lagen mehrere um ihn her, bald hatte er eine helllodernde Fackel davon, und stieg, das Schwert unterm Arme, abwärts. Er konnte in der tiefen Dunkelheit nicht weit vorwärts sehen, aber er glaubte beynahe bis auf den Grund des Berges gestiegen zu seyn, ohne ein Ende der Stufen zu erreichen. Unschlüssig, ob er weiter folgen sollte, blieb er auf den Stufen stehen. „Geh nicht!" schien ihm eine geheime Stimme zuzuflüstern. „Schäme dich deiner Unentschlossenheit!" rief schnell sein Muth, und er stieg getrost weiter. Noch dreyßig Stufen hatte er zurück gelegt und war am Ende der Treppe, aber seine Mühe war fruchtlos gewesen, er sah ein hohes enges Gewölbe, an dessen Mauern dunstende Nässe herab träufelte, und das weder Thür noch Ausgang hatte. Unwillig, in seiner Erwartung betrogen zu seyn, wollte er zurück kehren, als er seine brennenden Reiser zurecht legte, und dadurch das Schwert ihm aus den Armen fiel; laut tönte es auf dem Boden, als ob es auf Eisen gefallen wäre — er forschte nach, schob die Erde mit dem Fuße weg, und sah bald eine ei-

ferne Thür, auf der er stand, nun ward seine
Neugierde wieder wach, er hatte bald die Erde
weggeräumt, den Riegel weggeschoben, und suchte
nun mit aller Anstrengung die Thür aufzuheben.
Es gelang ihm; eine tiefe Kluft sah er, aus wel=
cher faule Luft ihm heftig entgegen drang, und
in welcher abermahl Stufen abwärts führten.
Er hatte nun schon zu viel gewagt, um zurück
zu kehren. Mit männlicher Entschlossenheit stieg
er abwärts, und kam nach einer Weile in eine
geräumige Halle. Der Boden war mit Quader=
steinen, die Wände mit schwarzem Marmor be=
legt, ungeheure Säulen hielten die Wölbung,
daß sie Jahrtausende darauf hätte ruhen können.

Wendelins Auge kreiste rings herum in der
Dunkelheit, er fand nichts, daß seine Neugierde
hätte reitzen können, als er aber weiter vorwärts
trat, da sah er auf einem marmornen Fußge=
stelle zwey eiserne Särge über einander stehen, mit
silbernen Ringen und Verzierungen geschmückt.

Wahrhaftig eine sonderbare Art von Be=
gräbnißgewölbe, sprach Wendelin, diesen Schatz,
nähmlich die ewige Ruhe, die den hier liegenden
zu Theil ward, wünsche ich mir noch nicht, da=
mit hat es wahrhaftig noch Zeit, denn ich will
erst anfangen mein Leben zu genießen, mich mei=
ner Tage zu freuen, indeß will ich mich den wei=
ten Gang hierher nicht reuen lassen, will mich der
Leichen hier erinnern, und in der Capelle, die
ich werde hier bauen lassen, in meinem Gebeth
ihrer gedenken, aber doch quäle mich die Neu=

gierde mächtig, doch wünschte ich zu wissen, wer hier dem Tage des Weltgerichts entgegen schlummert, vielleicht erklären mir es die Verzierungen, denn die Schriften, die ich da sehe, mag mein künftiger Burgmönch besser als ich lesen können.

Er trat näher, und bemerkte nun mit Staunen neben den Särgen zwischen zwey Säulen eine große eherne Glocke hängen; daneben lag ein Stab, dessen eine Hälfte von Elfenbein, die andere Hälfte aber von Ebenholz war. — Wendelin erinnerte sich des schaurigen Läutens, das er hörte, als er mit Heinrichs Rittern unten am Berge vorbey zog, und schüttelte bedenklich den Kopf; er sah in allen Winkeln umher, da aber nirgends sich etwas Furchtbares weiter sehen ließ, nahte er sich der Glocke, und versuchte es, ihr einen Ton zu entlocken; sie läutete nicht; er schwang sie mit Macht hin und her, der Schwengel schlug heftig ans Metall, aber so leicht, als ob etwas dazwischen läge, das den Schall hemmte. Jetzt ergriff er auch den Stab, wandte ihn hin und her, und gerieth auf den Gedanken, damit an die Glocke zu schlagen. „Ich will es mit der weißen Seite versuchen,“ sprach er, „denn schwarz ist nur die Farbe des Bösen und der Trauer.“ Er schlug nun ganz leise daran, und ein harmonischer Laut, gleich einem Harfentone, schallte im Gewölbe, wiederhallte da, wiederhallte dort, und vereinigte sich endlich in sanfte Harmonie. Wendelin stand wie bezaubert und horchte. Jetzt wechselten die Töne mit stärkern; jetzt rauschte es oben und unter ihm; der Boden schien zu wanken; aus dem untern Sarge brachen Feuerflammen hervor; mit lautem Krachen flog der Deckel des obern Sarges weg, und matte Dämmerung erhellte das Gewölbe. Wendelin bebte zurück. Ein Mann in ritterlicher Rüstung erhob sich langsam und schauerlich aus dem Sarge; seine Rüstung war silbern, sein enthelmtes Haupt mit weißen Locken bedeckt; Ernst und Feyerlichkeit umgab ihn. Er war halb mit einem weißen schleppenden Mantel umhüllt; rauschend schlug er ihn zurück, und an seiner Brust schimmerte ein Geschmeide von Edelsteinen, als ob tausend Kerzen sich darin spiegelten. — Mit langsamen Schritten nahte er sich dem bebenden Ritter; sein Auge ruhte lange auf ihm; endlich erhob er seine Stimme.

„Wendelin!" sprach er in sanftem Tone, „Wendelin! was willst du von mir?"

Wendelin (sich fassend.) Ich? — nichts! Ich wußte von deinem Daseyn nichts.

„Und doch ruftest du mich durch den Ton der Glocke!"

Wendelin. Verzeih's mir Unwissenden, wenn ich in deiner Ruhe dich störte.

„Wohl dir, wenn du zu deinem Frommen mich wecktest! Bebe nicht vor mir; schäme dich deiner Furcht!"

Wendelin. Auch den Kühnsten muß sie bey deiner unerwarteten Erscheinung anwandeln;

sie ist aber bereits vorüber; nur hält noch Ehrfurcht, die ich dir, Wesen jener Welt, schuldig bin, mich noch zurück, dir frey in's Auge zu blicken.

„Thue es ungescheut, Wendelln! der Tugendhafte darf meinem Blicke nicht ausweichen."

Wendelln. Du bist also ein Wesen guter Art, und ich habe nichts Uebels von dir zu befürchten?

„Der Gerechte niemahls!"

Wendelln. Du nennst mich; du kennst mich! Auch ich wünschte zu erfahren, verzeih mir — —

„Mein Nahme ist Adelmann; so bin und war ich von jeher bekannt."

Wendelln. Vermuthlich der ehemahlige Burgherr? — Dein Gesicht ruht mit Sanftmuth auf mir; — du wirst mir den Antritt deines Erbes doch nicht mißgönnen?

Adelmann. Nein! Durch tapfere und edle Thaten hast du ihn errungen.

Wendelln. Und ich darf mir ungescheut hier eine Wohnung bauen?

Adelmann (seufzet tief).

Wendelln. Du seufzest? — Siehst es ungern, daß ein neuer Stamm in deinem Erbe gegründet werde?

Adelmann. Ich seufze, weil es möglich ist, daß in den Gemächern, die du dir zur Ruhe und Freude bauen wirst, die Freude unlauter werden könne, und die Ruhe daraus verdränge.

Wen-

Wendelin, Wendelin! forge dafür, daß die Wände, die auf diesen Pfeilern ruhen werden, nie der Bosheit Worte wiederhallen, nie des Lasters Schauerthaten sehen! Drey hundert Jahre herrscht Ruhe hier; lasse sie nicht durch die Stimme gekränkter Unschuld stören!

Wendelin. Stets war diese mir heilig; nie noch übte ich boßhafte Thaten.

Adelmann. Wache über dein Herz! es verwildert leicht, kehrt schwer wieder zur Tugend zurück! Des Lasters Pfad ist blühend, so lange du vorwärts gehst; hinter deinem Rücken wandelt es sich in Abgründe; du mußt sie überspringen, wann du wieder zur Tugend willst; und das Herz schaudert, wenn du in ihre Tiefe blickest. Ach! so unvermuthet lockt des Lasters Ton dich an sich; bereitet Netze, wo du sie nicht ahndest!

Wendelin. Wird denn Gott nicht wachen über des Menschen Schwäche?

Adelmann. Er wacht, so lange du der leitenden Stimme folgst, die er jedem Menschen ins Herz gab; aber der Wille ist frey; kein übernatürliches Mittel zwingt mit Gewalt zur Tugend, denn sie würde dann nicht mehr Tugend heißen, nicht auf Belohnung hoffen dürfen. — Wohl dir, Wendelin! daß du, durch Gottes Schickung, mich ruftest! daß des Stabes weiße Seite die Glocke berührte!

Wendelin. Es würde also anders gekommen seyn, wenn ich es mit der Seite von Ebenholz berührt hätte?

Adelmann (seine Hände faltend.) O daß du nie in diese Versuchung geriethst! daß du schlummern ließest den Unglücklichen! der so, wie ich, auf deinen Ruf schnell aufwachen, dich mit List leicht bestricken würde.

Wendelin. Bey Gott, mein Staunen erreicht den höchsten Grad! Ehrwürdiger Geist! wenn also ein böses Wesen durch meinen Ruf erwachen, mir Uebels thun würde, so laß mich diese schwarze Hälfte vertilgen, damit ich, für mich und andere, fernern Uebeln vorbeuge.

„Das darfst du nicht, du elender Sterblicher!" rief jetzt eine Stimme aus dem uneröffneten Sarge so hohl und fürchterlich, daß es laut in dem Gewölbe wiederhallte.

Wendelin bebte; seine Haare sträubten sich empor; eiskalter Schauer rieselte über seine Wangen und den Rücken hinab.

Adelmann. Fasse dich, Wendelin! du hast nichts zu fürchten, so lange nicht dein freyer Wille den Verschlossenen befreyt.

Wendelin. Das werde ich wahrhaftig nicht, da ich weiß, daß er mir Uebels bereitet — ich schwör's dir!

Die Stimme (fürchterlich.) Schwöre nicht! auch ich kann dir Gutes bereiten. Schwöre nicht! ich kann in der dringendsten Noth dich retten. Schwöre nicht! du wirst meiner bedürfen.

Wenn du in Gefahr und Kummer bist, so rufe mich, und Hülfe ist dir gewiß!"

„Ach Gott! aber welche Hülfe!" seufzte Adelmann, und ergriff Wendelins Hand. — „Jüngling!" sagte er, „Grauen hat dich befallen, aber fürchte nichts; ich will dich näher mit mir bekannt machen. Sage mir, willst du die hier eine Burg bauen?"

Wendelin. Ich wanke sehr in meinem Vorsaße.

Adelmann. Thu's nicht! So lange du tugendhaft bleibst, wird dirs hier wohl gehen. Du hast mich zum neuen Leben erweckt, wisse, daß ich dir zum Rathgeber und Freund bestimmt bin. —

Wendelin. Dann wohl mir! Du wirst mich leiten, wenn ich wanke.

Adelmann. So lange, bis du mich von dir bannest.

Wendelin. Wie könnt ich das, da ich in dir meinen Freund und Rathgeber weiß?

Adelmann. Ach, des Menschen Herz ist schwach! — Doch höre, Wendelin, mir aufmerksam zu, damit du mich näher kennen lernest. Drey hundert Jahre sinds nun, seit ich und mein Bruder, Walluf, die letzten unsers Geschlechtes, hier hausten. Unsere Herzen wurden gleich edel gebildet; aber sie bliebens nicht in der Folge. Mein Bruder sank von einem Laster ins andere, verpraßte sein Erbe mit schändlichen Buhlerinnen, und gerieth, o der unglückseligen

Stunde! auf den schrecklichen Gedanken, mit
dem Fürsten der Hölle sich zu verbinden, wenn
er ihm Schätze und Freuden bereiten würde,
wornach immer sein Herz sich sehnte. — Satan
lauerte schon lange diese Gelegenheit ab; er ver=
sprach, dem Unglücklichen in allem Folge zu lei=
sten, wenn er ihm mit Blut seine Seele ver=
schriebe; gelobt, auch nach seinem Tode zu wan=
deln, durch Verführung und Schlangenlist meh=
rern Unglücklichen die Pforten der Hölle zu öff=
nen. Seit dem wuchs meines Bruders Macht,
so wie seine Verbrechen und Laster. Stets lief
mein Bemühen, der ich von diesem Bunde nichts
ahndete, dahin ab, seinem Unwesen zu steuern.
Durch List, und oft durch Gewalt, vereitelte
ich viele seiner Plane, hinderte manche Boß=
heit, die er so gern an der Unschuld verübte.
Einst, als ich eben seinen Knechten eine edle
Dirne entriß, die sie, auf seinen Befehl, ihrem
alten Vater entrissen hatten, traf mich Walluf
einsam im Hofe an; Wuth glühte in seinem Her=
zen. Auch ich verwies ihm, voll Zorn, seine un=
edlen Thaten; wir geriethen in heftigen Streit.
Wäre ich stets meinen Grundsätzen getreu geblie=
ben, so würde ich ihm nachgegeben, durch Gü=
te vielleicht mehr erlangt haben als durch meine
Härte; aber seine Worte empörten mich, und
ich war der erste, der das Schwert zog. — So=
gleich begann ein heftiger Kampf, ach! und mein
Bruder sank! — Jetzt sah ich meine That ein;
ich stürzte mich reuevoll über ihn; er war ohne

Lebenszeichen. Ich ließ ihn nach meiner Burg bringen, flehte, als er sich ermannt hatte, um Verzeihung; er fluchte mir! Drey Tage bath ich vergebens, am vierten ließ er mich zu sich rufen; er war sehr schwach. „Ich fühle den Tod,“ sprach er, „und will mich mit dir aussöhnen.“ Weinend stürzte ich ihm um den Hals; er ließ einen Becher bringen, um, zum Zeichen der Versöhnung, den letzten Abschiedstrunk mit mir zu nehmen. Meine Thränen floßen in den Wein; ich schauderte unwillkührlich, als ich trank; mein Bruder aber trank nicht; er gab plötzlich vor, sehr schwach zu werden. Ich ließ mich an seinem Lager nieder, und fühlte schon nach wenigen Minuten heftige Schmerzen im Innern, sank, als ich aufstehen wollte, zusammen in krampfsichten Zuckungen! Mein Bruder lachte laut auf, „Ha!“ sprach er, „schnell wirkt das Gift, das ich dir gab, gewährt mir noch die Freude, meinen Feind und Mörder mit mir todt zu wissen!“ Ich wand mich jammernd auf dem Boden, flehte vergebens um Hülfe; seine Knechte hielten die Thür bewacht. Bald brach mein Auge. — „Ich verzeihe dir!“ rief ich, und sank schwach und kraftlos zusammen. Schon glaubte ich dem Tode nahe zu seyn, als Getöse mich aufschreckte. O fürchterlicher Anblick! Wallufs Stunde war aus, der Bund mit Satan vollendet! Umgeben vom Rauch und Schwefeldampf stürzten höllische Gestalten ins Gemach; mein unglücklicher Bruder schrie erbärmlich um Hülfe; aber die Räche

nung war voll. Satans Geister zerrissen seinen
Körper, schleuderten ihn durch die Wände, daß
es schrecklich tönte, den Lüften zu, und schlepp=
ten die verlorne Seele mit sich fort.

Nach langer Zeit, als ich mich wieder er=
hohlte, kroch ich wimmernd aus dem Gemache.
Einige Knechte, die nicht entflohen waren, fan=
den mich, schwer athmend, im Gange liegen.
Man schleppte mich fort, und verschwendete alle
Mittel der Arzeneykunst an mir. Das Gift war
nicht so bösartig, als Walluf gemeint hatte, um
mir gewissen Tod zu bereiten; ich genas, lebte
noch vier Jahre; aber siech an allen Gliedern,
leidend bey jeder Regung.

Während dieser Zeit hatte mein Bruder ge=
treu seinen Bund erfüllt; war ausgerüstet mit
der Macht der Hölle umher gezogen, um Uebels
zu stiften, die Unschuldigen zu verführen, und in
des Satans Schlinge zu ziehen. — Doch ver=
eitelte stets die Macht des Ewigen seine bösen
Thaten, bannte ihn endlich in ein Gewölbe die=
ser Burg, wo er, verschlossen in einem eisernen
Sarge, dem Tage des Weltgerichts entgegen
harren sollte.

Ach! als ich starb, ward auch mir ein glei=
ches Schicksal zu Theil; durch meinen Kampf
war er verhindert worden, noch vor Endigung
seines Bundes zu bereuen; ich trug also einen
großen Theil zu seiner Verdammniß bey; daher
ward mir das Urtheil, daß auch ich verschlossen,
wie er, bis zum allgemeinen Gerichte harren

follte, um dann erst die Wohnungen der Ruhe betreten zu können. „Damit jedoch," so sprach der ewige Richter, „deine Leiden sich mindern können, soll eine Glocke neben deinem Sarge hangen, und ein weißes Stäbchen darneben liegen; wird jemand aus eigenem Antriebe dich damit rufen, so sollst du abermahl frey wandeln können, um Gutes zu thun; du sollst mit Macht deinem Bruder wehren, wenn jemand aus eigenem Antriebe ihn mit dem schwarzen Stabe rufen, er neues Uebel beginnen sollte. Da du nur zum Guten wieder aufstehst, des Menschen Wille aber frey ist, so will ich dem weißen Stabe eine schwarze Seite beyfügen, damit er nach eigener Willkühr auch das Ueble wählen kann; dann soll es deine Sorge seyn, dem entstehenden Unheile zu steuern. Wirst du dieß vermögen, daß der Lasterhaftgewordene in gleichem Zeitraume, als er Böses that, auch genau wieder jede böse That mit einer guten vergilt, so hast du eine Seele von dem Verderben gerettet, und die Ruhe soll dir früher werden; gelingt dirs aber nicht, dann sollst du abermahl schlummern, bis du wieder gerufen wirst, und sey es auch erst durch die Posaune, welche alle Gräber öffnet, alle Todten belebet."

„Seit dem harrte ich drey hundert Jahre; oft läutete die Glocke einem edlen Wanderer, damit er aufmerksam werde, das Werk der Erlösung beginne; aber man mißdeutete den Ton, glaubte stets die Ankündigung eines wichtigen

Todtenfalls zu hören. Als du mit Heinrichen an den Ruinen vorbey gingst, waren alle deine Gefährten gleicher Meinung; nur du zweifeltest, und hattest jetzt Muth genug, mich mit dem Glockentone zu rufen. Dein Herz urtheilte recht, daß die schwarze Seite des Stabes Uebels bedeuten müsse; und wohl dir, daß du mich früher ruftest als Wallufen, sonst hättest du gleich mit Lastern begonnen; jetzt kannst du sie so lange vermeiden, bis dein eigenes Herz verwildert, und Hang zum Bösen fühlt. O Wendelin! um diesen vorzubeugen, weihe dich stets der Tugend; eile zu mir, wenn's dir an was gebricht, ich werde zwar selten durch schnelle übernatürliche Mittel dir helfen; Trost und Rath aber wirst du immer bey mir finden. Damit wir uns näher sind, lasse da, wo du den Rittersaal bauen wolltest, eine Capelle aufführen; die Aussicht in die umliegende Gegend stimmt das Herz so sehr zu erhabenen Gefühlen, zur Andacht; da will ich verschlossen, verborgen vor Allen wohnen; — nur in der Gestalt eines frommen Eremiten sollen mich die übrigen Menschen sehen; dir aber werde ich stets so erscheinen, wie ich wirklich bin — da sollst du mich auch ungerufen sehen können; rufst du mich aber mit der Glocke, so bin ich schnell überall, wo du bist. Willst du das, Wendelin?"

Wendelin. Ob ich will? — O Gott! deine Worte haben mich erschüttert! Ich sehe in dir einen übernatürlichen edlen Freund, von dessen Seite ich nie weichen will.

Abelmann. Damit du immer mich rufen kannst, sollst du Stab und Glocke mit dir nehmen; sieh her, Wendelin! ich will dir's bequem machen, sie bey dir zu führen.

Er streifte nun mit der flachen Hand über die Glocke, sie zerschmolz, gleich als ob Feuer das Metall fließen gemacht hätte, immer kleiner, immer kleiner ward sie, bis sie in ein leicht zu tragendes Glöcklein sich wandelte. Abelmann gab nun dem staunenden Ritter dieses Glöcklein und den Stab, der ebenfalls sich mächtig verkürzt hatte.

Abelmann. Hier hast du das Mittel, mich zu rufen, du magst seyn, wo immer; bewahre es wohl! aber hüthe dich auch, sey es auch aus Unvorsichtigkeit, mit dem schwarzen Stabe das Glöcklein zu berühren; — dein Herz würde sich schnell vor meinen Worten verschließen, bald meiner gar nicht achten. Prüfe wohl, ob du stets die weiße Seite des Stäbchens hast. — Auch Unvorsichtigkeit leitet zum Uebeln. Jetzt scheide ich von dir, du hast Erhohlung nöthig; wenn meine Capelle fertig ist, sehen wir uns wieder. Jetzt will ich dich wieder in die Oberwelt bringen.

Er sprach's, und Wendelins Sinne waren schnell betäubt; er sah sich, als er sich ermannte, im Freyen unter den Ruinen liegen. Er würde jetzt alles für einen lebhaften Traum gehalten haben, wenn ihn nicht Stab und Glöcklein, die ihm der Alte gegeben hatte, vom Gegentheile

überzeugt hätten. Nachdenkend starrte er in die
Gegend hin, welche die Dämmerung des wer-
denden Tages bereits erhellte, ging endlich den
Felsen hinab, bestieg sein Roß, das unter einem
Baume angebunden war, und verließ, voll tie-
fen Nachsinnens, die Gegend.

Zweytes Kapitel.

Priska von Schiffenberg.

Als sein Blut kälter geworden war, die Bilder
seiner erhitzten Fantasie allmählich schwanden,
hing er wieder den Planen für die Zukunft nach.
Er suchte Arbeitsleute zusammen zu bringen,
und ward bald mit dem Baumeister über den
Plan der neuen Veste einig. — Ein gräfliches
Schloß konnte es, vermöge seiner wenigen Habe,
nicht werden, nur eine kleine Ritterburg, aber
geräumig genug, um für den Burgherrn und
seine Gattinn, auch für das nöthige Gesinde,
die hinlänglichen Wohnungen zu enthalten. Auch
ein Saal, wo die Freunde und Waffenbrüder
sich sammeln konnten, eine gute Waffenkammer,
und Ställe für die Rosse wurden angeordnet,
und hauptsächlich der anbefohlene Bau der Capelle nicht vergessen. Einige Leibeigene kaufte Wendelin von den umliegenden Nachbarn
an sich, gab ihnen, um sich eine Hütte auf-

führen, und weniges Vieh anschaffen zu können, und beschloß so im Stillen auf seiner Veste zu hausen, seine Zeit sich mit Jagen zu verkürzen, und wohl auch in der Folge eine liebenswürdige Braut heim zu führen, die mit ihm in der kleinen Burg wohnen, und treue Liebe ihm schenken würde.

Wendelin zahlte gut, denn er hatte, über des Kaisers Geschenk, auch eine ansehnliche Beute aus Italien mitgebracht; daher bemühte sich auch der Baumeister, das Werk nach Kräften zu vollenden; und wirklich stand nach einigen Monden die kleine Veste mit guten Thürmen umgeben hr, und gab einen angenehmern Anblick vom Thale hinauf, als die traurigen Ruinen, die ehemahls oben lagen. Hell schimmerten die Fenster und das messingene Fähnlein am Dache der Capelle beym Sonnenscheine herab; mit bunten Farben war das Wappen am hohen Thore gemahlt, und die Gemächer waren, zwar nicht reichlich, aber doch sehr reinlich verziert. Die Rosse wurden in die neuen Ställe geführt; die Knechte trugen die angeschafften Rüstungen in die Waffenkammer, welche Wendelin mit Sorgfalt ordnete und sich innig freute, einmahl in eigener Wohnung hausen zu können. Er lud die nächsten Nachbarn zu sich, als er das erste Mahl in seiner Wohnung übernachten wollte, und ließ die Becher weidlich herum gehen. Sie waren dem neuen Burgherrn gut, gelobten ihm willig und gern, mit Mund und Handschlag, Freundschaft und sichern Schutz und Schirm, wenn er dessen bedürfe; auch er gelobte ihnen, schnell mit seinen Fähnlein zu Hülfe zu eilen, wenn es für einen von ihnen Gefahr gäbe.

Als sie eben bey der Tafel saßen und scherzend tranken, trat ein Knecht erschrocken herein, und lispelte dem Burgherrn ins Ohr, es müsse wahrscheinlich, der alten Sage nach, der ehemahlige Burgherr hier wandeln, sie hätten einen jählingen Schimmer in der Capelle gewahrt, und als sie neugierig hinzu geschlichen wären, einen alten Mann in einem weißen Mantel erblickt, der auf seinen Knien lag, und andächtig bethete. Wendelin entfernte sich von der Tafel; er hieß die Knechte schweigen, und den Alten als seinen Freund zu ehren, und nichts zu fürchten, und ging der Capelle zu. Abelmann kam ihm entgegen.

„Dank dir,“ sprach er, „daß du Wort hieltest, mir meine Wohnung bautest; obschon ich gewunschen hätte, dich eher hier zu treffen, als im Tafelsaale. Es wäre dir besser gegangen, wenn hierher dein erster Schritt gerichtet gewesen wäre.“

Wendelin. Ach, freylich seh' ich's jetzt ein! Ich that sehr unrecht, mit Saus und Braus zu beginnen. —

Abelmann. Du würdest heute gleich einem Unglücklichen haben trösten können. Ein armer Pilger, voll Hunger und Durst, wandelte an der Straße vorüber; von den Fenstern der Capelle aus hättest du ihn sehen können. Er blickte sehnsuchtsvoll nach der Veste hin; da er aber niemanden gewahrte, hatte er nicht Muth genug, herauf zu steigen, wandelt im Hunger und Durst weiter, und wird nun auf einem der nahen Schlösser gelabt und gepflegt.

Wendelin. Ach, diese gute Handlung ging für mich verloren! Adelmann! es könnte öfters so gehen, ich will dem vorbeugen. Noch hab' ich genug, um eine kleine Pilgerruhe unten am Fuße des Berges anzulegen; kann mir ja, wenns nicht hinlänglich ist, um einige Rosse und Hunde weniger anschaffen; da will ich von meinem Gemache aus eine Glocke hinab ziehen lassen. Jeder Arme soll da ungescheut ruhen und mich rufen können, damit ich schnell eile, ihn zu laben.

Adelmann. Dann werden dir dankbare Thränen der Armen in die Schale deiner guten Thaten fallen, und sie um vieles schwerer gegen die bösen machen.

Wendelin kehrte zur Gesellschaft zurück, und erklärte den Eremiten als einen alten Freund, den niemand zu scheuen habe. Aber schon am folgenden Tage hielt er Wort. Unten am Berge, wo die Straße vorbey lief, führte er eine kleine Grotte unter dem Schatten zwey hoher Ulmen auf, ließ an einer großen Tafel das Bild eines Pilgers aushauen, der an dem Glockenringe zieht, und wie oben der Burgherr mit Wein und Brot herab eile, damit jeder wisse, warum

der Glockenring hier sey, daß er Labung unge=
scheut fordern könne.

In Ruhe und Heiterkeit flossen nun seine
Tage hin; er hatte wenig, sah weit stolzere
Burgen rings umher; aber dieß Wenige genügte
ihm, und diese Genügsamkeit machte die Zufrie=
denheit seiner Tage aus. Die Jagd war seine
liebste Beschäftigung, denn es gab des Wildes
genug in den düstern Auen. Auch ritt er oft zu
ehrbaren Rittern in der Nähe, und wurde von
ihnen wieder besucht; wandelte oft zu dem Al=
ten, bethete mit ihm, und horchte seiner weisen
Lehren. Wenn ein armer Pilger Erhohlung in
der angelegten Pilgerruhe suchte, brachte ihm
Wendelin selbst Wein und Brot, führte ihn nach
der Veste, und ließ ihn auf reinlichem Lager aus=
ruhen; kein Dürftiger ging ungehört an seiner
Thür vorüber; kein Bedrängter rief vergebens
um seine Hülfe. Bald war Wendelin von allen
geehrt, von den Edlen ringsum geliebt; nur
von den Bösen gefürchtet. Sein Herz sonnte sich
an dem Segen, der ihm von den Erquickten
so zahlreich gespendet wurde, und er gelobte oft
seinem alten Freunde, stets unwandelbar dem
Pfade der Tugend zu folgen.

So verstrichen in stiller Ruhe und Freude
zwey volle Jahre, ohne daß ein Unfall Wende=
lins Glück gestört hätte. Der harte Winter lag
eben vor der Thür; laut heulten die Stürme
durch das Haupt der entblätterten Bäume; har=
tes Eis hatte die sanften Wellen des Murrflusses

erstarren gemacht, und, im weißen Mantel ge=
hüllt, lagen Fluren und Gebirge. Wendelin war
von der Jagd zurück gekehrt; der Frost hatte
seine Glieder erstarren gemacht, das Eis klim=
perte in seinen Haaren; da thats ihm wohl, im
kleinen Gemache am wärmenden Kaminfeuer.
Drey seiner besten Freunde hatten bey ihm ein=
gesprochen, und setzten sich nun mit dem erstarr=
ten Jäger ans Feuer hin, ließen weidlich die
Becher herum gehen, und besprachen sich von
dieser oder jener That, die sie in Fehden ver=
übt hatten. Der Wind trieb den Hagel an's
ster; sie lachten seiner, denn sie waren im Trocke=
nen, in gute Pelzmäntel gehüllt; da tönte laut
die Glocke von der Pilgerruhe, und zeigte, daß
ein Armer, bey Sturm und Frost, Hülfe vom
wohlthätigen Burgherrn heische. Wendelin war
noch nicht recht aufgethaut; er verließ ungerne
den stärkenden Becher, und sandte seinen Knap=
pen hinab, um nachzusehen, wer seiner bedürfe;
wenns ein armer Wanderer sey, ihn herauf zu
führen, damit er sich, gleich dem Burgherrn,
am Feuer wärme. „Vielleicht ein Pilger vom
gelobten Lande," sprachen Wendelins Freunde;
„dann mag er einen Becher mit uns leeren, und
wenn das erstarrte Maul wieder aufgethaut ist,
uns von seiner Reise erzählen."

Mit schnellen Schritten kam der Knappe zu=
rück. „Es ist kein Pilger unten," sprach er,
„aber eine wunderschöne Jungfrau wars, die an
der Glocke zog. Ach, wie schön ist sie! und wie

sehr beutelt der Frost ihre Glieder! Sie getraute sich nicht einzusprechen bey Euch; bittet nur wehmüthig, mit dem Burgherrn selbst, und so bald als möglich, zu sprechen." — „Viel hab' ich von seinem Edelmuthe gehört," sprach sie; „vielleicht wird er auch meiner sich annehmen, wird mir in dringender Noth beystehen, sich meines Jammers mit schneller Hülfe erbarmen."

Wendelin setzte nun schnell den Becher nieder; Frauenschutz war eine der theuersten Ritterpflichten. Er gleitete den eisigen Felsenpfad hinab, eilte der Grotte zu. Er staunte, als er die Dirne gewahrte, deren Kleidung hohe Pracht verrieth, aber unordentlich, von schneller Flucht, den schönen Körper nur halb bedeckte; zerstreut flossen ihre langen Haare den Rücken hinab. Sie sank zu den Füßen des Ritters, wollte sprechen, und die allzu heftige Kälte hemmte ihre Worte, aber ihr Auge flehte so dringend um Hülfe. „Ach rettet! — rettet!" sprach sie endlich, „rettet meinen Vater! Eine halbe Stunde von hier in der Aue haben uns Räuber überfallen, meinen theuren Vater verwundet; ich entfloh ihnen, da sie bemüht waren, ihn halb ohnmächtig aufs Roß zu heben. Ach noch könnt Ihr sie einhohlen, ihre Spur im tiefen Schnee entdecken!"

Wendelin hörte kaum diese Worte, als er den Knappen, der ihm gefolgt war, schnell nach der Veste sandte, Rüstung und Knechte zu ordnen befahl; er selbst tröstete die Jungfrau nach Kräften, bath sie dringend, ungescheut nach seiner

ner Veste zu gehen, und erfuhr unter Weges, daß ihr Vater zwey Tagreisen von ihm wohne, und sich Graf Hubert von Schiffenberg nenne.

So bald nun die Rosse gezäumt waren, saß Wendelin auf; zwey seiner Gäste begleiteten ihn, der älteste aus ihnen blieb bey der edlen Jungfrau zurück. — Rasch, daß die Rosse schnaubten, gings nun vorwärts; bald kamen sie in die Aue, entdeckten die Spuren der Rosse, und sahen auch, als sie näher kamen, Flecken von Blut im Schnee und auf der Heerstraße fort. Wendelin jagte hastig vorwärts; sein Auge kreiste in allen Gegenden umher. Jetzt entdeckte er fern von ihm einige Reiter, und nun gings über Stock und Graben, daß das Roß kaum die Erde berührte. Keuchend langte Wendelin an. „Haltet! haltet!" rief er den Reitern entgegen, die ihm zu entfliehen suchten, aber nicht so schnell fort konnten, als sie wohl gewünscht hätten; denn der verwundete Ritter, den sie mit sich schleppten, hinderte mächtig ihren Zug. Jetzt hatte sie der Ritter ereilt. „Ihr verwegene Lotterbuben!" rief er ihnen entgegen, „sogleich laßt ab von dem Gefangenen, den Ihr wie einen leibeigenen Knecht mit euch fortschleppt, wenn nicht der Tod euer schnelles Loos seyn soll."

Der Anführer. Kühner Mann, was geht dich unser Zug an, weißt du, ob wir nicht aus gerechter Ursache diesen Mann fingen, und nun mit uns führen?

Wendelin. Räuber seyd Ihr, schändliche

Räuber, darum fordere ich zum letzten Mahle, laßt ab von ihm, damit Euch noch Gnade werde.

Der Anführer. Wir brauchen deine Gnade nicht, und scheuen deine Drohungen sehr wenig, du hast kein Recht an uns, und bist nicht zu unserm Richter bestimmt.

Wendelin. Das will ich Euch wohl beweisen, Ihr Schurken.

Er blies nun in sein Horn, daß es laut in der Aue wiederhallte, und stürzte wüthend über den Anführer her, die Räuber umringten ihn bald, aber Wendelins Gefährten, die dem Tone seines Horns gefolgt waren, brachen bald hervor, und hieben in die Räuber ein, wie der Hagel über die Saaten herfällt. Einer von Wendelins Freunden eilte dem alten Gefangenen zu Hülfe, den ein Räuber abseits geschleppt hatte, und eben mit dem Dolche nieder stoßen wollte. Er schlug ihn zu Boden, und rettete den Grafen, in eben dem Augenblicke, als Wendelin den Anführer der Räuber zu Boden schlug, und sich Luft in dem Gedränge machte. Bald flohen die Uebrigen und ließen den Gefangenen zurück in den Händen der Sieger. Dieser konnte nicht sprechen, dankbare Thränen rollten ihm aus den Augen, und benetzten den grauen Bart, aber bald minderte sich seine Wonne, als er vom ersten Schrecken sich erholt hatte, und seiner Tochter gedachte — o Priska, Priska, jammerte er, und faltete zitternd seine Hände gen Himmel.

Wendelin. Wenn die zarte Jungfrau, die mich zu Eurer Hülfe aufforderte, und Eure Tochter sich nennte, den Nahmen Priska führt, so tröstet Euch nur, Herr Graf, sie ist sicher in meiner Veste, und harrt meiner Rückkehr und Eurer Befreyung.

Hubert. Also ist — ist sie gerettet — ist sie bey dir, edler Mann? in deiner Veste? — o Gott, so hab' ich ja nichts verloren, nichts als das bißchen Blut, und kann dir mit vollem Herzen meinen Dank stammeln. —

Wendelin. Ihr könnts, Herr Graf, nur schont Eurer setzt, und folgt mir nach meiner Burg, Eure Wunde bedarf schneller Pflege.

Hubert. Ha, setzt wird mich das Leben wieder freuen — ich hätte mir den Verband von der Wunde gerissen, der mich einem Leben wieder hätte geben sollen, wenn ich den Verlust, die Ehre meines Kindes hätte beweinen müssen. — Ach so unglücklich war ich vor kurzem, wollte schon verzweifeln, und setzt lacht alles wieder um mich her — o und durch wem warb mir diese wohlthätige doppelte Rettung?

Wendelin. Eure edle Tochter floh nach meiner Burg und flehte mich um Hülfe und Beystand für Euch an; kommt, edler Graf, wir haben kaum eine Stunde zu reiten, mein Schloß liegt am Murrfluß, der Höllenstein genannt.

Hubert. Ein widerlicher Nahme — sollst es anders heißen, edler Mann, gingst mir wie ein tröstender Engel aus dem Höllenstein hervor.

Dich wünschte ich schon lange näher zu kennen, deine guten Thaten drangen schon lange bis in meine Ohren. Gott wird dirs vergelten.

Wendelin. Ich bitte Euch, verzögert den Zug nicht Eurer Tochter willen, ich seh's, daß Eure Schwäche sich mit jedem Augenblicke mehrt.

Hubert. Fühls selbst — gut — gut, wenn ich nur mein Kind wieder sehe, wird mir bald wieder leichter werden.

Wendelin hob ihn nun aufs Roß, und ritt langsam neben ihm her, vergebens bath er den Alten, seiner Wunde wegen zu schweigen, aber die Freude hatte ihn geschwätzig gemacht, er hörte nicht auf, Dank zu stammeln, drückte bald Wendelins bald jenes Ritters Hand, der den Todtesstoß von ihm abwandte. Als er endlich allzuschwach wurde, faltete er beyde Hände, schwieg stille, aber hatte stets seinen Blick gegen den Himmel geheftet, und schien leise den Himmel um Stärke zu flehen.

Von weitem erkannte der Thurmwächter von Höllenstein den Zug, und that ihn durch lautes Blasen des Horns kund, die zärtliche Priska vernahm kaum, daß man einen alten verwundeten Ritter mit bringe, als sie aus dem Gemache sich entfernte, hinab eilte über die Zugbrücke, und ihrem Vater entgegen floh. Dieser spreitete seine Arme nach ihr aus, drückte sie an seine Brust, und — sank ohnmächtig, ganz entkräftet zusammen. Laut jammerte das Mädchen und rang ihre Hände gen Himmel. Wendelin ließ von seinen Knechten den Ohnmächtigen den Berg hinauf tragen, und nun seine Wunde durch einen alten erfahrnen Diener besichtigen. Durch den lange entbehrten Verband war sie gefährlich geworden, doch zweifelte man noch nicht an seiner Wiedergenesung. Priska wich nicht von des Vaters Seite, ängstlich lauschte sie jedes Athemzuges, sehnte sich bangend nach seinem Wiedererwachen, und als dieses erfolgte, bedeckte sie mit Küssen und Thränen seine Hand. Der Verwundete bedurfte Ruhe, daher verließen nun die Ritter sein Lager, Priska aber blieb bey ihm, die Männer setzten sich wieder zum Becher hin, der ihnen nach dem harten Kampfe gütlich that.

Eine stattliche Dirne, sprach einer der Ritter, wie liebevoll sie den alten Vater pfleget.

Wendelin. Sie mag bey Gott ein trefflliches Herz haben, ein Kind, das so seine Aeltern ehrt, kann nicht untugendhaft seyn.

Ein Ritter. Auch versagte Ihr die Natur nichts, was zur Schönheit gehört.

Wendelin. Wenn Ihr sie erst gesehen hättet, wie starr ihr großes blaues Auge auf mich geheftet war, als ich zu ihr in die Pilgerruhe trat, wie sie mich bath, und flehte, und nun, als ich mit dem Vater rückkehrte, ihre bleichen Wangen sich rötheten mit hohem Purpur, ihr Auge ehmahl so trübe, so freundlich mir zulächelte, wie die Sonne am blauen Himmel, wenn sie die Regenwolken zerreißet.

Ein Ritter. Freund Wendelin, fühltest

du schon die Gewalt ihrer Blicke, viel Glück — warst lange genug einsam im Kämmerlein — und hielten wir dich alle für einen Hagestolzen.

Wendelin. Ihr irrtet Euch so wie jetzt — darf man denn keine Dirne schön nennen, ohne sie zu lieben?

Ein Ritter. Du weichst uns nicht aus, Freund, dein Herz hat Feuer gefangen, und wir wünschen dir Glück dazu.

Ein anderer. Ich habe den Vater vom Tode befreyt, damit er dich als Eidam segnen kann. Graf Hubert ist mächtig und reich, wenn er ein prunkvolles Beylager anstellt, vergiß ja nicht, mich dazu zu laden.

Die Uebrigen. Uns auch.

Der alte Ritter. Mich am ersten, ich war mit der Dirne allein, während ihr auszogt, und hätte Euch leicht ihr Herz stehlen können.

Ein Ritter. Es ist allzu tiefer Schnee am Berge, der Dirne Feuerblick ist nicht stark genug, ihn in blühendes Gras zu wandeln.

Der Alte. Denks selbst, und weiche daher gerne den jugendlichen Wendelin.

Wendelin. Scherzt wie Ihr wollt, das versichere ich Euch, daß mein Herz noch frey ist, daß ich zwar willig bekenne, die schönste Priska müsse einen Mann im höchsten Grade beglücken können, aber darum mir wahrlich nicht die geringste Hoffnung für mich mache.

Noch vieles scherzten die Ritter im vertraulichen Gespräche, und stets versicherte sie Wende-

lin, daß er gar an keine Hoffnungen gedenke,
der Dirne Herz zu gewinnen. Aber es war nicht
so, sie hatten nur allzu gut gerathen; der dankbare Blick, den sie ihm schenkte, als er mit dem
geretteten Vater rückkehrte, war tief in sein Herz
gedrungen, ihr Bild kam nicht von seiner Seele,
und er suchte, als seine Freunde nach ihren Bet-
ten eilten, denn sie wollten bey der stürmischen
Nacht nicht heimziehen nach ihren Burgen, gedankenvoll sein Lager.

Er hoffte, daß der Schlaf den ermüdeten
Körper, den Jagen und der harte Kampf entkräftet hatte, stärken würde, aber dieser ist ein
heimtückischer Gesell, er überfällt nur den, dessen
Herz ohne dem ruhig ist, und wiegt ihn in süße
Träume, wenn er aber wo einen Bekümmerten
auf das Lager hingestreckt sieht, der in mancherley Gedanken und Planen sich herum treibt, da
stellt er sich nun seitwärts, und lacht ins Fäust-
chen, daß der Arme vergebens sich bemüht, die
Augen zuzudrücken, und ihn mit Gewalt zur Erhohlung herbey zu ziehen. Wendelins Augen
blieben schlaflos, sahen nur das Bild der schönen Priska von Schiffenberg vor sich, sein Herz
fühlte noch immer die Wirkung ihres dankbaren
Blickes. Noch nie hatte der Ritter Liebe gefühlt,
es ist ihm daher nicht zu verargen, wenn er oft
in heftiger Unruhe aufsprang, mit großen Schritten im Gemache auf und abschritt, oft sich selbst
einen Thoren schalt, der so ganz von dem Anblicke einer schönen Dirne sich hinreißen ließ, und

doch gleich darauf sich wieder nur aufs Lager warf,
um noch ferner an diese schöne Dirne zu denken.
Der werdende Morgen fand ihn noch wach, er
öffnete das Fenster, und sah in die winterliche
Gegend hinaus. — „Wie's draußen stürmt und
schneyt,“ sprach er, „wie der kalte Wind so
schneidend von den kahlen Felsen herpfeift — o
wohl dem Manne, der da im warmen Gemache
sitzen kann — an der Seite einer trauten Gattinn, der sich wärmt an ihrem Busen, wenn er
erstarrt von der Jagd rückkehrt, sie ihm mit
liebevoller Miene den gewärmten Mantel bringt,
den Becher kredenzt — der aber so einsam sein
Leben durchpilgert, ach, der gleich den einsamen
Buchenbäumchen da unten am Felsen, das niemand wartet und pflegt, niemand sich kümmert,
wenns der harte Sturm zu Boden beugt.“

In diesen Gedanken fanden ihn seine Freunde, die zum Abschiede ins Gemach traten. Wendelin suchte seine vorige Heiterkeit zu erkünsteln,
aber sie merktens wohl, was ihm fehle, und
schieden sonder weitern Scherz von dannen.

So bald der Tag nun vollends angebrochen
war, ging er nach dem Gemache, wo Graf Hubert krank lag, seine Wunde war noch immer
bedenklich, es wäre äußerst gefahrvoll gewesen,
ihn nach seiner Veste zu bringen; Priska bath
um weitere Pflege für ihn, und Wendelin hatte
noch nie so schnell, und mit solcher Bereitwillig-
keit sein Jawort gegeben. Er selbst half mit geschäftiger Eile der zärtlichen Tochter den Kranken

pflegen; ihre Blicke lohntens ihm hinlänglich, er
wich selten vom Lager, stellte Jagd und aus=
wärtige Besuche ein, daheim fand er jetzt weit
größeres Vergnügen.

Drittes Kapitel.

Von Hoffnungen und Kummer.

So strichen einige Wochen vorüber, und Hu=
bert nahte sich durch Hülfe seines Arztes, den
Priska hatte hohlen lassen, allmählig der Besse=
rung, war noch sehr schwach und matt. Wie
viele Gelegenheit both sich nun dem liebenden
Ritter dar, in Priska's Nähe zu seyn, wie oft
saß sie im vertraulichen Gespräche mit ihm;
wenn der Vater schlummerte, da ward ihm so
wohl und weh, da hätte er so gerne seinen Em=
pfindungen Worte gegeben, aber die Ungewißheit,
ob Priska gleiche Neigung gegen ihn fühle, hielt
ihn immer zurück. — Wohl hingen ihre Blicke
liebevoll an ihn, sie ließ ruhig ihre Hand in der
Seinigen liegen, aber der furchtsame Ritter er=
klärte sich als Zeichen der Dankbarkeit, was doch
wirklich Symptome der Liebe waren.

In dieser Beängstigung des Herzens, ge=
dachte er, als er einst einsam im Gemache saß

feines alten Freundes, und beschloß von ihm
Rath zu heischen. Er ergriff das silberne Glöckchen, berührte es mit dem Stäbchen, und harmonischer Ton erfüllte seine Ohren, Abelmann,
in seinem weißen Mantel gehüllt, stand vor ihm,
als des Glöckchens Töne schwiegen.

Abelmann. Du riefest mich vom Gebethe, Wendelin, du mußt eine schwere Last auf
deinem Herzen tragen, weil du zu so ungewöhn-
lichen Stunden mich ruftest.

Wendelin. Ach ja wohl dulde ich sehr
viel — seit zehn Tagen hab' ich keine ruhige Minute, dulde und kämpfe, und sehe meines Kummers kein Ende.

Abelmann. Kann ich dir helfen, so fordere, was ich vermag, will ich gerne zu deinem
Besten anwenden.

Wendelin. Ach, daß ich dir nun meinen
Kummer erklären könnte. — Abelmann — We-
sen jener Welt — solltest du nicht im menschlichen
Herzen lesen können?

Abelmann. Wendelin! Wendelin, du
liebst. —

Wendelin. Und du sprichst dieses Wort
mit so feyerlichen, mit so bedeutendem Tone aus!
Abelmann, ja ich liebe — es ist meine erste innige
Liebe — solltest du sie mißbilligen?

Abelmann. Liebe ist des Menschen größte
Wonne, Liebe schuf uns und erhält das Weltall,
Liebe ist ein süßer Lohn für tugendhafte Herzen,
der Trost des edlen Mannes, wenn Gefahren ihn

brücken, die Stütze des Weibes, an der sich ihre Schwäche aufrecht hält.

Wendelin. Und ich allein soll dieser Wonne, dieses Trostes entbehren?

Adelmann. Sprach ich das?

Wendelin. Dein feyerlicher Ernst berechtigt mich zu dieser traurigen Abudung.

Adelmann. Warnen will ich dich, Wendelin, denn du kennst die Liebe noch nicht — sie hat nicht immer gleiche Wirkung, sie kann die Quelle alles Guten werden, Sanftmuth und Wohlthaten, Muth und Tapferkeit, zu jeden guten Eigenschaften kann sie das Herz stimmen.

Wendelin. O ich fühls, daß seit dem Anblicke Priska's mein Herz so weichmuthig geworden ist, daß ich des Sperbers mich erbarme, der da draußen auf dem kalten Dache sitzt, aber ich fühls auch, daß ich mit Riesenstärke in die feindlichen Scharen stürzen könnte, wenn Priska meine Tapferkeit mit Liebe lohnen würde.

Adelmann. Daß nur dein Herz sich nicht zur entgegen gesetzten Seite wende, weißt du, daß auch Liebe die Quelle alles Bösen werden kann, sie macht oft feige und muthlos, ihr Genuß erfüllt oft das Herz mit nagender Sehnsucht, es dürstet ungenügsam nach mehr Wonne, als reine Liebe gewähren kann, schweift aus, vergräbt sich in Wollüsten, und die schwärzesten Thaten sind ihr dann Kinderspiel. —

Wendelin. Wie soll ich aber diesen vorbeugen?

Abelmann. Deinen Herzen Nahrung su=
chen, an der ihm gnügt, nur eine Gattinn dir
wählen, die mit deinen Empfindungen so harmo=
nirt, wie das Echo mit den Tönen der Musik,
die ein Herz dir biethet, das tugendhaft und
edel ist, durch Treue und immer neue Zärtlich=
keit, zwar nur immer eine und die nähmliche
Liebe dir gibt, aber sie weislich in immer neue
Gestalten zu formen weiß — kurz eine Gattinn,
die jede Lücke deines Herzens mit Liebe zu füllen
versteht.

Wendelin. O in Priska's Herzen glaube
ich alles zu finden, was meine höchsten Wünsche
befriedigen kann.

Abelmann. Dann wohl dir, dann be=
streut die Zukunft mit Rosen deinen Pfad, dann
lacht alles Heiterkeit um dich, wenn's gleich rings
umher stürmet und wüthet.

Wendelin. Ach, daß nur die geringste
Hoffnung zur Erreichung dieser Wonne mir
würde.

Abelmann. Ich habe der Dirne Herz
erforscht, es ist tugendhaft und gut — ja, Wen=
delin, es fühlt, was du empfindest, aber eben
jene Ungewißheit, die dich foltert, quält auch
sie, warum bist du nicht beredter, wenn die Zeit
und Gelegenheit so günstig ist.

Wendelin. Ich scheue die Zukunft —
selbst wenn Priska's Herz mir würde, hab' ich
ihres Vaters Versagung zu fürchten. Ach ich bin
so arm — gegen ihn.

Abelmann. Wendelin! Wendelin — leb=
test du nicht glücklich zeither in deiner Armuth?
kann Gold des Menschen Ruhe gründen? mir
bangt für dein Herz, da Unzufriedenheit mit dem
Stande, den Gott dir gab, es zu erfüllen be=
ginnt.

Wendelin. Sorge dich nicht, ehrwürdi=
ger Alter, zufrieden würde ich mit meinem We=
nigen an Priska's Seite leben, wenn nicht eben
dieß die Ursache wäre, daß Hubert mir ihre
Hand verweigern wird — er ist Graf, reich, wie
es wenige im ganzen Lande sind — — er wird
einen Eidam fordern, der — —

Abelmann. Der ein redliches Herz hat,
und dieß schlägt noch in deiner Brust, dir hat er
seines Lebens Rettung zu danken — hoffe kühn,
wenn der Stamm, der durch Eure Liebe gegrün=
det werden soll, im Buche des Schicksals aufge=
zeichnet ist, wird keine Macht es vermögen, sein
Blühen zu hindern.

Wendelin. Ist es aber auch?

Abelmann. Willst du, Sterblicher, den
Willen des Ewigen erforschen? — Hoffen und
dulden ist dein und aller Loos. Erforsche Pris=
ka's Herz; Schüchternheit hält dich zurück, ich
will dir beystehen, mit arbeiten an deinen Pla=
nen, so viel mir gegönnt ist. Folge mir, viel=
leicht kann ich dir Aufschluß über Priska's Em=
pfindungen geben.

Mit bebenden Schritten ging nun der Rit=
ter hinter dem Geiste her, er führte ihn nach des

Grafen Gemach, niemand gewahrte sie, niemand
hörte ihre leisen Tritte. Als Wendelin in das
Gemach trat, bebte sein Herz mächtig — tiefes
Schweigen herrschte da, düstern Schein warf die
halb verlöschende Lampe um sich, der alte Hubert lag auf dem Bette hingestreckt, und sammelte Kraft und Gesundheit im erquickenden Schlafe.
Neben dem Lager saß Priska, ihr Haupt um-
wallten fessellos die langen dichten Locken, und
hingen zerstreut über den Busen her, ihr Auge
war geschlossen, aber angenehme Röthe hatte ihre
Wangen gefärbt, ihr halbgeöffneter Mund schien
zu lächeln, zum süßen Kusse zu laden. Wendelin stand wie bezaubert, so ungestört hatte er sich
noch nie an ihrem schönen Anblicke laben können,
sein Herz, das durch Mittheilung leichter geworden war, war ganz mit Sehnsucht und Liebe erfüllt, er seufzte tief, aber diese Beklemmung thar
ihm wohl, hinderte ihn nicht, sein Auge an der
Dirne Reize zu laben. Mit bebenden Schritten folgte er dem Geiste näher, Gluth färbte nun
auch seine Wangen, der Athem stockte, die Knie
wankten, — sein Blick wand sich langsam von
ihr zu dem Geist. — O welche Seligkeit gewähr-
test du mir, lispelte er. — Gott, wie bezaubernd
ist dieser Anblick — wie so sanft lächelt die Holde im sanften Schlummer.

Abelmann. Sie sieht im Traume außer
mir alles, was wirklich um sie her vorgeht, ihr
Herz handelt nun ungezwungen, Schüchternheit

dämpft die Freude nicht, die ihr dein Anblick
gewährt.

Wendelin. Gott, wärs möglich — o
Priska — Priska — solltest du wirklich mich
lieben?

Priska (träumend.) Wendelin — ach bist
du mir wirklich so nahe?

Avelmann. Sprich mit ihr, sie wird
nicht erwachen, so lange du sie nicht berührst;
aber deine Worte werden ihrem Herzen und Ge-
dächtnisse eingedrückt bleiben.

Wendelin. Kaum vermag ich's zu athmen — o Priska — Priska.

Priska. Mein Wendelin — warum rufest
du mich? was willst du von mir?

Wendelin. Liebe — Liebe — meine höch-
ste Seligkeit (zu ihren Füßen sinkend.) Laß mich zu
deinen Füßen Hoffnung für meine Liebe finden.

Priska. Liebst du mich wirklich? war's
nicht Täuschung, was so oft mein Herz mir
sagte?

Wendelin. Ach, nur du bist der Inhalt
meiner Gedanken, dir habe ich meine Ruhe ge-
opfert, kann sie nur in deiner Liebe wieder finden?

Priska. Bin ich dir nicht innigsten Dank
schuldig? o Wendelin, wenn mein Herz dir deine
Rettung lohnen könnte, o dann nimm es hin voll
Liebe — es fühlt nur für dich, liebt dich mit
heißer Zärtlichkeit.

Wendelin. O ich Ueberglücklicher, Priska,
du gibst mir neues Leben — deine Liebe beglückt

mich ewig, ewig soll der Bund unsers Herzens währen, versiegeln soll ihn auf immer der Liebe heißer Kuß.

Adelmann. Unvorsichtiger, du würdest mein Werk zerstören, wenn ich nicht vorbeugen könnte.

Der entzückte Wendelin wollte eben im Uebermaße der Wonne den heißen Kuß der Liebe auf Priska's Lippen drücken, als sein Bewußtseyn verschwand, seine Glieder erstarrten, Dunkelheit seine Augen und Sinne betäubte.

Schon blickte die heitere Sonne auf die winterlichen Gefilde, als Wendelin aufwachte und sich auf sein Lager hingestreckt fand. Er lag lange für sich hinstarrend, die Bilder der vergangenen Nacht kehrten in seine Seele zurück, ihm ward, als ob er aus einem tiefen Schlaf erwachte, und er ward traurig, als er sich als Traum erklärte, was doch wirklich mit ihm vorgegangen war — und doch schien es ihm wieder nicht möglich geträumt zu haben; er wußte, daß er den Geist gerufen hatte, und noch lag Stab und Glöckchen neben ihm, daß er sonst in einem Wandschranke sorgfältig verwahrt hielt; es war ihm nicht möglich, sich aus dem Gemische von Gedanken zu arbeiten.

Als er in Huberts Gemach trat, da kam ihm Priska, nicht mit offener Miene, wie sonst, entgegen; ihre Wangen glühten; ihr Auge senkte sich zu Boden; ihre Hand bebte, als Wendelin sie ihr freundlich drückte. Ihm ward's nun klä-

rer, daß doch alles Wirklichkeit gewesen sey; er
hätte gerne mit ihr gesprochen, aber Hubert erwachte eben, rief ihn zu sich ans Lager, dankte
ihm mit Rührung für seine Pflege, und bedeutete
ihm, daß er sich nach seiner Burg sehne, um wichtige Geschäfte zu ändern, die ihm durch einen Eil-
bothen berichtet worden waren, daß er sich stark
genug fühle, hin zu ziehen, wenn ihn Wendelin
von seinen Leuten dahin wollte geleiten lassen.
„Nie werde ich Eurer Pflege vergessen,‟ sprach
er; „täglich will ich sinnen, wie ich Euch Eure
That nach Würden belohnen könne.‟

Wie Zentnerlast fiel's auf des Ritters Herz,
daß er nun so schnell sich von der Geliebten trennen sollte; er suchte, gleich dem Schiffbrüchigen,
der nach jedem Gräschen hascht, wenigstens das
letzte Mittel zu ergreifen, noch bey ihr weilen zu
können, und gelobte dem Grafen, daß er selbst
den Zug anführen, ihn sicher nach seiner Veste
bringen werde. Hubert dankte mit Rührung für
dieses Anerbiethen. Priska schwieg; aber ihre
Blicke sagten deutlich, wie sehr ihr Herz des
Ritters Worte erfreuen.

Als Wendelin seine Knechte geordnet hatte,
und Hubert am Arm seiner Tochter die Treppe
hinab ging und ein sanftes Roß bestieg, da
schwang sich auch Wendelin auf seinen Gaul, und
preßte ihm unmuthig die Spornen in den Leib,
daß das Thier wild sich bäumte, bald den Felsen mit dem Ritter herab gestürzt wäre; Priska
schrie laut auf, und ihre Stimme brachte den

verzweifelnden Ritter zum Bewußtseyn zurück Er ritt nun gemach an ihrer und des Vaters Seite; seufzte aber oft tief und laut, und keiner dieser Seufzer ging der lauschenden Dirne verloren.

Als sie durch die Aue ritten, wo Wendelin den Grafen befreyt hatte, da brach dieser in laute Lobeserhebung aus; sein Herz fühlte innigsten Dank, und er schwur, alle Kräfte aufzubiethen, dem Ritter diese edle That zu belohnen. Wendelin lehnte den Dank von sich ab; denn er that nur, was die Pflicht jedes Ritters heischte, war froh, als der Alte endlich schwieg, und er sich ungestört seinen Gedanken überlassen konnte.

Als sie, nach Verlauf von zwey Tagen, nach der Veste Schiffenberg kamen, ach, da schwand alle Hoffnung aus Wendelins Herzen! Da sah er hin auf das Gebäude, das von der Höhe so majestätisch herab blickte, gegen das seine Burg einer elenden Hütte glich. Fürstliche Pracht war an dem Pallaste verwendet. Das Säulenwerk mit vergoldeten Verzierungen; die prachtvollen Balkone; die künstlichen Statuen, die den Eingang zierten, welch ein Abstand gegen seine ärmliche Wohnung! Als sie in das Thor einritten, da kam ein Heer von Dienern in schönern Kleidungen, als sie Wendelin an Festtagen trug, dem Grafen entgegen, und führten die Rosse nach den weitläuftigen Ställen. Hubert eilte mit seiner Tochter und dem Ritter die breite, mit Figuren und vergoldetem Gitter-

werk verzierte Treppe hinauf, in Gemächer, die
er nur an Kaiser Heinrichs Hoflager so prächtig
sah. Edelknaben und Pagen lauschten des Win=
kes des Grafen, und eilten rauschend mit ih=
ren seidenen Kleidern durch den Saal. wenn
dieser nur die geringste Kleinigkeit heischte. Hu=
bert ließ sich nach seinem prächtigen Lager füh=
ren, um auszuruhen. Damit aber dem Ritter,
welcher dem Grafen geloben mußte, wenigstens
einige Tage hier sein Gast zu seyn, die Zeit nicht
allzu lange wurde, während er ruhte, mußte
ihn Priska im Pallaste umher führen, ihm alle
die Herrlichkeit und den Reichthum des Vaters
zeigen. Ein harter Gang für den armen Wen=
delin, der bey jedem prächtigen Anblicke seine
Armuth dagegen maß, und seine Hoffnungen
schwinden sah; er war sich bereits müde durch
Gemächer und Höfe gegangen. — „Jetzt will
ich Euch noch zu meinem Lieblingsorte führen,“
sprach Priska, „obwohl er Euch jetzt, da des
Winters Hand die Fluren bedeckt, nicht so ge=
fallen wird, wie ich wünschte.“ Der Ritter folgte
ihr nun in den Hintertheil der Burg; da führte
sie ihn durch einen Saal in ein kleines Gemach,
dessen wenige, aber geschmackvolle Verzierung
Wendelins Aufmerksamkeit reizte. Gemählde
von den berühmtesten Meistern, die freylich da=
mahl mehr Anspruch auf Lob machen konnten,
als es ihnen zu unsern Zeiten gelungen wäre,
waren da aufgestellt; ein niedliches Lager mit
taffetnen Vorhängen und einige Armstühle mach=

ten die ganze Einrichtung aus; — ringsum aber standen Blumentöpfe, freylich jetzt leer, aber zur Frühlingszeit blühten und breiteten sie angenehmen Duft umher; daneben lag eine halbfertige Zeichnung und Stickereyen, Priska's Arbeiten; zwey Täubchen flatterten freundlich der eintretenden Priska entgegen. „Seht!" sprach sie, „hier ist mein liebster Aufenthalt; da bin ich so ganz einsam, so ungestört in der Gesellschaft dieser schuldlosen Thiere. Und wenn ich mich an dem Anblicke der schönen Natur laben will, tretet her da an den Balkon, und denkt Euch, wie reizend diese Aussicht seyn muß, wenn alles grünt und blüht!"

Die Veste lag hier sehr hoch; man konnte von da aus des prächtigsten Anblickes in Auen, Bäche, Ebenen und Thäler genießen. Der Schwarzwald breitete auf der andern Seite seine dunkeln Schatten aus, und, vereint mit kahlen hohen Felsen, die sich hier himmelwärts hoben, verschönerte er den Anblick der geebneteren ländlichen Gegenden. Wendelin starrte schweigend nach der Gegend hin.

„Warum schweigt Ihr?" fragte Priska.

Wendelin. Ich bewundere Euren trefflichen Geschmack. Dieser Ort ist einer der liebenswürdigsten im ganzen Pallaste.

Priska. Und nun ist er mir noch mehr. Nun freue ich mich erst auf die Zeit, wenn die Nebel weichen, und eine reinere Aussicht gewähren! — Könnt Ihr dort weit, weit über die Auen, den dunkeln Fleck eines Felsens ausnehmen?

Wendelin. Ich sehe so etwas aus den neblichten Wolken hervor ragen.

Priska. Wenn's heiter ist, sieht man ganz deutlich die Mauern einer Burg darauf stehen. Da will ich nun oft Stunden lang am Fenster liegen und nach der Burg hinüber sehen. O, in diesem Orte ward mir viele Wonne gewährt!

Wendelin schwieg und seufzte.

Priska. Nun! Ihr antwortet nicht?

Wendelin. O Gott! — Priska! wenn ich Euch recht verstände! Je mehr ich nach der Gegend hinsehe, je klärer wird's mir, daß dort meine Veste liegt.

Priska. Ihr könnt gut rathen! — Und hab' ich da nicht Ursache, mich dieses Anblickes zu freuen?

Wendelin. Bey Gott! ich vermags nicht mehr, an mich zu halten! (Auf seine Knie sinkend.) Priska! holdes, liebevolles Mädchen!

Priska. Gott! wenn Euch jemand sähe!

Wendelin. O laßt mir mein Herz vor Euch ausschütten! es ist kühn genug, seine Hoffnungen zu Euch zu erheben! Priska! verwundet es ungescheut; tretet dieß liebende Herz in Staub, das Eurer Reitze Macht empfand, nicht widerstreben konnte. Laßt mich durch Verbannung meine Kühnheit büßen; ich will dulden und leiden! Ach oft — oft auch nach der Gegend herüber blicken, und meine verlorne Ruhe beseufzen!

Priska. Glaubt Ihr, daß Priska so un=
dankbar seyn könnte, ihres Vaters Retter zu ver=
achten? ein Herz, das ihr wohl will, zu kränken?

Wendelin. Aber auch gütig genug, nicht
jede Hoffnung dem Kühnen abzusprechen?

Priska. O, ich denke noch einer Stunde!
Gott! wenn das ein Traum war, so kann ich
Wirklichkeit und Truggestalt nicht mehr unter=
scheiden. — O Wendelin! da sprach ich noch mehr,
als Ihr jetzt fordert!

Wendelin. Liebe sagte Euer Mund dem
kühnen Flehenden.

Priska. Gott, so wißt Ihrs? — Ja, es
war Wirklichkeit, aber mir unerklärbar! — als
ich aufwachte, lag dieser Ring in meinem Schooße.

Wendelin. Ich verlor ihn, da ich meine
Hände um Liebe rang.

Priska. Aber wie war all dieß möglich?
das Gemach war verschlossen!

Wendelin. Ein Wesen andrer Art — fürch=
tet Euch nicht! — ein ehrwürdiger Geist leitete
mich zu Euch. — O das war meines Lebens se=
ligste Stunde!

Priska. Und jetzt wollt Ihr nur Hoffnung,
da Euch schon damahls Gewißheit ward?

Wendelin. Ihr spracht träumend.

Priska (ihn aufhebend.) So will ichs wa=
chend wiederhohlen!

Wendelin. O des Uebermaßes der Won=
ne! — Priska! — ich bin stumm an Worten —
ich bebe — bin — o, ich spreche Unsinn! Aber

weiß Gott, ich bin keines bestimmten Gedankens
fähig!

Priska. Wendelin! werdet Ihr auch im=
mer so bleiben? — Ach! der Dirne Herz ist
schwach! es kettet sich so gerne an den Mann,
den es liebt! O, es wäre auch die größte Grau=
samkeit, dieses schwache Herz mit Undank für
Liebe zu lohnen!

Wendelin. Allmächtiger! Wenn ich das
könnte, dann möge ich an Glück und Seligkeit
verzweifeln!

Priska. Schweigt, Wendelin! ich kann
grause Schwüre nicht hören; mir genügt an Eu=
ren Worten. — Wie dieser Ring, den ich stets
tragen will, sey unsre Liebe; echt, wie das Gold;
ohne Ende, wie seine Rundung.

Wendelin (sie umarmend.) Laßt mich die=
ses Bündniß mit dem Kusse der Liebe besiegeln!
— O wie durchströmt das Gefühl meines Glü=
ckes mich so heftig! — Priska! — Priska! —
Du mein?

Priska. Dein, Wendelin! dein, mit gan=
zem Herzen!

Wendelin. Aber ach! ein trauriger Ge=
danke stört meine Wonne! — Dein Vater! Priska!
Er ein Graf, ich Ritter; er so reich und mächtig,
ich arm, ein Bettler gegen ihn!

Priska. O ich würde zufriedner mit dir
auf deiner kleinen Veste leben, als ohne dich in
diesem Pallaste! Es ist wahr, stets nährte mein
Vater mit mir kühne Hoffnungen; doch laß die

Zeit sorgen, Wendelin! Der Vater liebt mich, er wird mich nicht unglücklich machen. — Er weiß, was er dir schuldig ist, wird vielleicht selbst dir Worte in den Mund legen, was du für Lohn fordern sollst.

Wendelin. Ach! und wenn er nun taub gegen meine Wünsche bliebe?

Priska. Dann laß Gott für uns sorgen. Wir können ja auch harren und dulden, und dann wird gewiß Vereinigung unser Lohn seyn. Bis dahin aber verschweige, Wendelin, was hier zwischen uns vorging.

Wendelin. Gerne, gerne! wenn ich nur auch auf eine Minute mich bey dir für den Zwang, den ich meinem Herzen anlegte, entschädigen kann!

Priska. Komm! ich höre jemand nahen. — Diesen Kuß noch! — Für mehrere laß die Liebe sorgen, der ich, so wie du, mein Herz geweiht habe.

Ein Edelknabe hohlte den Ritter und das Fräulein zur Tafel, wo der alte Graf Hubert abermahl alle mögliche Pracht, so viel es nähm=lich in der kurzen Zeit geschehen konnte, vor den Augen des Ritters ausbreiten ließ. Es war eine seiner Hauptleidenschaften, mit seinen Reichthü=mern zu glänzen; er hörte es nur allzu gerne, wenn man ihn den reichen Grafen Hubert nannte; seine Pracht nach Kräften erhob. „Seht!“ sprach er zu Wendelin, und hob hoch den goldenen

Becher in die Höhe, „aus diesem Pokale trank ich das erste Mahl, als mir von meiner seligen Gattinn meine Priska geboren wurde. Nur an ihrem Geburtstage habe ich beschlossen, ihr allemahl, in Beyseyn zahlreicher Gäste, auf ihr Wohl zu leeren; heute mache ich eine Ausnahme; denn ich kann nun füglich sagen: mir wurde Priska wieder geboren, da ich sie, von den Räubern gerettet, wieder an meiner Seite sitzen sehe. O Ritter! jetzt vermag ichs noch nicht, Euch zu lohnen; aber laßt nur acht Tage verstreichen, da hab' ich ein glänzendes Turnier ausgeschrieben, war eben auf dem Rückwege von einem meiner Freunde, den ich dazu einlud, Priska's Geburtstag zu feyern, als die Räuber uns überfielen. — Da will ich mich bemühen, Euch zu zeigen, ob Huberts dankbares Herz es vermag, Euch Eure edle That zu belohnen; da soll Freude überall herrschen! Was meint Ihr wohl, Ritter!" fuhr er bald darauf im forschenden Tone fort, „wenn sich einst ein würdiger stattlicher Gatte für meine Tochter fände, würde mein Reichthum nicht vermögen, ihn und meine Tochter auf immer glücklich zu machen? — Fanden sich wohl viele, aber noch keiner nach meinem Sinne; entsprach noch keiner meinen Hoffnungen und Planen; doch, will's Gott! wird meine Priska nicht veralten, wird sich, so hoffe ich, bald ein Mann finden, der alles das besitzt, was ich von meinem Eidam fordere."

„Und der du wohl schwerlich jemahls wer»
den wirst!" rief das kränkende Gefühl der Armuth dem liebenden Ritter zu, und sein Blick
senkte sich traurig zu Boden. Er nahm nicht
mehr mit voriger Lebhaftigkeit Theil am Gespräche, schützte eine Unpäßlichkeit vor, und eilte
nach seinem Schlafgemache. Er bedauerte jetzt,
sein Glöcklein nicht bey sich zu haben! und beschloß, es in Zukunft an der Brust unter dem
Wamse zu tragen; denn sein Herz sehnte sich
nach Mittheilung und Rath. Er hoffte von
Adelmann vieles, da er ihm schon ein Mahl in
Erklärung seiner Liebe half. Es duldete ihn
nicht im Schlosse, wo er seines Freundes ent»
behren mußte; er gab also wichtige Geschäfte
vor, gelobte feyerlich, an dem zum Turniere
bestimmten Tage wieder zu kehren, und nahm
mit anbrechendem Morgen vom Vater und Tochter Abschied. Ungerne ließen ihn diese fort;
trösteten sich aber mit der Hoffnung des baldi-
gen Wiedersehens, die ihnen Wendelin heilig
versprach.

Viertes Kapitel.

Alle Warnungen waren fruchtlos.

Als Wendelin den Schloßberg hinab ritt, rück=
blickte, und das stolze Gebäude mit seiner fürch=
terlichen Pracht oben glänzen sah, da fiels schwer
auf sein Herz; er glaubte alle Hoffnungen zu=
rück zu lassen, und verwünschte sein Schicksal, das
ihm versagte, was doch so mancher weit Unwür=
digerer genießt, nur zum Bösen verschwendet.
Düsterer Gram umzog seine Stirn mit Falten;
sein Auge sah wild in die Ferne, verfinsterte sich
mächtig, als er gegen Abend des dritten Tages
seine Veste vor sich liegen sah, die ihm nun einer
Bettlerhütte glich, wo Armuth und Verachtung
hausten. Er ritt die Capelle vorbey, wo er
Adelmann wußte; aber er gedachte nicht daran,
ihn zu Rathe zu ziehen. „Was soll sein Rath
mir frommen!“ sprach er, „seine kalten Lehren
sind ein Tropfen Wasser, an dem einen Durstis
gen schwerlich genügen kann; ich bin nicht ge=
stimmt, seine kalte Weisheit zu hören; „Dulde
und hoffe,“ sind seine immerwährenden Worte;
und in mir wüthet und tobt es, wie im stürmi=
schen Weltmeere.“ So ging er die ganze Burg
durch, und überall war's ihm zu enge, nirgends

war, was sein Auge suchte, nur ein Abglanz
der Pracht, die er auf Schiffenberg gesehen hatte;
überall rief's ihm zu: „In diesem armseligen
Gemache kann der reiche Hubert seine Tochter
nicht wohnen lassen, wird gewiß nie einem
Manne sie geben, der schlechter am Hochzeittage
gekleidet ist, als seine Pagen an gewöhnlichen
Tagen. Er ging in sein Gemach; ihm schmeckte
Speise und Trank nicht; er warf sich aufs Lager hin, und blies die Lampe aus, weil sie nur
seine Dürftigkeit beleuchtete. Gewöhnlich ver-
größert unsre Fantasie alle Gegenstände. Wendelin sah sich als Bettler, da er sich doch nicht
lange vorher seiner glücklichen Lage so innig freute.

Gegen Mitternacht wachte er auf; tiefe
Dunkelheit umgab ihn; der heftige Sturm der
Leidenschaften hatte nachgelassen, einer düstern
Schwermuth Platz gemacht. Er beschloß aber-
mahl seinen Freund zu rufen, um vielleicht von
ihm Trost zu erlangen. Im Finstern griff er nach
Stab und Glöcklein, und entlockte ihm seine
Töne. Hell schlug die Glocke an, als ob man
mit Macht daran risse; immer lauter wurde der
Ton, ging in ungestümes Läuten über, als ob
Feinde die Burg überfallen hätten, und mit
Macht an der Sturmglocke gezogen würde. Jetzt
scholls laut hinter ihm und vor ihm, gleich dem
Rollen des Donners, der Boden wankt unter
den Füßen des Erstaunten, ein schmetterndes
Getöse, als ob die Burg zusammen stürzen
wollte, kam tief unten herauf, und betäubte ihn.

Feuer floß an den Wänden des Gemaches herab, und aus dem Boden herauf erhob sich die schreckliche Gestalt eines Ritters, den ein glühender Harnisch umschloß, dicht hing ihm das struppichte Haar um die Stirn, ein weiter schwarzer Mantel bedeckte einen Theil der hell glühenden Rüstung, aus der, bey jeder Bewegung, knisternde Flammen fürchterlich empor sprühten; Wendelins Muth war gesunken, er sah mit unbeweglichen Augen nach dem fürchterlichen Manne hin, der jetzt vor ihm stand, ihn mit weit geöffneten funkelnden Augen anstarrte. Endlich erhob er seine Stimme, so dumpf aus der Brust gehohlt, daß sie im Innersten erschütterte. „Was willst du von mir?" sprach die Erscheinung, „du hast die Bande gebrochen, welche Walufs Macht hemmten, ich erscheine, deine Forderung zu hören."

Wendelin (sich fassend.) Ich rief dich nicht; wenn du Waluf, der Bruder Adelmanns, bist, so wisse, daß ich deiner nie bedarf, dich nicht zu mir rief.

Waluf. Ich bin Waluf, und du riefest mich, sieh zu bey dem Lichte, das dich umgibt. (Er schwingt seinen Arm, und helles Feuer erleuchtet das Gemach.) Sieh zu, ob du nicht mit dem Stabe von Ebenholz mich riefest.

Wendelin. Ich Unvorsichtiger! die Dunkelheit blendete mich.

Waluf. Du hättest also besser prüfen sollen.

Wendelin. Geh wieder hinab zu deiner Ruhe, ich bedarf deiner nicht!

Walluf. Das ist zu spät, keine Macht kann das Geschehene ungeschehen machen. Danke dem blinden Zufalle, der deine Hand leitete; des Glückes ist kein Ende, das dir durch mich werden kann.

Wendelin. Deines Glückes bedarf ich nicht, so fürchterlich würde die Folge seyn, wie du selbst bist.

Walluf. Thor, mißt man den Werth der Sache nach der Außenseite? Laß aufrichtig mit dir sprechen. Ich würde lange schon dein Betragen, deine thörichte Zurückweisung gerochen haben, wenn ich nicht dadurch, daß du mich aus meinem Gefängnisse riefest, dir Dank schuldig wäre. Wendelin, ich weiß, was mein Bruder Adelmann zu dir sprach, du leichtgläubig genug warst, für Wahrheit zu halten. O hättest du mich früher als ihn erweckt, besser wärs dir seither gegangen. Mit Glück hätte ich dich überschüttet, was er nicht vermag, er besitzt nicht den tausendsten Theil meiner Macht. Was that er dir schon Gutes? womit half er dir deine Armuth ertragen? Lehren und kalte Vernunftschlüsse kann er dir in Fülle geben, aber damit kann keinem genügen, der in Noth ist — und doch hätte er so leicht anders handeln können.

Wendelin. Du machst dich immer mehr verdächtig, da du ihn zu verleumden suchest.

Walluf. Das will ich nicht, ich spreche

nur Wahrheit. Wendelin, warum willst du mir nicht gleiches Zutrauen schenken?

Wendelin. Kann so der Gute erscheinen, mit dem Zeichen der ewigen Verdammung so fürchterlich umgeben?

Walluf. Du irrst dich, noch ist nicht ewige Verdammung mein Loos; aber Leiden sind mein Antheil geworden; Leiden, für die du keine Begriffe hast. — So wie diese glühende Rüstung, die Haut und Knochen verzehren würde, brennt Sehnsucht meine nach Ruhe schmachtende Seele; durch Hülfe, die ich bedrängten Unglücklichen leiste, kann ich Linderung, Aenderung meiner fürchterlichen Gestalt, zuletzt auch Erlösung erlangen. — Dieß blieb selbst meinem Bruder unbewußt, und an dir, Wendelin, durch den mir Hoffnung zur Erlösung ward, will ich nun wahrhaf Gutes üben.

Wendelin. Wenns wirklich so wäre?

Walluf. Es ist so, Wendelin, meine Thaten werden dich davon überzeugen. Du trugst harten Kummer, daß Priska's Hand dir nicht werde, ich will damit beginnen, ihn zu lindern, dir zu helfen. Wisse, daß in dem Gewölbe der Burg, wo mein Sarg steht, schon seit Jahrhunderten ein unermeßlicher Schatz liegt — mir steht es frey, ihn nach Willkühr zu vergeben, kann ich ihn besser anwenden, als wenn ich dir ihn gebe?

Wendelin. Walluf, Walluf, du suchest mich an der schwächsten Seite zu gewinnen.

Walluf. Traue mir kühn, Wendelin; noch mehr, ich will diesen Schatz darum dir geben, weil ich weiß, daß du ihn gut anwendest, wirst du auch dann noch Mißtrauen hägen, wenn ich selbst dich bitte, einen großen Theil davon zu Werken der Barmherzigkeit zu verwenden. Du kannst damit deine Burg ansehnlich vergrößern, wirst aber auch wohl thun, ganz nach meinem Wunsche handeln, wenn du statt der Pilgerruhe, wo du der guten Handlungen schon so manche übtest, eine kleine Herberge bauen ließest für jeden nothleidenden Pilger. Jetzt konntest du nur mit karger Hand Almosen spenden — dann kannst du mehr thun, du kannst in frommen Klöstern ansehnliche Stiftungen niederlegen zum Heil deiner Seele, kannst den armen Wanderer nicht allein erquicken und erwärmen, kannst ihn auch bekleiden, ihm mitgeben, daß er nicht schon am folgenden Tage aufs neue betteln darf.

Wendelin. O bey Gott, das war schon oft mein heißester Wunsch, den ich aber nie auszuführen vermochte.

Walluf. Und zu dem ich dir sicher nicht rathen würde, wenn ich an deinem Untergange arbeiten wollte.

Wendelin. Du sprichst weise und gut, aber laß mich vorher prüfen, ob auch die Folge wirklich so gut seyn wird, wie der Anfang es scheinet.

Walluf. Prüfe, denn dein Wille ist frey und ungebunden, du weißt, wie du mich rufen
sollst.

follſt. — Willſt du das nicht, willſt du mich
ſelbſt in meiner Wohnung auffuchen, die ich nun,
auf die Erde gerufen, mir da irgendwo aufſchla-
gen will; ſo eile längs dem Murrthal hinab, da
wirſt du an einen hohen Felſen kommen, von Ge-
räſch und hohen Bäumen umgeben, da iſt eine
Felſenhöhle im tiefſten Schatten, in der ich wohnen werde.

Wendelin. Dein Bruder handelte anders,
er ſchlug in einer geweihten Capelle ſeine Wohnung auf.

Walluf. Immer und immer mein Bru-
der, ich Gebannter darf nicht handeln wie er,
bis meine Leiden gemindert ſind, auch im tiefſten
Forſte kann ich — — doch was brauche ich dir
meine Handlungen zu erklären.

Wendelin. Noch eins muß ich dich fragen: warum entdeckte mir Abelmann den verborgenen Schatz nicht?

Walluf. Weil er dein Herz erſt prüfen
wollte, ob es gut, und ſeiner würdig iſt, ich ba-
be es bereits als gut gefunden, mir ſcheint es
dienlicher für dich zu ſeyn, dir zu helfen, da
du's ſo ſehr nöthig baſt, ſollte dein Herz zum
Böſen ſich wenden, ſo hab ich immer noch Macht
genug, dir das wieder zu entziehen, deſſen du un-
würdig geworden biſt.

Wendelin. Auch darin ſprichſt du gut —

Walluf (ſchnell) Und dein Entſchluß? —

Wendelin. Wozu ſoll ich mich entſchließen?

Walluf. Ob du annehmen willſt, was

ich dir biethe, mich dadurch der ersten Pflicht der Dankbarkeit zu entledigen. Doch du hast Zeit zum Ueberdenken gefordert, und ich will deines Rufes harren. Aber noch eins, Wendelin, es kann dir nicht schaden, wenn du dich überzeugst von der Wahrheit dessen, was ich spreche — hast du Muth mir zu folgen?

Wendelin. Muth? Ja — aber wohin?

Walluf. Zu meiner ehemahligen Wohnung, da sollst du die Reichthümer sehen, die dein werden, die dir Priska's Hand verschaffen sollen, ohne von der Gnade ihres stolzen Vaters leben zu müssen.

Wendelin. Noch bin ich, wenn ich dir folge, an nichts gebunden, kann dein Anerbiethen ausschlagen, wenns mir weiser dünkt?

Walluf. Du kannst es, ich darf dich zu nichts zwingen, es wird mich zwar kränken, aber noch gibts der Nothleidenden genug, die meiner Hülfe bedürfen. Oder scheuest du mich? — Wendelin, stehst du nicht unter höhern Schutz? — o ich hoffe noch zu viel von deiner Verbindung mit Priska, als daß ich dir schaden könnte und wollte.

Wendelin (sein Schwert nehmend) Ich folge dir.

Walluf. Scheue dich nicht, das Feuer meiner Rüstung hat auf dich keine Wirkung, reiche mir deine Hand, ich will einen kürzern Weg dich führen.

Halb entschlossen, halb bebend reichte ihm

Wendelin die Hand, und plötzlich wich der Bo=
den unter ihm, das Feuer im Gemache verlosch,
er sank schnell abwärts durch tiefe Dunkelheit,
als ob er in die Mitte des Erdballs stürzte.

Es brauchte lange, bis sich der Ritter vom
jähen unvermutheten Sturze erhohlte, Walluf
stand gelassen neben ihm, und wartete bis seine
Sinne sich wieder gesammelt hatten. Du siehst,
sprach er zu ihm, daß ich nicht allein durch Reich=
thum dir helfen kann, daß ich auch Macht besi=
tze, dir zu gewähren, was deine kühnsten Wün=
sche fordern, dir zu helfen, wenn auch die drin=
gendste Gefahr dich drückt, all meine Macht, mein
ganzes Daseyn soll für dich gewidmet seyn. Da=
mit ich dich aber gleich vom Anfange von der
Wahrheit meiner Worte überzeuge, so blicke auf,
was hier seit so vielen Jahren vergraben liegt,
und gewiß von dir am würdigsten benützt werden
kann. Walluf führte den Ritter in eine Ecke
des unterirdischen Gewölbes, er riß eine eiserne
Thüre an der Wand, die Wendelin zuvor nicht
bemerkt hatte, mit Macht auf, rauschend wichen
Schloß und Riegel, und ein Strom von Gold=
münzen floß heraus zu des Ritters Füssen, schim=
merte hell bey dem Feuerglanze, dem des Gei=
stes glühende Rüstung von sich gab. Wendelin
stand betäubt, solche Menge Goldes hatte er noch
nie gesehen, einen solchen überraschenden Anblick
hatte er nicht gehofft. Hundert Ideen durch=
kreuzten sein Gehirn, die Zukunft stellte sich ihm
im schnellen Fluge in der höchsten Glückseligkeit

dar, aber eine geheime Stimme schien ihm zuzu=
rufen: o Wendelin, laß dich nicht blenden durch
Reichthum, er macht dich nicht glücklich, kann
die Quelle deines Verderbens werden, und sein
Herz bangte bey dieser Stimme, schien sich darü=
ber zu sträuben. — Daher stand er unschlüssig
da, verwandt wohl kein Auge von dem schim=
mernden Golde, aber besaß doch nicht Muth ge=
nug, die Hand darnach auszustrecken.

Walluf. Warum stehst du so nachdenkend
da? — Greif zu, Wendelin! befiehl, und ich
will dir in dein Gemach bringen, so viel du auf
Jahre bedarfst, und wenn du ein fürstliches Le=
ben führst.

Wendelin. Mir bangt; seit jeher war
meinem Herzen eingeprägt worden, daß ein ru=
higes Leben, dem's nicht am Nöthigsten fehlt,
des Menschen größte Glückseligkeit sey, allzu gro=
ßer Reichthum leicht der Tugend Gefühle unter=
drückt, zu Ausschweifungen und bösen Thaten
leitet.

Walluf. Als Kind wars weise dir diese
Lehre zu geben, als Jüngling wars gut für dich,
sie zu befolgen, denn Sehnsucht nach Reichthum
würde dich nur allzu schnell zum Bösen verleitet
haben, jetzt bist du aber Mann geworden, weißt
leicht das Gute vom Bösen zu unterscheiden,
fühlst es, wie wehe Armuth thut, und wirst von
deinem Reichthume gerne dem Dürftigern mit=
theilen.

Wendelin. Ja, bey Gott, das würde ich

im vollen Maße thun, kein Dürftiger ging ohne reichlicher Gabe bey meiner Thüre vorüber. —

Walluf. Und du willst noch länger die schöne Gelegenheit versäumen, des Segens so viel von dem Erquickten zu ernten?

Wendelin. Wenns nur ein verdientes Gut wäre? das bringt Gewinn, unverdientes frommt selten.

Walluf. O dann müßten Tausende arm werden, die nun im Ueberfluße schwelgen. —

Wendelin. Und so ganz ohne Bedingung willst du mir diese Reichthümer geben?

Walluf. Ohne Bedingung, wenn du anders meine Bitte nicht dazu rechnest, mich fürder als deinen Freund zu betrachten, wenn du in Noth bist, mich nicht zu vergeffen, mir mit deinem Handschlage zu geloben, daß du mir auch in der Folge Zutrauen schenken willst — oder verdiene ich dieß nicht? — Weißt du ein anderes Mittel, deiner Priska Hand zu erlangen, so geh — und verlaß mich, suche Schutz bey dem weisen Adelmann, er wird schnell zur Geduld dich ermahnen, dann dulde und harre, bis Priska einem andern ihre Hand zu reichen gezwungen wird, ihrer Liebe zu dir fluchet, im höchsten Jammer du ein Leben dahin schleichst, ohne Freude, ohne Hoffnung zur Freude.

Wendelin (seine Hand nach dem Schatze ausstreckend.) Deine Worte reiffen mich hin!

Walluf (schnell.) Nimm, nimm — ich wills in Säcke sammeln, und dir nachtragen.

Wendelin. Nein, nur so viel, daß ich mir eine stattliche Rüstung verschaffen kann, damit ich nicht wie ein Bettler beym Turniere erscheine — mich zeigen kann, wie's meinem Stande gebührt.

Walluf. Wie du willst (ihm mit geschäftiger Eile seine Taschen füllend.) Mit diesem kannst du dich herzoglich rüsten, mehr würde dir aber besser frommen.

Wendelin. Ich habe wahrhaftig genug.

Walluf. Und du gelobst mir Freundschaft?

Wendelin. Jetzt danke ich dir — gnügt dirs an dem? wenn ich dich näher kennen lerne, dich genauer geprüft haben werde, soll dir auch meine Freundschaft werden.

Walluf. Auch das — es wird dir gewiß frommen. Vergiß nicht, mich zu rufen, wenn du meiner bedarfst, so schnell als deine Gedanken wird dann immer meine Hülfe werden. (Das Geld in die Oeffnung fassend.) Da ruhe, edles Metall, bis Wendelin deiner wieder bedarf. — Nun aber will ich dich wieder nach deinem Gemache bringen.

Wendelin. Wieder so fürchterlich? —

Walluf. Ich wills anders versuchen. (Er berührte des Ritters Stirne, seine Sinne verwirrten sich, er taumelte, sucht vergebens sich aufrecht zu halten, und sank betäubt, ohne Bewußtseyn, auf den Boden hin.)

Schon blinkte die Sonne durch Glasfenster, und spielte in dem nach alter Art geschliffenen

Scheiben, bunte Farben, als Wendelin sich ermannte, auf seinem Lager sich liegen fand. Er
rieb sich die Augen, sah verwunderungsvoll um
sich, glaubte an der Wand, an dem verbrannten Schnitzwerk die Spuren von Walluss Erscheinung, und dem Feuer das ihm umgab, zu
sehen, aber alles war wie vor und eh. Schon
glaubte er geträumt zu haben, aber ungewöhnliche Schwere hinderte ihn, wie er auf dem Lager sich regte, er befühlte seine Säcke, und fand
sie vom Golde strotzend. Jetzt sprang er auf,
schüttet seinen Schatz auf den Tisch, und sah,
halb verwundernd halb lächelnd, den ungeheu-
ren Goldhaufen an, der vor seinen Augen glänzte.
Er ging hastig im Gemache auf und ab, forschte
jetzt am Boden, wo denn Walluf herauf gekommen, er mit ihm in die Kluft gesunken war, ohne
eine Spur zu finden, bald darauf sah er wieder
mit klopfendem Herzen nach dem Schatze hin.
Wie prachtvoll, rief er, kann ich bey dem Turniere erscheinen! Aber geziemt dir denn auch diese
Pracht? rief ihm eine geheime Stimme zu, kannst
du denn mit Recht dieses Geldes dich bedienen?
Er wankte abermahl zwischen Zweifeln, und beschloß seinen Freund Adelmann darum zu befra-
gen. Er ergriff die Glocke, und ihm ward sonderbar zu Muth dabey, mit Wonne hatte er
sonst seiner Ankunft entgegen gesehen, jetzt bangte
ihm, gleich als ob er eine üble That begangen
hätte. Endlich faßte er Muth und rief dem Geiste. Zwey Mahl hatte er schon die Glocke be-

rührt, das dritte Mahl tönte sie nicht so lieblich
wie ehemahls, gab einen traurigen wehmüthi=
gen Ton von sich, der klagend in der Ferne wie=
derhallte. Adelmann nahte sich, aber seine Mie=
ne war nicht heiter, sein Aug ruhte trüb und for=
schend auf Wendelin, und dieser hatte nicht Muth
genug, ihm ins Gesicht zu blicken. Du riefest
mich, hob endlich Adelmann an, was willst du
von mir?

Wendelin. Rath, was ich beginnen soll —
doch soll ich dir erst wiederhohlen, was heute
Nacht mit mir vorging? Sollte dein Aug nicht
bereits jede meiner Thaten erforscht haben?

Adelmann (seufzend.) Ich habs.

Wendelin. Und dein Rath — —

Adelmann. O Wendelin, Wendelin! wie
oft warnte ich dich vor meinem bösen Bruder?

Wendelin. Noch that er mir nichts Böses.

Adelmann. Die Aussenseite des Lasters
ist niemahls böse, darum ist es leichter ihm, als
der Tugend zu folgen. Wäre die Tugend anlo=
ckender, so würde es nicht schwer seyn, ihr treu
zu bleiben, und sie des Lohnes wenig verdienen.

Wendelin. Weiß Gott! ich hatte es nicht
im Sinne, ihn zu rufen.

Adelmann. Das weiß ich — aber der
Mensch fällt nicht allemahl mit Vorsatz dem La=
ster zu. — Unvorsichtigkeit führt auch öfters auf
Abwege; darum hättest du vorher genauer prü=
fen, hättest ihn verbannen sollen, als er sich dir
nahte.

Wendelin. Wie hätte ich das vermocht?

Adelmann. Muß der Böse nicht weichen, wenn der Gerechte neben ihm auftritt? — Doch genug, du kannst das Geschehene nicht ungeschehen machen. Laß mich nun fragen, Wendelin, was willst du mit diesem Golde beginnen?

Wendelin. Was ich will, weißt du — ob ichs aber wirklich behalten soll, wünschte ich von dir zu erfahren.

Adelmann. Du bist Herr deines Willens, handle wie's dir weise dünkt.

Wendelin. Kann es mir zum Uebel gereichen, wenn ichs behalte?

Adelmann. Aus unsern Handlungen entspringt die Folge, wenn der Grund gut gelegt wird, so kann das Gebäude gut aufgeführt werden.

Wendelin (nach einer Pause.) Ich wills behalten.

Adelmann. Prüfe vorher genau, wie du's verwendest.

Wendelin. Du sollst sehen, daß ichs gut anwende.

Adelmann. Der Schein trügt oft.

Wendelin. So will ichs lassen.

Adelmann. Wie's dir weise dünkt.

Wendelin. Geh, wenn du so fortfährst, bin ich mit dir nimmermehr zufrieden — warum erklärst du mir nicht genau, was ich thun soll.

Adelmann. Nicht ich, du mußt handeln,

der Mensch hat ungebundenen Willen, damit er selbst Böses und Gutes unterscheide und ausübe.

Wendelin (standhaft.) Ich wills also behalten.

Adelmann. Und ich will dich genau beobachten, wie du weiter fortfährst.

Er verließ schnell das Gemach. Wendelin sah ihn halb unwillig nach, denn ihm genügte an seinem zweifelhaften Rathe nicht. Du sollst sehen, sprach er, wie ichs verwende. Er sonderte nun einen großen Haufen ab, und legte eine kleine äußerst geringe Summe auf die Seite. Diese, sprach er, soll mir genügen, das übrige will ich zu guten Handlungen verwenden.

Nicht lange darauf hörte er an der Pilgerruhe läuten, er war eben beschäftigt, sich mit seinem Knappen zu verabreden, wie er sich mit Geschmack zum Turniere rüsten soll, daher sandte er nur einen Knecht hinab statt selbst zu gehen, um zu forschen, wer seiner Hülfe bedarf. Bald kam dieser mit der Antwort zurück, es wären zwey Männer unten, die sich für Kaufleute ausgäben, Räuber haben sie im Forst überfallen, ihnen ihre Waaren geraubt, ihre Kleider genommen, und sie halb nackt fortgetrieben. Wendelin schüttete sogleich eine ansehnliche Summe in den Hut des Knechts, sandte ihn damit hinab, damit sie sich neu kleiden und einen Theil ihrer Waaren anschaffen könnten. Er harrte begierig der Antwort; denn, da er so viel gab, sehnte sich sein Herz schon mächtig nach reichhaltigem

Dank, den er sonst gerne im Stillen eingeerntet hatte. Aber der Knecht kam nicht wieder. — Er forschte nach ihm, und erfuhr bald: er habe schnell ein Roß aus dem Stalle gezogen, lasse seinem Herrn melden, er habe mit den Kaufleuten redlich getheilt, und so viel für sich behalten, daß er nun füglich bey einem ansehnlichern Herrn Dienst nehmen kann. Ehe ihn die Uebrigen aufhalten konnten, war er schon fortgesprengt. Diese Treulosigkeit kränkte den betrogenen Wendelin. Er befahl schnell Einigen aufzusitzen, und ihm nachzujagen. Mit Anbruch der Nacht kamen die Ausgesandten wieder, meldeten aber, daß sie den Knecht nicht gefunden, aber im Dickigt einen Trupp Räuber belauscht, und vernohmen hätten: daß sie einen Anschlag gehabt haben, Einige von ihnen, unter dem Vorwande, als wären sie beraubte Kaufleute, in die Veste zu bringen, um sich, wo möglich, wegen den Tod ihres Anführers zu rächen; daß es ihnen aber nicht gelungen sey, sondern der Burgherr ihnen eine große Summe Geldes geschickt habe, und sie indeß damit zufrieden wieder abgezogen wären.

Wendelin entbrannte vor Zorn, er schwur hoch und theuer, alle Nachbarn aufzubiethen, um einmahl diese Räuber aus der Gegend zu verbannen. Es reuete ihn, sein Geld so verworfen zu haben, aber er dachte nicht daran, daß er selbst Schuld sey; daß man, um Wohlthaten an Armen zu üben, nicht Jedem trauen, sie nicht durch die Hände von Ungeprüften ausspenden las-

sen solle, oder daß vielmehr dieß eine List Wal=
lufs seyn könnte, der den Ritter zwar zu guten
Thaten aufmunterte, um ihn zu gewinnen, aber
stets weislich sorgen werde, daß das Gute übel
angewandt sey.

Bald legte sich indeß des Ritters Zorn, er
beschloß in der Folge vorsichtiger zu handeln,
und brachte die Nacht, wo er sonst immer in sü=
ßer Ruhe lag, schlaflos zu, um dieses und jenes
in seinem Vorhaben zu ordnen. Mit frühestem
wurden die Knechte um eine stattliche Rüstung
ausgeschickt, sie kamen und brachten solche, ver=
sicherten aber, daß sie nur um etwas weniger
theurer eine noch weit schönere hätten haben kön=
nen. Sie gefiel dem Ritter nicht; eine kleine
Summe mehr oder weniger, dachte er sich, und
nahm das fehlende von dem auf gute Thaten zu=
rückgelegten. Jetzt war die schöne Rüstung da,
und ein neues prächtiges Streitroß in den Stall
geführt, aber des Ritters bestes Gezäume paßte
schlecht zu seinem glanzvollen Anzuge; es mußte
ein neues angeschafft werden. Herrlich war er
nun ausgerüstet, aber seine Knechte mit ihren ab=
getragenen Kollern stachen häßlich gegen ihm ab,
auch diese mußten neu gekleidet werden, und so
gings fort, bis immer eine kleine Summe mehr
von dem Reste weggenommen worden war, und
zuletzt gar nichts übrig blieb, was auf Wohltha=
ten hätte verwendet werden können. Du willst
dirs in etwas anders abkargen, dachte sich Wen=
deln, jetzt hast du einmahl nicht anders han=
deln können.

Fünftes Kapitel.
Der feuerdampfende Rappe.

Sobald die Zeit heranrückte, wo Wendelin ausziehen mußte, um zur bestimmten Zeit auf Schiffenberg anzulangen, ward alles rege in der Burg, die Rosse wurden gezäumt, und die neuen stattlichen Wämser hervorgesucht. Die Knechte schritten in ihrer neuen Kleidung stolz auf und ab, und lispelten sich in die Ohren, daß ihr Herr wohl einen Schatz müsse gefunden haben, denn woher sollte er so unvermuthet das viele Geld bekommen haben. Jetzt trat der Ritter selbst in den Hof, prächtig war er ausgerüstet, hell schimmerte der blanke Harnisch, mit goldenen Sternen besäet und mit Gold gerändert, eine weiße Schärpe von Gold strotzend hielt das Schwert, dessen Griff schön und kunstreich gearbeitet war, ein schwarzer stattlicher Streithengst, mit blauem Gezäume, scharrte muthig den Boden, und wieherte stolz den übrigen Rossen zu. Das Thor wurde geöffnet, und Ritter Wendelin sprengte mit seinem Gefolge den Felsen hinab, als ob er ganz mit Edelgesteinen bedeckt wäre, so spiegelten sich die Strahlen der Sonne in seinen Waffen. Gegen Abend kam er in dichtes Gebüsch, durch welches der Murrfluß floß, die Rosse waren er-

mildet, daher ließ er absitzen, die Knechte sam=
melten sich um ein Feuer, wo sie sich wärmten,
und von den mitgenommenen Vorräthen zehrten.
Wendelin fühlte kein Verlangen nach Nahrung,
Priska lag ihm im Sinne, er dachte sich ihr Stau=
nen über seine Pracht, die liebevollen Blicke, mit
denen sie ihn empfangen würde, und seine Wan=
gen glühten; er dachte an ihren Vater, der viel=
leicht bereits einen mächtigen Eidam unter den
angekommenen Rittern sich erkiesen hatte, und
sein Gesicht bleichte sich mächtig, sein Herz ward
mit Wehmuth erfüllt. In dieser Unruhe ging er
mit verschränkten Armen immer vorwärts, ver=
tiefte sich immer mehr ins Gesträuch, und blieb
endlich vor einem hohen Felsen stehen, der seine
weitern Schritte hemmte. Schrof und himmelhoch
erhoben sich die Klippen; warfen dichten Schat=
ten um sich her, und harmonirten durch ihr fin=
stres furchtbares Aussehen ganz mit der Gegend,
die wüste und öde, von keinem menschlichen We=
sen bewohnt, wohl aber mit hohen Bäumen, Ge=
strippe und Dornen häufig umgeben war. —
Wendelin betrachtete die wilde fürchterliche Ge=
gend, als ein Klang ihm in die Ohren schall, als
ob jemand einen vollen Geldsack auf einen Stein
schüttete, daß die klingende Münze herausrausch=
te. Er blickte auf, und sah bald an der Tiefe
des Felsens eine Höhle, deren Eingang zwar
finster war, aus der ihm aber ein helles Licht
entgegenschimmerte. Neugierig wollte er eben nä=
her schreiten, als plötzlich der glühende Walluf

hervortrat. Wendelin bebte bey seinem unerwar=
teten Anblicke zurück, Walluf aber reichte ihm
die Hand zum Gruße.

Walluf. Willkommen Wendelin! — Ob=
wohl ich weiß, daß du nicht mich zu suchen, hier=
her gingst, so bist du mir doch in meiner Woh=
nung willkommen.

Wendelin. Dieß deine Wohnung? ich
suchte dich wahrhaftig nicht hier.

Walluf. Du hast meine Worte vergessen,
daß ich in einer Höhle am Murrfluß hause. Aber
wie ich sehe, hast du dich trefflich gerüstet, wahr=
haftig Wendelin, Priska wird sich deines stattli=
chen Aussehens freuen.

Wendelin. Glaubst du?

Walluf. Gewiß, ich müßte Weiberher=
zen nicht kennen, wie gerne sie Pracht und An=
sehen lieben, besonders an dem, dem ihr Herz
wohl will — sie sagen freylich oft zum Gelieb=
ten: Mit dir würde ich auch in einer Strohhütte
glücklich leben, aber so heißt sie nur die Noth=
wendigkeit sprechen; wenn der arme Geliebte mit
Pracht einher stolzieren könnte, würde ihr Herz
sich um so fester an ihn ketten. Ja ja, die gei=
zige Liebe schwindet bald, und dann folgt Sehn=
sucht nach besserm Leben.

Wendelin (seufzend.) Ach, da sprichst du
wohl wahr! doch glaube ich nicht, daß Priskas
Liebe sich ändern wird —

Walluf. Wahrhaftig nicht, aber — aber —

Wendelin (hastig.) Nun, was meinst du?

Walluf. Ihr Vater denkt anders. Viele stattliche und reiche Ritter sind in seiner Burg, schon mancher unter ihnen zog sein Augenmerk auf sich.

Wendelin. O mein Unglück ist nur allzu gewiß.

Walluf. Sonderbar — sie werden dich doch keiner an Pracht übertreffen.

Wendelin. Damit ist's aber auch alle.

Walluf. Du hast auch noch hinlänglich, um es ihnen an Freygebigkeit gleich zu thun.

Wendelin. Leider nicht, ich gleiche einer schönen Frucht, innen ist kein Kern, so reizend sie von außen ist.

Walluf (lächelnd.) Wußte es wohl, und harrte schon lange deines Rufens. — Sieh her, eben war ich für dich beschäftigt

Er führte ihn nun in die Höhle, und große Geldsäcke standen aufgereihet.

Walluf (lachend.) Laß einen Ritter kommen, der dirs gleich machet.

Wendelin. Dieß ist nicht mein Gut, und ich darf mich also nicht freuen darüber.

Walluf. Sonderbarer Mann, du hast wohl Ursache dich zu freuen; mit dieser Aussteuer kann dir Priska nicht entgehen, die reichen Ritter werden beschämt zurück weichen, und dem stattlichen Brautwerber mit neidischen Herzen den Hof machen; Hubert wird vertraulich deine Hand schütteln, und dich freundschaftlich seinen Eidam nennen; Ehre und Macht wird dein Loos. — Oder

wie ?

wie? willst du nicht nehmen, was dein Glück dir biethet? — so geh und melde mich, ohne dich kann ich schon noch seyn; — geh, Ritter mit der glänzenden Rüstung, und wenn dich ein Diener Huberts um ein Geschenk anspricht, so sag, ich muß erst meinen glänzenden Helm versetzen, damit ich dir ein Trinkgeld reichen kann.

Wendelin. Ha, verdammter Spott!

Walluf. Der gekränkte Freund muß bitter werden; — du handelst, als obs mir Gnade seyn muß, dich beglücken zu dürfen.

Wendelin. Verzeih mirs!

Walluf (freudig.) Willig und gerne; wir sind wieder Freunde. Wendelin, glaube mir, wenn du meinem Rathe folgst, wirds dir gut geben; Wohlleben erwartet dich, an Priskas Hand wirst du im Ueberfluß des Lebens Süßigkeiten erst kennen lernen.

Wendelin. Du hast mich überwunden, allzu wichtig sind deine Worte.

Walluf. Wichtig und wahr — komm Wendelin; wir bleiben Freunde, gelobe mir Zutrauen und Freundschaft, gelobe mir mit dem Handschlag, wenn du in Zweifeln bist, stets auf mich Rücksicht zu nehmen, und ich bin gänzlich ausgesöhnt, will stets trachten, daß es dir wohl gehe.

Wendelin. Ich gelobe es — (schaudernd) Frey ist mein Wille, ich kann ablassen von dir, wenn ich deine Handlungen übel finde?

Walluf. Du kannst es, denn ich kann gar für dich nichts thun, was du mir nicht befiehlst.

Wendelin. Dann ist alle meine Bedenk-
lichkeit gehoben.

Walluf. Sey heitern Muths, banne den
tiefen Ernst von deiner Stirn, du bist in des
Alters Rosenzeit, kümmere dich um den Winter
nicht, und bereite dir Freuden wo du hintrittst,
damit du am Ende der Tage sagen kannst, ich
habe die Welt genossen, ihre Wonne ward mir
in Fülle zu Theil.

Wendelin. Also ich kann von diesem Gelde nehmen?

Walluf. Hier nicht, ich ordnete es nur
hier für dich, um nicht alle Mahl den beschwerli-
chen Weg in die Gruft zu machen.

Wendelin. Du rechnetest also sicher auf
meine Freundschaft?

Walluf (lächelnd.) Ich müßte menschliche
Herzen nicht kennen. Jetzt zieh weiter, Wendelin, deine Knechte harren deiner, und suchen dich
bereits. — Wenn du meiner bedarfst, rufe mich
durch den Ton des Glöckchens, wann und wie es
immer ist.

Wendelin. Ach, das vergaß ich daheim.

Walluf. Ohne dem bin ich nichts. — Eile schnell nach deiner Burg.

Wendelin. Ich versäume das Turnier,
bis ich hinkomme, wirds Abend, morgen soll ich
auf Schiffenberg seyn.

Walluf. Sende deine Knechte nur vorwärts, und lasse sie unweit Huberts Schloß deiner harren, du aber eile nach deiner Veste, rufe

mich, und ich will nicht Walluf seyn, wenn ich dich nicht bis morgen zu ihnen bringe.

Wendelin sah die Nothwendigkeit der Willfahrung ein, er trennte sich also von dem Geiste, sandte seine Knechte mit dem Streitrosse fort nach Schiffenberg, gab ein wichtiges Geschäft vor, und wandelte schnellen Schrittes nach seiner Veste. Schüchtern ging er die Capelle vorüber, ohne einen Blick hin zu wagen; er rief dem Thurmwächter, dieser staunte mächtig, als er seines Herrn Stimme erkannte, aber Wendelin wich seinen Fragen aus, ließ sich schnell etwas Wein und Nahrung bringen, und lehnte sich nachdenkend an den Stuhl zurück, als ein jäher Schlummer, eine Folge der Ermüdung, da er im Schnee eine halbe Tagreise gemacht hatte, ihn befiel. Erschrocken fuhr er empor, als es schon Mitternacht war, er eilte schnell zum Wandschranke, und schlug hastig an die Glocke, hatte aber eben so genau, als er vorher nach der weißen Seite sich umsah, untersucht, daß er sich jener von Ebenholz bediene. Schnell stand unter dumpfen Gerassel Walluf vor ihm.

Wendelin. Ach Walluf, ich werde wohl durch meinen Schlaf die kostbare Zeit versäumt haben.

Walluf. Sorge dich nicht, ehe der Hahn kräht, bist du bey deinen Knechten.

Wendelin. Hast du Gold mitgebracht?

Walluf. Forderst du?

Wendelin (entschlossen.) Ja!

Walluf. Dieser Beutel voll, wird dir auf einige Tage gnügen.

Wendelin. Er ist nicht sonderlich schwer.

Walluf. Du scheinst zum Verschwenden geboren — du hast ja das Mittel, mehr zu bekommen — jetzt geh, unten am Fuße des Berges wirst du ein Roß finden, besteige es kühn, und überlasse dich seinem Willen — wir werden uns bald wieder sehen.

Walluf verschwand, und Wendelin eilte aus der Burg, als er an den Fuß des Berges kam, hörte er bald das laute Wiehern des Rosses — es war an einen Baumstamm gebunden, schwarz von Farbe, schwarz war das Gezäume, schwarz die Decke, die ihm bis an den Boden schleppte — der Ritter zagte, doch faßte er schnellen Muth, löste den Zügel und bestieg es. Da dampfte das Thier Rauch und Flammen, Sausen des Sturmwindes umbraußte ihn, es hob sich mit ihm hoch in die Lüfte, über Felsen und Bäume, daß die Sterne nahe ober seinem Haupte zu schweben schienen, und Wald und Fluß unter ihm, sich in tiefer Ferne verlor. So jagte es fort mit ihm, bis ein falber Schimmer des Tages Anbruch zu verkünden schien, da senkte es sich unweit einer Ebene auf die Erde herab, der betäubte Ritter sprang aus dem Bügel, und hoch bäumte sich der Rapp, sprühte Feuerfunken von sich, und verschwand mit lautem Brausen unter die Erde. Wendelin brauchte lange sich zu erholen, Sinn und Athem waren ihm in schnellen Flug vergangen,

als er sich wieder ermahnte, sah er fern die
Spuren eines Feuers, trat näher, und gewahrte
seine Knechte, die sich hier gelagert hatten, eben
aufwachten, als der Ritter sich nahte, und ihn
mit großen Augen anstaunten. Sie hatten schon
die ganze Nacht Späher nach ihm ausgesandt und
ihn nirgends gefunden, und sahen ihn jetzt so plötz=
lich in ihrer Mitte. Wendelin befahl schnellen
Aufbruch. Er hatte noch eine gute Stunde zu
reiten, ehe er auf Schiffenberg anlangen konnte,
und wollte nicht lange nach Anbruch des Tages
dort erscheinen.

Sechstes Kapitel.

Die Pflanze des Lasters gedeiht mächtig.

Es war ein heiterer schöner Wintertag, zwar
eine ungewöhnliche Zeit zu Turnieren, aber die
mannhaften Deutschen scheuten kein Ungemach,
wenn es wo Ausübung der Tapferkeit galt, da=
her sammelten sich die Gäste Graf Huberts in
ihrem stattlichen Anzuge, mit Tagesanbruch auf
der Pläne die vor seinem Schlosse lag, und harr=
ten begierig der Ankunft des Grafen und der
schönen Priska. Man hatte alles aufgebothen, um
den zwanzigsten Geburtstag der schönen Priska
mit möglichster Pracht feyern zu können. Auch

sie war auf Geheiß ihres Vaters gleich einer Kö=
nigstochter geschmückt, bestieg aber mit trauren=
den Herzen die Bühne, denn sie gewahrte unter
der Menge der Ritter den nicht, den ihr Auge such=
te. Jetzt hatten die Ritter dem Kampfrichter
Nahmen und Wappen kund gethan, ritten bereits
in die Schranken, als man von fern einen statt=
lichen Ritter mit seinem Gefolge ankommen sah:
— weit glänzte seine Rüstung her, muthig und
geschickt tummelte er das bäumende Streitroß,
alle bewunderten seine Pracht, und verlangten zu
wissen, wer dieser stattliche Mann sey, jetzt ritt
er näher, nahm den Helm ab, und mit einem lau=
ten Schrey fuhr Priska auf, da sie ihren Wende=
lin erkannte, jubelnd eilte ihm der Vater entgegen
und schüttelte seine Hand, wandte seinen Blick
nicht ab von der Pracht des stattlichen Mannes.

Im freundlichen Gespräche forschte Hubert
bald, woher die so ungewohnte Pracht des Ritters
komme. Wendelin blieb eines Theils der Wahr=
heit treu, er habe in den Gewölben der Burg
einen unermeßlichen Schatz gefunden, und Hu=
bert wünschte ihm von Herzen Glück dazu. Jetzt
begann das Turnier, viele siegten, viele wurden
besiegt, Wendelin maß sich mit jedem, keiner ge=
traute sich an ihm, bis auf einen, der sich kühn
mit ihm maß, aller Sieger gewesen war, und
ihn nun gleich beym ersten Gang aus dem Sattel
hob. Röthe der Scham färbte seine Wangen,
Todtenton war seinen Ohren das Schmettern der
Trompeten, welches dem Sieger zu Ehren er=

tönte, dieser hatte nun den Siegespreis errungen, empfing unter lautem Jubel eine reiche
Schärpe von Priskas Hand gestickt, Wendelin
stand seitwärts, mit beschämten Blicken, rollte
aber bald wüthend sein Auge, als er sah, daß
der Sieger die Schärpe mit Inbrunst an seinen
Mund drückte, der Eifersucht schreckliche Qualen
fielen auf sein Herz, er glaubte kaum sich aufrecht zu
halten, mußte auf einen seiner Knappen sich stützen.
Graf Hubert bemerkte die Veränderung, die in
Wendelins Innern vorging, er schrieb es der
Schande besiegt zu seyn, zu, rief ihn zu sich, und
reichte ihm seine Hand. Laßt euchs nicht kränken, sprach er, daß Graf Gerard von Wiedersberg
euer Sieger war, auch ihr habt wacker gekämpft,
und seyd des Lohnes und der Achtung der Ritter
würdig. Laßt eure Traurigkeit sinken, und glaubt
mir, ich werde auf Entschädigung sinnen. Die
Ritter, welche Huberts Worte gehört hatten,
drängten sich hinzu; sie versicherten Wendelin,
daß er ganz ihre Achtung habe, nur Graf Gerard
war nicht unter ihnen, er unterhielt sich mit
Priska, sein Auge flammte Liebe, und Wendelin
entging diese Liebe nicht, er glaubte auch Priskas
Herz verändert, und beschloß die Treulose auf
immer zu meiden. Gern hätte er noch vor dem
Mahle mit ihr gesprochen, aber es war nicht
möglich, der von Wiedersberg hielt sie stets um-
lagert, wachte auf jede Bewegung Wendelins.
Dieser trachtete noch vor der Tafel allein seyn zu
können, es stürmte gewaltig in seinem Herzen,

er eilte in den Schloßgarten, ging in eine verborgene Laube, und riß sein Glöckchen, das er unter dem Wams auf der Brust trug, hervor. Schnell
erschien Walluf auf sein Rufen.

Walluf. Was willst du?

Wendelin. Einen Rath in Kürze — Graf
Gerard liebt meine Priska.

Walluf. Ich weiß es, er ist mächtig, und
ein furchtbarer Nebenbuhler.

Wendelin. Kannst du es hindern?

Walluf. Wenn du es befiehlst, will ich
ihn schnell bey den Haaren fassen, an den nächsten Baum schmettern, daß das Blut an den
Aesten klebt.

Wendelin. Pfui, wie kannst du mir zum
Menschenmorde rathen?

Walluf. Wenn er fort reitet, will ich sein
Pferd scheu machen, daß es mit ihn überstürzt,
er den Hals sich abstößt, so hat ihm das scheue
Pferd getödtet.

Wendelin. Geh Klügler, diesen Rath will
ich nicht.

Walluf. Er liebt Priska sehr.

Wendelin. Tilge diese verdammte Liebe
aus seinem Herzen.

Walluf. Das vermag ich nicht, ich habe
keine Macht über menschliche Herzen.

Wendelin. Kannst du andere Gestalten
annehmen?

Walluf. Ja.

Wendelin. Kannst du kein Mittel bereiten — daß ihn wahnsinnig macht. ihm gerade das sprechen läßt, was er nicht fühlt?

Walluf. Ja.

Wendelin. So nimm schnell die Gestalt eines von Huberts Dienern an, mische den Wein ben Gerard trinken will, daß er wahnsinnig wird —

Walluf. Du beginnst sehr sinnreich zu werden. Der Tod scheint dir grausamer, als lebenslänglicher Wahnsinn zu seyn.

Wendelin. Nicht so, nur so lange soll er bleiben, bis Priska mein ist, merk dirs wohl — dann soll seine Vernunft wiederkehren.

Walluf. Und mit ihr all seine Leidenschaft, im gedoppelten Maße.

Wendelin. Mags seyn, dann hab ich Priska auf immer.

Walluf. Auch als Gattinn kann er sie dir rauben, Raub des Weibes schmerzt tiefer als der, der Geliebten.

Wendelin. Laß nur mich sorgen, geh, und vollziehe; aber sobald Gerard getrunken hat, entferne dich, daß niemand deine wahre Gestalt ahnde.

Walluf verschwand und Wendelin eilte zur Tafel. Alles lebte da in Freuden und Wonne, alles jubelte dem stolzen Sieger zu. Wendelin mißgönnte ihm nun seinen Ruhm nicht mehr, sein Herz sättigte sich bereits mit der Hoffnung nach Rache. Sein Blick bemerkte genau jeden Diener, der Gerarden den Wein kredenzte, er glaubte jetzt Wallufen zu erkennen an seinem stürmischen Ge-

sichte, sein Herz lachte Freude, er sahs mit Wonne, wie Gerard den Becher halb leerte. Voll
Freude begann er ein Gespräch mit Graf Huberten, ach, und bemerkte es nicht, daß Priska
aus Irrthum statt nach ihren Becher nach jenem
Gerards langte, neben dem sie saß, ihn bis auf
einige Tropfen leerte. Noch störte nichts die allgemeine Freude, kein Zeichen des Wahnsins,
nach dem Wendelin so ängstlich lauschte, ward
noch sichtbar. Man meldete jetzt einen alten Pilger, an der Tafel, der um einige Labung bath;
Graf Hubert, der ein gutes Herz hatte, ließ ihn
herauf kommen, ihn unten an der Tafel einen
Platz anweisen, und Priska, mitleidig gegen Armuth, ging ihm mit einem Labetrunk entgegen,
hatte eben den Becher gefüllt, in dem noch einige
Tropfen des zauberischen Trankes waren. Der
Pilger leerte ihn nun vollends. Jetzt war beynahe
die Tafel am Ende, die Mienesänger begannen
scherzhafte Lieder, als Graf Gerard schnell aufsprang, seine Augen sich fürchterlich im Kopfe kreisten, er wild nach Huberten hinstarrte, und laut
schrie, er soll es ja nicht wagen, ihm seiner Tochter
Hand zu geben, er hasse sie bis in den Tod.
Alle Anwesenden fuhren erschrocken auf, staunten
nach dem rasenden Grafen hin, geriethen halb
in die höchste Verwunderung, als der Zauberrrank auch bey Priska seine Wirkung that, auch
sie anders sprechen mußte, als sie fühlte, daher
eilte sie mit liebevollen Blicken zu Gerarden, der
sie haßte, umarmte ihn, beschwur ihn um Gegen

liebe, raufte sich das Haar aus dem Kopfe, das
er ihre Liebe, ihr Herz verschmähen wollte. Hubert und Wendelin eilten gleich hastig zu Priska,
forschten gleich ängstlich nach dieser seltsamen
Stimmung, sie raßte und tobte in des Vaters
Armen, wie Gerard in der Mitte der Ritter, die
sich um ihn gedrängt hatten, da sie gewahrten,
daß er den Dolch gezückt hatte, um die zudring-
liche Priska zu tödten. Man bemerkte bey beyden
die deutlichen Spuren des Wahnsinns, rief schnell
den Arzt, welcher die Tobenden besichtigte, und
sogleich alles als eine Wirkung einer schrecklichen
Vergiftung erkannte. Wer war der Thäter? man
forschte genauer, der arme Pilger, der die beyden Unglücklichen, die ihn kurz zuvor gelabt hatten, von Herzen bedauerte, fing nun plötzlich, da
auch ihm Sinn und Bewußtseyn verging, aus
vollem Halse zu lachen an, er jubelte und drehte
sich in Kreisen herum, da alles jammerte und
klagte. Man ergriff ihn, riß ihn zu Boden, du
bist der Thäter, schrie Hubert — Nein, dachte sich
der Arme, und ein lautes Ja kam über seine Lippen. Da riß ihn Hubert fürchterlich empor, würde ihn schnell ermordet haben, hätten ihn nicht
die übrigen abgehalten; er ließ ihn also von den
Knechten ergreifen, und ins tiefe Burgverließ
werfen. Schrecken und Trauer herrschte allgemein, aber niemand litt mehr, als Wendelin, der
sich nun nicht zu rathen nicht zu helfen wußte,
dem jeder Ton aus Priskas zitternder Lippe durch
die Seele schnitt.

Siebentes Kapitel.
Blut fließt.

Der ganze Tag verging in vergeblicher Bemühung, die Rasenden zu sich zu bringen, gegen Abend mußte man sie an ihr Lager anbinden, den leidenden Vater ohnmächtig nach seinem Gemache tragen. Wendelin eilte trostlos und verzweifelnd in sein Zimmer, er rief Walluf, stürzte, so bald er ihn sah, mit blankem Schwerte über ihn, aber kaum berührte das Schwert den glühenden Geist, als es zusammen schmolz, und wie zerlassenes Bley auf den Boden floß.

Walluf. Ohnmächtiger, was willst du gegen mich beginnen?

Wendelin. O daß ich Gottes Fluch auf dein Haupt schmettern könnte.

Walluf. Thörichter, bist nicht du selbst an all dem Unglück schuld? befahlst nicht du mir, mich schnell zu entfernen, sobald Gerard getrunken hatte, damit man mich nicht erkenne, wie konnte ich da über Priska und die übrigen wachen?

Wendelin. O verdammt, daß du wahr reden mußt — o Walluf, Walluf — hilf — rathe — rette!

Walluf. Wie soll ich? Gerard bleibt wahnsinnig, bis Priska dein ist, und diese kann dir so nicht werden, also bleiben sies beyde, so lange sie leben.

Wendelin. O ich verzweifle, ich verfluche die unglückliche Stunde meiner Geburt, (in seinem Haupthaar wüthend) schaffe Rath, oder ich erhänge mich am nächsten Baume, um den Jammer nicht zu sehen.

Walluf (für sich.) Das wäre wohl etwas — doch nein, noch ist er nicht reif (laut.) Ich kann retten, aber nur durch Blut.

Wendelin (schnell.) Wie? Wie aber?

Walluf. Menschenblut muß ich haben, es durch List in den Mund der Kranken bringen, und sie wird schnell genesen, wieder aufblühen wie eine Rose, welche der Thau nach süßer Sonnenhitze tränkt.

Wendelin. Ha, so eile schnell hin, wo auf den Erdball jetzt vielleicht eine Schlacht geliefert wird, sammle was du bedarfst und rette.

Walluf. Ich muß mit zauberischen Stahl tödten, damit das Blut seine Wirkung habe, befiehl also —

Wendelin. O nein — nein — nimmermehr.

Walluf. Priska stirbt im schrecklichen Wahnsinn.

Wendelin. O ich Verworfener, Unglücklicher!

Walluf. Du bist ihr Rettung schuldig.

Wendelin. Und wem willst du morden?

Walluf. Befiehl! — und ich vollziehe!

Wendelin. O welche Qual drückt mich — soll denn Menschenblut meine Seele beflecken, soll Gerards Tod —

Walluf. Ich eile.

Wendelin. Harre — noch ist Gerard tu=
gendhaft.

Walluf. Ja — auch ist er Witwer, und
hat zwey unmündige Kinder.

Wendelin. Bey Gott, dann muß er leben,
um seine Kinder zu erziehen.

Walluf. Der Pilger ist aber alt und oh=
ne Freunde!

Wendelin. Weißt du keinen andern, kei=
nen Verbrecher?

Walluf. Wendelin! Werdelin!

Wendelin. O ich verstehe dich, ich der
größte Verbrecher, will einen andern strafen —
mein Herz fühlt Todesqual — Ha! horch, wer
schreyt so jämmerlich?

Walluf. Priska im Wahnsinne, für ihre
schwachen Nerven war der Trank nicht gerichtet,
sie wird kaum mehr einige Stunden dauern —
Horch wie alles im Schloße umherläuft und
jammert, ehe ich ferne jemanden suchte und mor=
dete, hätte sie vollendet, bey dem Pilger bleibt
die That verborgen, ich lege den Dolch zu ihm,
als hätte er's selbst gethan.

Wendelin. O Gott, kaum kann ich noch
deinen Nahmen nennen, ja ich will büßen für
diese That, zum heiligen Grabe will ich pilgern,
drey Jahre in Noth und Kummer leben, so lang
ich lebe Gutes thun, daß mir Verzeihung werde.

Walluf. Ich eile.

Wendelin (mit dumpfen Ton.) Geh! —

Walluf. Der Pilger hat einen alten Nach=
barn daheim in Helvetien, den er seine Lebens=
tage durch erbetteltes Almosen fristet, der eben
jetzt für seine Ankunft bethet.

Wendelin. Ich will ihn reich machen,
damit er für mich bethe.

Walluf. Wohl — ich gehe —

Wendelin. Geh, und vollende, wir se=
hen uns nicht wieder.

Walluf verschwand, Wendelin stürzte betäubt
zusammen — das laute Gelärm im Schlosse, das
Rufen, Priska stirbt! schreckte ihn empor, mit zer=
rauften Haaren stürzte er an ihr Lager und warf
sich heulend über sie hin. Jetzt brachte der Arzt
eine bereitete Arzeney, Wendelin sah auf und er=
blickte Wallufen, der allein unsichtbar da stand,
seinen Arm mit Blut befleckt hatte, Blut in die
Schaale des Arztes goß. Fürchterlich schrie Wen=
delin auf, und stürzte abermahls ohnmächtig zu=
sammen. Man hielt es für das Uebermaß seines
Schmerzens, und trug ihn bedaurend nach seinen
Gemach. Nach einer Stunde ermannte er sich,
er starrte wild die Umstehenden an. Wo ist Pris=
ka! rief er mit bebender Lippe, und Hubert
drängte sich zu ihm. Thränen rollten über seine
Backen, sie ist gerettet! rief er, und faltete seine
Hände gegen Himmel. Gerettet, schrie Wendelin!

Hubert. Ja — kaum berührte ihr Mund des
Arztes Trank, als sie in Schlummer fiel, lange so
dahin lag, endlich aufwachte, so heiter wie die
Sonne nach dem Sturme, nur noch matt wie

sie, durch die Regenwolken, umher blickt, nach
dir Wendelin fragte, und all ihr Wahnsinn vor=
über war; selbst der Arzt gesteht ein, seine Arze=
ney habe unverhoffte Wirkung gethan, er auf so
schnelle Besserung gar nicht gehofft. Auch Gerard
ist gerettet, aber sehr schwach, er ließ sich eben in
einer Sänfte fortbringen. Der teuflische Gift=
mischer aber, der verdammte Pilger, hat sich selbst
belohnt, eben wollten ihn meine Knechte zur Fol=
ter schleppen, damit er bekenne, warum er solch
teuflisches Werk verübt habe, als sie ihn todt
im Gefängnisse fanden — er hat sich selbst ge=
tödtet, neben ihm lag dieser blutige Stahl.

O schrecklich, schrecklich! rief Wendelin,
und saß mit gefalteten Händen starr für sich auf
den Boden.

Auf Huberts Zureden ermannte er sich wieder,
er wankte nach dem Gemache, wo Priska lag,
heiter lächelte sie ihm entgegen, streckte ihre zarten
Arme nach ihm aus, und färbte mit Gluth ihre
Wangen, als sie den Vater hinter Wendelin herein
treten sah. Hubert nahte sich dem Lager der Toch=
ter, zage nicht, mein Kind, sprach er, daß du so
sehnlich nach dem Ritter hinblicktest und ich diese
Blicke gewahrte, sein eigener Schmerz, sein
trostloses Dahinsinken, ja du selbst, als du von
deinem Wahnsinne dich erbohltest, und den Nah=
men Wendelins so sehnsuchtsvoll ausriefest, alles
dieß überzeugte mich nur allzu deutlich was eure
Herzen fühlen, daß eine Liebe darin verborgen
liegt, die bereits zum hohen Grade gediehen ist.

Scheut

Scheut euch nicht, blickt mir unverhohlen ins Auge, könnt ihr wohl muthmaſſen; daß Hubert,
der sein Kind so zärtlich, so innig liebt, es vermöge, sie unglücklich zu machen? Wiſſet nun,
was seit dem Tage, als ich in deiner Burg, Wendelin, zu genesen anfing, mein fester Entschluß
war, der heutige Tag war zum hohen Jubel bestimmt, nach der Tafel wollte ich den Becher auf
dein Wohl aufheben, Priska! und auf das Wohl
deines Verlobten; denn ich glaubte nicht beſſer,
als mit deiner Hand und deinem Erbe, die Rettung belohnen zu können, die Wendelin an mir
und dir übte. Mir wars nicht verborgen geblieben, daß du dem Ritter wohl gewogen seyst;
ich freute mich darüber, wollte heut ein hohes
Jubelfest feyern. Freylich unterbrachs ein höchst
trauriger Zufall, doch der ist nun vorüber, Dank
dem Himmel, auf wunderbare Art vorüber. —
Jetzt will ich vollenden, woran ich unterbrochen
worden war, will eure Hände zusammen legen,
den Bund eurer Herzen segnen. — Wendelin stürzte
zu den Füßen des Grafen, schon der Anblick der
Geliebten hatte die Todesangst, die ihn folterte,
halb betäubt, jetzt vermochte er nur sein Glück
zu fühlen. Hubert hob ihn auf, drückte ihn an
seine Brust, und hieß ihn, in seiner Gegenwart
der Verlobten den ersten Kuß der Liebe geben.
Niemand war im Gemache, als sie dreye; die
Liebenden setzten also jeden Scheu beyseite, um-
armten sich inbrünstig, dankten laut dem Vater
für ihr Glück.

Wend: v. Höl.

Doch noch eins, meine Kinder, sprach Hubert nun, ich muß mein Gelübde erfüllen, und eure Verbindung verzögern. In der Stunde des höchsten Jammers, als der schreckliche Tod meiner Tochter mir Gewißheit war, man mich ohnmächtig auf mein Lager gebracht hatte, und ich mich wieder ermannte, da sank ich auf meine Knie, flehte inbrünstig zu Gott, um Rettung meines Kindes, und gelobte: daß, wenn ihr ihre Gesundheit wieder würde, wie vor und eh, sie ein Jahrlang in einem frommen Frauenkloster, angethan mit dem Kleide einer Nonne, nur der Andacht leben soll, ich selbst, noch weniger ein anderes männliches Auge soll sie sehen, um sie in ihrer Andacht zu stören. Nach dieser Frist aber, will ich sie der Welt wiedergeben, damit ihr an der Seite eines tugendhaften Mannes Kinder, mir Enkeln, und der Welt redliche Bürger würden. Gott hat mein Flehen erhört, ich muß das Gelübde nun fest und theuer halten, wenn nicht des Himmels Zorn mich treffen soll. Darum, Wenheim, mußt du mir geloben, bey deinem Seelenheil und ritterlichen Ehre, binnen Jahresfrist die Andacht meiner Tochter nicht zu stören, dafür soll der Tag ihres Hervortretens, der eurer Verlobung seyn.

Eine harte Bedinguß war dieß freylich für die Liebenden, aber sie konnten den Willen des Vaters nicht hindern, und mußten sich seiner Gelobung fügen, so schwer es auch ihren Herzen ankam. Wirst du mir auch treu bleiben? fragten sich beyde, und gelobtens sich auch feyerlich im Beyseyn des hoch erfreuten Vaters. Bald vernahmen die noch anwesenden Ritter den von Hubert gesegneten Bund der Liebenden, sie drängten sich hinzu, wünschten dem Ritter Glück zu dem kostbaren Schatze, der ihm durch die Hand der schönen Priska geworden war, und bald kehrte wieder allgemeine Freude auf der Burg ein.

Priska verließ noch diesen Tag ihr Lager, glich so ganz der aufblühenden Rose, war durch ihre sanfte, schmachtende Miene noch um vieles verschönert. Wendelin saugte der Wonne so viel aus ihren Blicken, strebte so dürstend nach ihren Küssen, stimmte mit so vollem Herzen in den Jubel der Gäste ein, daß ihm kein Raum zum Nachdenken übrig blieb, er nur höchst selten und flüchtig daran gedacht, daß bereits Menschenblut auf seiner Seele ruhe.

Endlich nach drey Tagen, die wie Stunden vorüber flossen, begannen die Ritter auf ihren Abschied zu denken, und der Vater die Liebenden an die Scheidung zu mahnen. Ihre Freude minderte sich; Priska trocknete im Verborgenen ihre Thränen; Wendelin ging einsam umher, schlug sich oft an die Stirne, daß er dem Rathe Wallufs gefolgt, und nicht vielmehr, so wie ihm Adelmann gerathen, geduldet und geharret habe, der Vater hatte ihm ohnedieß seiner Tochter Hand bestimmt, er selbst war jetzt durch seine Handlungen Schuld, daß der lange

Zeitraum eines Jahres zwischen seine Hoffnun=
gen geworfen worden war. Als die Stunde von
Priskas Abreise heran nahte, zog er traurig seine
glänzende Rüstung an, und begleitete den Zug,
der Priska nach dem Kloster führte. Mehrere
Ritter folgten. Als sie immer näher und näher
den dunkeln Mauern des Klosters kamen, schlug
das Herz der Liebenden ängstlicher; dem Vater
selbst geschah hart, wenn er an die nahe Schei=
dung gedachte; doch wars nicht mehr zu ändern.
Jetzt stand die hohe Pforte vor ihren Blicken,
die Ritter und Knechte harrten aussen, Hubert
und Wendelin aber betraten den langen öden
Klostergang, und eilten ins vergitterte Sprach=
zimmer. Da kam ihnen die schon von allem un=
terrichtete Aebtissinn, entgegen, und erfüllte durch
den Anblick des schwarzen Schleyers mit Trauer
die Herzen der Liebenden. Sie und Hubert spra=
chen ihnen Muth ein; dieser forderte den Ritter
noch ein Mahl auf, ihm in Beyseyn eines ehrwür=
digen Priesters einen theuren Eid zu leisten, die
büßende Priska in ihrer Andacht nicht zu stören.
Er leistete den Eid, aber sein traurendes Herz
sprach ihn nicht mit; auch Priska mußte schwö=
ren, ihrer Pflicht treu zu bleiben, sich durch nichts
in ihrer Einsamkeit stören zu lassen. Noch ge=
stattete der Vater ihnen den Scheidekuß, drückte
sein Kind wehmüthig an sich, und die Aebtissinn
führte die zagende Jungfrau unter liebreichen
Worten mit sich fort. — Gleich einem leblosen
Bilde starrte ihr Wendelin nach, folgte maschi=

nenmäßig dem Vater, der selbst seine Thränen kaum hinab drücken konnte. Unten empfiengen sie die harrenden Ritter, suchten mit freundschaftli= chem Gespräche die Traurenden zu erheitern, ob= wohl sie selbst bey sich fühlten, daß ihnen nicht leichter ums Herz gewesen wäre, wenn sie so lange sich von einer zärtlichen, erst wieder erlang= ten Tochter, von einer Geliebten, hätten trennen müssen. Mehr als Hubert, litt Wendelin schon aus der Ursache, weil sich in diesen Stunden der Trauer das Bewußtseyn der begangenen That wieder vor seine Seele drängte, er durfte jetzt nicht allein seyn, konnte unmöglich nach seiner Burg zurück kehren, wo er den vergessenen Adel= mann wußte, war nur dann heiter, wenn er bey Huberten saß, Gäste, an denen es nie man= gelte, um ihn her waren, und der volle Becher herum ging.

Wenn er und der Graf allein waren, bespra= chen sie sich von ihrem künftigen Leben in Freund= schaft und Wonne. Lieb wär's mir gewesen, sagte einst der Graf, wenn ich Euch zugleich mit meiner Tochter Hand in eine glücklichere Lage hätte versetzen können, doch der Himmel wollte es anders, bescherte Euch einen Schatz, der, wie Ihr mir selbst oft sagtet, fürstlich sey, und es ist auch gut, man kann nie zu viel für seine Nachkommen sammeln. Was wollt Ihr nun be= ginnen, Wendelin? wollt Ihr nicht die Mauern Eurer kleinen Burg niederreissen lassen, und ein ansehnliches Gebäude aufführen? denn für Euch schickt sich diese ärmliche Wohnung nicht; ich dächte, dadurch verstrich die Zeit am besten, und Priska würde sich wohl wundern, wenn sie aus dem Kloster käme, nach Eurer kleinen Burg verlangte, und Ihr sie in ein Schloß einführtet, das prächtig und ansehnlich wäre. Auch haben wir durch den harten Winter Noth und Armuth im Lande, der Erwerb stocket; Ihr könnt gleich Gutes mit Eurem Gelde thun, wenn Ihr den armen Leuten Arbeit verschaffet. Wendelin sehnte sich nach Zerstreuung, er konnte es nicht mehr widerrufen, daß er nicht reich sey, und willigte daher sogleich in den Vorschlag des Grafen, beschloß aber auch zugleich neben bey ein Spital für arme Nothleidende zu erbauen, wo er selbst seine begangenen bösen Thaten durch wohlthätige Pflege der Armen büßen wollte. Er hatte gelobt nach Palästina zu ziehen, dort drey Jahre in Armuth zu leben, aber jetzt so lange von Priska getrennt, dann noch auf längere Frist scheiden, war ihm nicht möglich; er widerrief also jetzt schon sein Versprechen, und glaubte auch hier durch gute Werke büßen zu können. So bald er und Hubert einig waren, wurden Baumeister und Mahler aus Italien verschrieben, diese erschienen, und man eilte nun nach dem Höllenstein, um den Plan des Gebäudes zu erbauen.

Wendelin war nun wieder in Thätigkeit, seine Prachtliebe wieder gereizt, er vergaß bald der Trauer und der Stimme des Gewissens, fand

die Plane der Baumeister immer nicht geschmack⸗
voll genug, und übertraf den an Pracht gewohn⸗
ten Graf Hubert in den Anordnungen. Da nun
auch Geld nothwendig war, wurde, so bald wie
möglich, Walluf gerufen. Er erschien mit aller
der Schauerlichkeit umgeben, welche seinen An⸗
blick so fürchterlich machte.

Du hast mich lange nicht gerufen, sprach er,
schon war ich erzürnt über dich, und verwünschte
die Stunde, da ich dir Freundschaft gelobte.

Wendelin. Ach sie kam mich bereits theuer
zu stehen, noch liegt Mord auf mir.

Walluf. Schüttle ihn ab wie einen bösen
Traum, du mußtest so handeln; — der Mann,
der kühne Pläne erreichen will, darf nicht wie
Knaben handeln, die vor der Erzählung ihrer
Amme sich fürchten, du wirst nur dann erst des
Genusses alles Glückes würdig seyn, wenn du's
vermagst, die Vorurtheile zu verbannen, die dich
beherrschen. Genuß der Früchte der Freuden soll
die Bestimmung deines Daseyns seyn. Der
Gärtner trachtet nur, daß die Frucht genießbar
am Baume wächst, er wühlt mit scharfer Haue
im festen Erdreich es wittern zu machen, und
vertilgt die Raupen, die ihm seine Hoffnungen
rauben können.

Wendelin. Ich bedarf jetzt deiner Lehre
nicht, hätte gar vieles wider dich einzuwenden,
du ewiger Klügler, und meine Zeit ist gemessen.
Schaffe mir Geld, die Betrachtungen will ich auf
gelegenere Zeiten verschieben.

Walluf. Recht so, dazu ist es noch immer Zeit, es ist Schade um den schönen Tag, den man in finstern Betrachtungen verliert, dazu gehört der späte rauhe Winter, der Frühling ladet zum Genusse. Wie viel forderst du?

Wendelin. Der Freygebige zählt nicht, er gibt mehr als man braucht, und ich bedarf jetzt sehr viel.

Walluf. Auch will ich noch mehr dir geben, du gefällst mir, Wendelin, du beginnest nach meinem Wunsche zu denken, daher gelobe ich dir aufs neue Freundschaft. Ist dir dieß genug indeß?

Ungeheure Geldsäcke standen jetzt um den Ritter her, schienen sich mit jenem Augenblicke zu mehren, das Gemach bis an die Decke zu füllen. Laß ab, rief Wendelin, ich müßte die Decke ausbrechen lassen, um Raum für deine Säcke zu gewinnen.

Walluf. Du siehst, daß ich nicht karge.

Wendelin. Wenn's so fort geht, so kann ich mich mit dem ersten Fürsten der Welt messen.

Walluf. Genieß und vertheile, ich bin nie leer, wenn du wieder brauchst, rufe mich.

Wendelin (lachend.) Will erst meinen großen Saal bauen lassen, damit du mehr bringen kannst.

Walluf. Immer größer, immer größer, bis zur höchsten Stufe.

Wendelin. Und dann um so tiefer abwärts?

Walluf. Pfui, wer wird an das denken.
— Du fängst wieder zu schwärmen an — ich
scheide, denn ich bin jetzt selbst nicht geneigt dich
zu hören.

Er rauschte zu seinen Füßen hinab; Wen=
delin konnte sich an seinem Reichthum nicht satt
sehen, aber zugleich erwachte Sorge in ihm, daß
niemand ihm raube, was ihm nun geworden
war. Er versperrte sorgfältig das Gemach, lief
hundert Mahl des Tages hin, um zu sehen, ob
noch die Säcke unverrückt geblieben waren. Um
sich von dieser Sorge durch eigenen Genuß zu
entledigen, kaufte er viele der nahen Gründe an
sich. Er kaufte gut, denn viele Ritter pilgerten
zum heiligen Grabe, und waren froh, um Rei=
segeld zu erlangen, ihre Gründe schnell an Mann
bringen zu können. Jetzt ging die Arbeit an;
hunderte beschäftigten sich die Mauern des klei=
nen Höllensteins nieder zu reißen, um einen grö=
ßern aufzubauen. Wendelin hatte seitdem nie
mehr den alten Adelmann gesehen, den jeder Un=
wissende für einen büßenden Eremiten hielt, weil
er nur in Eremitenkleidung sichtbar war, nur
Wendelin sich allemahl in seiner wahren Gestalt
gezeigt hatte. Jetzt sollte er ihn nothwendig spre=
chen, denn die Kapelle mußte weg, der Bau=
meister hatte in seinem Plan an diesem Orte ei=
nen prächtigen Saal mit einem Balkone aufge=
zeichnet, von wo aus man die ganze schöne Gegend
übersehen konnte, und Graf Hubert hatte darauf
gestanden, daß hier sein Lieblingsort seyn werde.

Aber Wendelin hatte nicht mehr Muth ihn zu sehen — er sandte seine Knappen nach ihm, ließ ihn fragen, ob er die Capelle abreißen dürfte. Ich kann ihn in nichts hindern, gab Adelmann zur Antwort, er hat unumschränkten Willen, er soll handeln, wie's ihm weise dünkt, soll aber sich stets an die Stunde und an meine Worte erinnern, da wir uns kennen lernten, soll es nie vergessen, wie weit es seitdem mit ihm gekommen, und den Gewinn wohl abwägen, der ihm geworden ist.

Wendelin achtete dieser Worte nicht, war froh in seinem Bau nicht gehindert zu seyn, nahm noch Hunderte zur Arbeit auf, um auch die neu erkauften Burgen prächtiger herstellen zu lassen, alles staunte weit und breit diese plötzliche Größe Wendelins an, selbst Graf Hubert wunderte sich über den Reichthum seines künftigen Eidams, und begann ihn zu warnen, auch für die Zukunft zu sorgen; er staunte aber noch mächtiger, als ihm Wendelin antwortete: daß es damit nicht Noth habe, und wenn er noch zehn Mahl mehr Güter an sich kaufte.

Achtes Kapitel.

Die Zauberlampe.

Reichthum und Ueberfluß bringen das menschliche Herz am schnellsten auf Abwege, können bald, da alle Wünsche gestillt werden, die immer dürstende Begierde nicht mehr sättigen, und öffnen die Bahn zur Ausschweifung. – Trotz der Beschäftigung, die Wendelin immer hatte, quälte Leere seine Brust, das Bild Priska's füllte es, aber zugleich erwachte dadurch die heißeste Sehnsucht nach ihr, der höchste Unmuth über des Vaters Gelübte.

Er verbarg dem alten Grafen die Ursache seines Kummers, schlich aber oft traurig umher, und klagte über die Stunde, da er den Eid leistete, seine Geliebte binnen Jahresfrist nicht zu sehen.

Was kann dieser Eid dir schaden? antwortete einst Walluf, als er ihn zu sich gerufen hatte, wie mit einem Freund sich mit ihm zu berathen, was kann dieser Eid dir schaden, oder dich hindern? Gezwungen hast du ihm geleistet, würdest im Weigerungsfalle den Zorn Huberts auf dich geladen haben; ein gezwungener Eid ist leicht gebrochen. Die Wonne in Priska's Armen wird

dich hinlänglich für die wenige Mühe entschädigen, die dir der Bruch des Schwurs kostet.
Kannst du, kann Priska dafür, daß der thörichte Hubert dieß Gelübde ablegte? Laßt ihn
bey seinem Wahne, daß es erfüllt werde, und
erntet indeß Wonne und Vergnügen. — Denk,
wie lange noch das Jahr dauert, wie viel Freuden du noch entbehren müßtest.

Wendelin. Du sprichst wahr. — Sattle
mir das Roß, das mich ehmahls so schnell nach
Schiffenberg trug, da harre meiner, wenn ich in
der Gegend von Priska's Aufenthalt anlange,
und bringe mich ungesehen zu ihr.

Walluf. Das letztere darf ich nicht, du
mußt selbst sorgen; denn mir ist es nicht erlaubt,
so lange Verbannung auf mir ruht, in die Wohnung der Andacht zu treten.

Wendelin. Wohl, so schaffe mir Kleider
eines Pilgers, ein Mittel, mein Gesicht zu ent-
stellen, es in die Züge eines Greisen zu wandeln.

Walluf. Das will ich, theurer Freund —
wird aber auch Priska so leicht ihren Schwur
brechen? du wirst Mühe haben.

Wendelin. Laß nur mich sorgen, süß sind
die Worte der Liebe, lockend die Sprache des
Geliebten, schwach das Herz des Liebenden.

Walluf. Gut, Wendelin! du urtheilest
und handelst weise. Lebe wohl indeß, wir sehen
uns wieder.

Um Mitternacht floh Wendelin vom Höllenstein aus über Berg und Thal auf dem feuer-

dampfenden Pferde, bevor der Hahn noch krähte, war er in der Nähe von Priska's Wohnung, der Rappe verschwand, und Walluf trat aus dem dunkeln Gebüsche hervor, er reichte ihm die Kleider eines Pilgers, gab ihm ein Kraut mit dem er sich salbte, und schnell in einen Greifen verwandelt war, gab ihm aber auch ein anderes Kraut, mit dem er nur sein Gesicht überfahren durfte, um wieder seine natürliche Gestalt zu erhalten. Wendelin verbarg beydes in seiner Netztasche. Noch eins, sprach Walluf, nimm dieses kleine Lämpchen, es kann dir wohl frommen und nutzen; denn Priska wird allzu sehr ihres Eides gedenken. Wenn du sanft daran blasest, wird eine bläuliche Flamme es erleuchten, Wohlgerüche werden dich umgeben, auf die Sinne eines Jeden wirken, daß sie in süßer Betäubung entschlummern; sollte aber Gefahr dir drohen, und du wirfst die Lampe heftig auf den Boden, da wird dichter Nebel dich umgeben, Gestalten, so schrecklich du willst, werden hervor treten, und diejenigen ängstigen, welche dich verfolgen.

Wendelin dankte für diese nützliche Gabe, und da es noch nicht am Tage war, und Walluf sich entfernt hatte, warf er sich ins Gras hin, und überließ sich seinen Gedanken.

Erlauben mir meine Leser nur eine kurze Bemerkung hier anzuführen. Aus Wendelin's Handlungen sehen wir, daß er bereits jenem Wendelin, den wir Anfangs kennen lernten, gar nicht mehr gleiche. Sie werden sich gewundert haben,

wie er so schnell sich ganz ändern konnte, und doch ist es sehr natürlich. Jeder Mensch, der ein Mahl einen Schritt zum Bösen thut, braucht nur in Verhältnisse gesetzt zu werden, wo er nicht wieder zurück kann, wo ihm eine lockende Außenseite zur weitern Folge reizt, und er wird schwerlich mehr zurück kehren, immer vorwärts schreiten, Stufe von Stufe klettern, und so aus dem besten Menschen der schwärzeste Bösewicht werden. Daher ist der erste Schritt gewöhnlich der unbedeutendste, aber auch immer der gefährlichste. Wendelin kann uns ein Beyspiel geben, ihn, der kurz zuvor nur Wohlthaten übte, drückte bereits unschuldig vergossenes Blut, ihm war sein Eid, der Eid eines Andern nicht mehr zu heilig; wir wollen in der Folge sehen, ob er wieder zur Tugendbahn zurück kehrt, oder kühn vorwärts schreitet, bis sich der Abgrund des Verderbens ihm öffnet.

Der junge Tag wachte auf, herrlich dufteten die blühenden Kräuter, der tausendstimmige Gesang der Vögel ertönte, die Natur war in ihrem Aufblühen, und alles lachte daher Freude und Anmuth. Wendelin hatte die Zeit mit Nachdenken zugebracht. Jetzt, als schon alles wach wurde, der Ton des Glöckchens vom düstern Klosterthurme ihn überzeugte, daß auch da alles dem Schlaf besiegt habe, sprang er auf, und schlich, gleich einem Greisen, auf seinem Stabe gestützt der Pforte zu. Er zog am Glockenringe, die Thür öffnete sich, und man forschte, wer

Einlaß forderte. Als man die dürftige Gestalt des Pilgers gewahrte, hieß man ihn liebevoll eintreten; der Vogt des Klosters, ein alter redlicher Mann, hieß ihn zu sich kommen, ihm Wein und Nahrung reichen, und forschte, woher er komme. Wendelin gab vor, aus fernem Orient zu kommen, und erzählte der Begebenheiten mancherley, wie er sie selbst von Pilgern vernommen hatte. Dem Vogt gefiel der gesprächige Alte, er willigte gerne ein, als dieser bath, ob er nicht einige Tage hier verweilen und seine müden Glieder pflegen könne. Dadurch gewann der Schlaue Zeit, seine Pläne zu ordnen. Die Knechte des Vogtes gewannen ihn bald lieb; sprachen gerne mit ihm, und scherzten, da der gesprächige Alte auch einem ehrbaren Scherz nicht abhold war. Durch hunderterley Fragen, hunderterley Krümmungen erfuhr er, daß das Gebäude, wo Priska wohne, von dem, wo er sich befände, und die Pilger gewöhnlich beherberget wurden, abgesondert sey, eine zwar nicht gar hohe Mauer dazwischen läge, aber es strenge verbothen sey, einen Fremden nach jenem Orte zu lassen. Doch, sagten die Knechte, haben wir oft die ehrsame Jungfrau von Schiffenberg am Fenster gesehen, welches dieses dort im untern Stockwerke ist, wo die Blumentöpfe stehen — da wartet und begießt sie ihre Blumen, und sieht oft so traurig dabey gegen Himmel, daß einem wunderlich ums Herz werden muß. Die Ankunft des Vogtes unterbrach dieses Gespräch, er un-

terhielt sich noch eine gute Stunde mit dem Pilger, der sich den guten Wein trefflich schmecken
ließ, bis es Nacht ward, und er alle zur Ruhe
gehen hieß. Wendelin warf sich auf sein Lager,
aber er ruhte nicht, er horchte nur bis alles schlief,
dann stieg er ganz leise hervor, und suchte, wo
möglich, aus dem Gemache zu kommen. Es gelang ihm, aber außen war der Gang versperrt,
und er mußte unverrichteter Sache zurück kehren.
Voll Unmuth warf er sich aufs Lager, sann vergebens bis zu Tages Anbruch auf Mittel, seinen Zweck zu erreichen. In tödtlicher Langeweile
brachte er diesen Tag hin, durfte sich's nicht
merken lassen, die schöne Priska zu sehen, hatte
aber doch endlich den Entschluß gefaßt, zu lauern,
wo der Vogt des Nachts die Schlüssel verberge.
Seinem scharfen Auge entging es nicht, daß sie
einer der ältesten Knechte, in deren Stube Wendelin sein Lager hatte, zur Verwahrung über-
komme. Um seine Absicht zu beschleunigen, gab
er eine Unpäßlichkeit, als Folge der lange entbehrten, und nun häufig genossenen Speisen
vor, hinderte dadurch die Knechte Erzählungen
zu fordern, und legte sich zeitlich zur Ruhe.
Bald schlief alles; Wendelin stieg vom Lager
herab, nahm leise die Schlüssel aus der Tasche
des Knechtes, schlich aus der Stube, und öffnete
nun die Thür, durch die er nun in den kleinen
Hof kam, wo die Mauer das Klostergebäude
absonderte. Wendelin fand eine Leiter, leicht
war also die Mauer überstiegen, und er befand

sich

ſich nun in einem geräumigen mit hohen Bäumen bewachſenen Hofe. Hell leuchtete der Mond
vom bleyfarbigen Himmel herab, zeigte ihm
genau den Weg zum Pförtlein, das hier in's
Gebäude führte. Aber wie ſollte er es öffnen?
er ſuchte lange unter dem Schlüſſelbunde, und
fand endlich einen der paßte, das Schloß öffnete;
aber jetzt war noch ein Riegel von innen. —
Wendelin war ſchon zu weit um zurück zu kehren, er ſtemmte ſich mit Gewalt an, und der
Riegel ſprang auf. Jetzt zeigte ſich ihm eine
Treppe aufwärts, die von oben durch eine büſter
brennende Lampe erhellt wurde. Er ſchritt leiſe
hinauf, und befand ſich nun in einem langen öden
Gange, rechts und links waren Gemächer, alles
ſo ſtille und ſchauerlich, das geringſte Geräuſch,
das ſein Fuß machte, wiederhallte. Aemſig umher ſpähend ſchlich er nun der Seite zu, wo
er Priska's Gemach glaubte, er horchte an allen
Thüren, überall war's ſtille, ſein Herz klopfte
mächtig, jetzt kam er in ein Gemach, und fand
die Thür nur angelehnt, hörte leiſes Seufzen,
horchte, und ſiedendheiß floß es durch ſeine
Adern, als eine weibliche Stimme laut zu klagen
anhub. O Wendelin! Wendelin, ſprach ſie, wie
lange werde ich noch von dir getrennt ſeyn? ſie
ſchwieg und ſeufzte abermahl.

Wendelin wagte es endlich leiſe an die Thür
zu pochen, die Bewohnerinn des Gemachs fuhr
auf. Wer pocht noch ſo ſpät, ſprach ſie, und
Wendelin antwortete ganz leiſe. „Erſchrick nicht

holdes Mädchen, deinem Wendelin gelangs durch
Schloß und Riegel zu brechen, er vermochte es
nicht mehr ohne dich zu leben, kam hieher dich zu
sehen, zu erfahren ob du ihn noch liebst.‟

Gott, ists möglich, rief die Stimme, und
Wendelin trat ins finstere Gemach.

Bist du's wirklich, mein Wendelin?

Ich bins, sprach er, und mit Heftigkeit sank
ihm die Dirne um den Hals, drückte ihn fest an
sich, und bedeckte seinen Mund mit glühenden
Küßen.

Lange schwiegen beyde, labten sich nur an
der Wonne des Wiedersehens, an dem Gefühl
ihrer so lang entbehrten Liebe. Aber wie wars
möglich, sprach endlich das Mädchen, daß du
hieher kammst.

Wendelin. In Greisesgestalt, ein wohl=
thätiger Mann, bekannt mit den Wirkungen der
Kräuter gab mir ein Mittel mich zu verstellen.

Das Mädchen. O wie glücklich bin ich,
wie sehr sehnte ich mich nach dir. Aber laß mich
Licht hohlen mein Lieber, mir bangt hier im
Dunkeln.

Wendelin. Die Nacht begünstiget die
Küße der Liebe, man könnte leicht uns entdecken.

Sie schwiegen nun beyde, denn Wendelin
drückte sanft die Geliebte an sich, dürstete nach
Küßen der Liebe, und fand sie reichlich erwiedert;
noch nie hatte ihn Priska mit solchem Feuer um=
armt, so wonnevoll war ihm noch nie an ihrer
Seite gewesen.

O meine Priska, wie glücklich bin ich, rief er aus, und drückte ihre Hand an seinen Mund.

Das Mädchen. Priska? wen nennest du so?

Wendelin. Meine Priska, dich meine Priska.

Das Mädchen. Allmächtiger Gott — meine Ahndung — Wendelin, bist du nicht Wendelin von Lossen, suchtest du nicht deine Johanne.

Wendelin. Johanne? ich bin Wendelin von Höllenstein.

Johanne. Schrecklicher Nahme — Gott wo bin ich — wer bist du verführender Satan?

Jetzt sehnte sich Wendelin selbst nach Licht, er rieb schnell die Greisengestalt vom Gesichte, zog sein Lämpchen hervor, und blies es sanft an. Ein bläulichtes Flämmchen hüpfte empor, verbreitete hellen Glanz im Gemache. Wendelin stand wie versteinert, er sah eine der schönsten Jungfrauen vor sich, aber es war seine Priska nicht, sondern eine Kostgängerinn des Klosters, wie sie; auch das Mädchen stand leblos da und starrte den jugendlichen schönen Mann an, hatte nicht Fassung genug, das Gemach zu verlassen. Schön war Johanne, weit schöner als die schmachtende Priska, ihr großes schwarzes Auge strahlte Liebe, ihre Wangen glühten, dicht flossen die dunkeln Locken den Nacken herab, sie war in ein leichtes Kleid gehüllt. Verzeiht, sprach Wendelin, verzeiht, ich ging irre, die Dunkelheit gestattete nicht sogleich daß ich meinen Irrthum erkennen konnte. Fürchtet nichts, holde Johanne, ich bin Ritter und Edler, verzeiht mir diesen Verfall.

Johanne. Die Täuschung war schrecklich, der Nahme Wendelin.

Wendelin. Vermehrte sie um ein grosses; holdes Mädchen, Ihr habt einen entfernten Geliebten, schmachtet in harter Trennung.

Johanne. Bis mein Vater Graf Gott= fried von Stellerburg aus Palästina rückkehrt, dann soll unsre Verlobung seyn.

Sie schwiegen beyde, Wallufs Lampe ver= breitete immer hellern Glanz, und verschönerte die Reitze der Jungfrau, die Anmuth des Rit= ters; ein betäubender Wohlgeruch herrschte im Gemache, engte ihre Brust, und betäubte ihre Sinne. Gierig sog des Ritters Auge der Dirne Schönheit ein, seinem Herzen war wohl und weh', sie schlug verschämt die Augen zu Boden, blickte nur manchmahl nach dem Ritter, und ihre Hand bebte in der seinigen — sie zitterten beyde, wie von electrischem Feuer ergriffen. Wahrhaftig ein glücklicher Mann, rief endlich Wendelin, dem solch eine Gattin wird.

Johanne. Ihr schwärmt, Eure Geliebte mag auch von vielen beneidet werden.

Wendelin. Worunter Ihr gewiß nicht seyd.

Johanne. Es ziemte mir auch nicht — Doch ich bitte Euch Herr Ritter endet diese Lage, wie leicht könnte man euch hier entdecken.

Wendelin. Ihr habt Recht, ich scheide also von Euch — Ihr verzeiht mir doch!

Johanne. Willig und gerne.

Wendelin (ihre Hand küßend.) Ich dank Euch — (er seufzet tief.)

Johanne. Warum seufzet Ihr?

Wendelin. Mir ist so weh ums Herz — o Johanne!

Johanne. Was wollt Ihr?

Wendelin. Zum Zeichen der Versöhnung, zum Bund der Freundschaft, wenn wir uns einst irgendwo wieder sehen sollten — einen einzigen Abschiedskuß.

Johanne. Ritter, was forbert Ihr?

Wendelin. Was mein Herz mich forbern heißt, (sie an sich ziehend) Es ist ja der letzte von denen, die mir schon so zahlreich wurden.

Die Lampe knisterte, und Betäubung verwirrte die Sinne des Mädchens. Sie ließ sich willig den Kuß rauben, blickte mit ihrem großen schmachtenden Auge den Ritter an.

O Johanne, göttliches Mädchen, rief er aus, als schnell lautes Geräusch im Gange erscholl, und, erschrocken beyde emporfuhren.

Menschliche Stimmen und Fußtritte kamen näher, es war der Vogt mit seinen Knechten. Er war aufgewacht, hatte den hellen Glanz im Gemache Johannens gesehen, Feuer geahndet, und war zu seinen Knechten geeilt sie zu wecken, diese fuhren erschrocken auf, bald vermißte man die Schlüsseln und den Pilger, der Vogt schöpfte Verdacht, ließ zu den Waffen greifen, fand bald die Thüre geöffnet, eilte mit seinem Volk in den

Hof, und sahe die angelehnte Leiter. Jetzt entbrannte er in Wuth, stieg mit den Knechten über die Mauer, fand am Pförtlein die Schlüssel und den gesprengten Riegel, er eilte nun aufwärts, und stürmte mit gezücktem Schwerte von den Knechten begleitet ins Gemach. Johanne stieß einen lauten Schrey aus, und floh in einen Winkel des Gemaches. Wendelin war ohne Waffen, er sahe sich der höchsten Gefahr preis gegeben, da gedachte er noch der Worte des Geistes, ergriff hastig die Lampe und warf sie auf den Boden; in diesem Augenblick erscholl dumpfes Rauschen, der Boden schien zu wanken, dichte Säulen von Rauch stiegen auf allen Seiten auf und umgaben den Ritter; der Vogt und die Knechte zitterten, Johanne sank ohnmächtig zusammen, fürchterliche Todtengestalten, rief Wendelin, ängstiget die, die mich tödten wollten. Jetzt braußte und heulte es um die Versammelten her, schreckliche Todtengerippe fuhren aus dem Boden empor, Feuer schlug aus den Rauch, und erhellte ihre fürchterliche Gestalt — sie flochten ihre knöchernen Arme umeinander, floben im schnellen Wirbel um die bebenden Knechte, und lachten wild aus dem knöchernen Munde in das laute Rauschen das sie umgab, bis alle, betäubt von Entsetzen, unbewußtlos zu Boden gesunken waren.

Wendelin selbst fühlte Grauen, er eilte aus dem Gemach, stürzte die Treppe hinab, fand das Pförtlein geöffnet, schwang sich über die äussere niedere Mauer und eilte dem Gebüsche zu.

Da sank er erschöpft ins Gras hin, und gedachte der verflossenen Begebenheiten nach. Johannens Bild schwebte unablässig vor seiner Seele, gegen sie war die schöne Priska gar nicht zu vergleichen, sein Herz labte sich noch an der Wonne, die ihr Kuß ihm gewährt hatte. Er verlor sich in Gedanken, und bald auf seine weitere Sicherheit bedacht, eilte er fort aus der Gegend, und irrte die halbe Nacht im Gebüsche umher. Entkräftet warf er sich endlich an einem Felsen hin, und versuchte zu schlummern. Zwey Nächte hatte er nicht geschlafen, also stellte sich der Schlaf leicht ein, war aber nur kurz, kaum eine Stunde lang, als er wieder aufwachte. — Wie er seine Augen empor hob, blendete ihn helle Gluth, fürchterliche Röthe hatte den Himmel umzogen, er schien zu Flammen, und den Erdball zu entzünden. Wendelin fuhr auf, er wußte nicht, wo er sich hinwenden sollte, überall sah er die nähmliche Gluth. — Schnell zog er das Glöcklein hervor und rief den Geist.

Walluf. Was willst du?

Wendelin. Was soll diese Gluth am Himmel?

Walluf (lächelnd.) Es ist dein Werk — das Kloster steht in Flammen.

Wendelin. Ha! schrecklich, ich muß zu Hilfe eilen.

Walluf. Würdest schön ankommen, wenn man dich erkennt.

Wendelin. Aber ich muß doch retten — Priska! Priska!

Walluf. Ist bereits gerettet, durch des Vogts Leute.

Wendelin. (schnell.) Und Johanne? —

Walluf. Ist ebenfalls in Sicherheit.

Wendelin. Ha, dieß tröstet mich — aber wie wars möglich?

Walluf. Du löschtest die Lampe nicht aus, als du sie zu Boden warfst — sie ist von äußerst brennbarer Materie gemacht, schnell griff das Feuer um sich, die Knechte und der Vogt lagen betäubt — als die Gestalten, die sie ängstigten, wichen — würden verbrennt seyn, wenn nicht die Nonnen herbey geeilt wären.

Wendelin. Ach, wie schrecklich war dieß alles — die arme Johanne, sie wird büßen müssen.

Walluf. Sorge dich nicht, die Erscheinungen, der Schwefelgeruch, der das ganze Gebäude erfüllte, läßt alle glauben, Satan in menschlicher Gestalt sey gekommen, um die tugendhafte Johanne zu verführen, man ist recht ängstlich um sie bemüht. — (lachend.) Aber ein Spaß wars doch, wie die Knechte sich ängstigten.

Wendelin. Muß nun selbst darüber lachen. Aber Walluf, es geschah doch kein weiteres Unglück?

Walluf. Nichts, als daß das Kloster morgen Staub und Asche ist, und vier Knechte, die sich zu weit wagten, verbrannten.

Wendelin. O ich Elender, also Mord=
brenner und vierfacher Mörder bin ich geworden!

Walluf. Laß das gut seyn, du hast ja Schä=
ße genug, ein neues Gebäude aufbauen zu lassen.

Wendelin. Aber nicht die Gemordeten zu
erwecken?

Walluf. War nicht durch deine Hand ge=
schehen, sie hätten vorsichtiger seyn sollen.

Wendelin. Ich aber auch.

Walluf. Kannst es nun nicht mehr än=
dern. — Komm, komm ehe es hier volkreicher wird
— man eilt bereits von allen Seiten her, um
der Flamme zuzusehen.

Wendelin. Wo soll ich aber hineilen?

Walluf. Nach deiner Veste, damit man
nicht Unrath merke, du wirst dort bald Zerstreu=
ung finden.

Neuntes Kapitel.

Schreckliche Gefahr, aber noch schrecklichere Rettung.

Wendelin eilte vorwärts; als er die Flamme
am Himmel nicht mehr gewahrte, schöpfte er frey=
er Athem, vergaß bald das Geschehene, dachte
der Zukunft, und Johannens Bild drängte sich
hell vor seine Seele, er hatte der Liebe Süßigkeit
in ihren Armen gefühlt, dachte sich als Gatte

an ihre Seite, und weg wär die heiße Flamme
der Liebe, die er noch vor Kurzem gegen Priska
gefühlt hatte, er dachte mit Unmuth in die Zukunft, da er als Gatte an sie gebunden sey, und
nicht die Wonne finden werde, die ihm Johanne
zu geben im Stande gewesen wäre. Voll dieser
düstern Gedanken irrte er im Forste umher, fand
keinen Ausweg im tiefen Gebüsche, und warf sich
endlich ermattet unter einem schattigten Eichenbaum, wild für sich hinstarrend lag er da, sah
gedankenvoll, ohne doch etwas Bestimmtes zu
denken, dem Spiele der Vögel zu, die auf den
Baumästen sich zwitschernd herum trieben, als
lauter Hufeschlag in seine Ohren tönte, er bald
einen Zug Reiter gewahrte, welche durchs Thal
heraus ritten. Er wollte sich, ohne zu wissen warum, verbergen; der Lasterhafte ist auch immer
scheu und feige, glaubt in jedem Blick einen
Fremden, einen Verräther zu finden, aber es war
zum verbergen bereits zu spät, er grub also sein
Haupt in den grasigten Boden, als ob er schliefe
und glaubte so unerkannt zu bleiben. Jetzt kam
der Zug näher, sie gewahrten den schlafenden
Pilger, ritten aber nicht vorüber, wie dieser es
wähnte, sondern hielten ihre Rosse an, und be-
trachteten ihn genauer.

Sonderbar, rief einer unter ihnen, was hat
der Mann da in der Wildniß hier zu thun? he
Knechte, sagt an, wie beschrieb uns die Aebtissinn,
deren Kloster von der Flamme zu retten, wir vergebens herzu geeilt waren, den Pilger, den ihr

Vogt beherbergte, und unter den sie den Satan glaubte; mir schien das gleich nicht richtig, denn wir haben der Teufel genug unter uns, brauchen nicht erst, daß die von Gott Verbannten der Hölle Pforte aufreissen und uns Unglück bringen. Hatte er nicht einen grauen Pilgerrock? Sagt, und eine blutrothe Binde um den Leib?

Die Knechte. Ja, so schilderte ihn der Vogt, und wahrhaftig, dieser Schlafende da — uns schaudert — o Herr, wenns wirklich Satan wäre, der hier von seiner bösen That ausruhte.

Ihr Thoren! rief ihr Anführer, will ihn schnell wecken, und zeigen, daß der böse Alte Haut und Knochen wie wir hat, dann will ich ihm aber auch den Brand des Klosters nach Würden vergelten.

Er ging nun hin, und rüttelte den Pilger unsanft empor. Wendelin, der sich dadurch zu retten glaubte, wenn er sein jugendliches Gesicht zeigte, da doch der Pilger ein Greis war, hob sich vom Boden auf, sank aber mit einem lauten Schrey zurück, als er den Anführer erblickte, und den Grafen Gerard von Wiedersberg in ihm erkannte.

Ha, Wendelin! rief Gerard — warum erschreckt Ihr vor mir, wie vor dem Anblicke des Satans?

Wendelin. Ich — ich erschrack nicht — was wollt Ihr hier, ich that Euch nichts Leides — warum wollt Ihr Euch an mir rächen?

Gerard. Wie Euch das böse Gewissen so

schrecklich verräth und ängstigt — Knechte, nehmt euch nun ein Beyspiel an diesem Menschen, so erschrickt alle Mahl der Böse, wenn er unvermuthet einen Gerechten erblickt.

Wendelin. Graf, ich bin Ritter, vergeßt Euch nicht — ich werde strenge Genugthuung fordern.

Gerard. Du Genugthuung fordern! Die Reihe ist nun an mir. — He, Knechte! bindet ihn schnell!

Wendelin. Mord und Hölle! — wagts nicht! — Gerard, Gerard! — hüthet Euch vor meiner Rache!

Gerard (zu den Knechten.) Soll ichs euch nochmahl befehlen?

Die Knechte stürzten nun über Wendelin, der vergebens einen abgefallenen Baumast ergriffen hatte, sich zu wehren, sie entwaffneten ihn, und langten Stricke aus ihren Taschen.

Wendelin (sich sträubend.) Haltet ein! Sagt vorerst, Gerard, was that ich Euch? wie werdet Ihr euch rechtfertigen können?

Gerard. Bindet ihn fest, daß er ja seine Hände nicht regen kann!

Die Knechte banden ihn.

Gerard. So, nun will ich mit dir sprechen. Im offenen Kampfe scheue ich den Stärksten nicht, aber auch den Unbewaffneten muß ich scheuen, wenn seine Hände mit zauberischen Mitteln sich gegen mich bewaffnen können. Und nun Wendelin höre, was mich zu dieser Behandlung berechtigt: Deine Thaten sind vorüber, denn du entgehst meiner Rache nicht mehr, du schändlicher Giftmischer! O mir ist alles klar! Hört zu, Knechte! ob ich zu viel thun ließ: Er war's, der mich und die arme Priska von Schiffenberg, und den alten Pilger durch einen verfluchten Trank wahnsinnig machte. Mir war's allein vermeynt, weil Eifersucht ihn zur Rache entflammte, Priska und der Pilger tranken aus dem nähmlichen Becher, und wurden sein Opfer. Um die Dirne zu retten, mußte er Menschenblut haben, daher ließ er den armen Pilger morden, den Dolch neben ihm hinlegen, als ob er sich selbst getödtet hätte.

Wendellin. Woher weißt du das?

Gerard. Nichts bleibt verborgen. Die vorige Nacht weckte eine fürchterliche Erscheinung mich vom Schlafe auf; ich sah den gemordeten Pilger vor mir stehen, und bebte ängstlich zusammen. „Fürchte nichts!“ sprach er, „ich bin gekommen, von dir einen Dienst zu fordern. Er erzählte nun die ganze schreckliche That. Für dich und Priska, fuhr der Geist fort, mußte ich sterben, mein Körper ward unter dem Rabensteine eingescharrt. Aus Dankbarkeit laß ihn ausgraben, und in geweihte Erde legen, denn diese gebührt mir; dann werde ich dir nicht mehr erscheinen, und überlasse dir, wie du den bösen Ritter zur Besserung letten willst.“ Ihr wißt, daß ich heute Nacht seine Gebeine vom Rabensteine ausgraben, und in geweihte Erde legen ließ, eben wollte ich zum nächsten Kloster eilen, um dort eine kleine Stiftung für den Armen niederzulegen, als der Brand des Frauenklosters mich mit euch hierher eilen ließ. Ich war fest entschlossen, morgen alles dem verblendeten Hubert zu entdecken. Jetzt kann ich ihm dem Bösewicht selbst mitbringen, der nur allzugewiß auch der Pilger ist, welcher das Kloster in Flammen steckte.

Die Knechte schauderten, als sie Wendelins Thaten hörten, er aber schwieg, sein Gewissen war aufgewacht, er vermochte es nicht, sich zu vertheidigen, fühlte nagenden Schmerz in seiner Seele.

Gerard hieß nun die Knechte ihn in ihre Mitte nehmen, und mit ihm vorwärts zu ziehen. Wendelin sah, daß er seinem Verderben nun entgegen eile, aber er schwieg; sah allzu gut ein, daß es nicht mehr möglich sey, sich zu retten. So schnell und fürchterlich zu enden, war ihm der bitterste Schmerz; er sah sich ohne Rettung verloren, wenn nicht sein Freund Walluf eilen würde, ihm zu helfen, aber wie sollte dieser es vermögen, da ihm die Kraft geraubt war, ihn durch den Ton der Glocke zu rufen. Fürchterlich vor sich hinstarrend, folgte er dem Zuge, ritt die ganze Nacht durch. Mit Anbruch des Tages sah Gerard, daß er sich im Walde verirrt habe, in einer Gegend sich befinde, die ihm gänzlich unbekannt war. Ringsum standen nur schroffe Felsen. Er ritt hin und her, und fand keinen Ausweg, ließ endlich die Knechte absitzen, damit sie und die Rosse ausruhen könnten, doch befahl er ihnen, den Gefangenen strenge zu bewachen, ja seine Hände nicht frey zu lassen.

Sie führten den traurenden Wendelin an den Abhang eines Felsens, da warfen sie ihre Helme und Schilde weg, und legten sich ins weiche Gras hin, um ihre müden Glieder zu pflegen. Nach Verlauf einer Stunde hieß sie Gerard aufbrechen; er hatte einen Weg entdeckt, um aus dem Gebüsche zu kommen. Der Zug begann also abermahl vorwärts, auf einem schmalen Pfade, zwischen dichtem Gebüsche. Sie ritten den ganzen Tag, und sahen sich gegen Abend, als der Pfad aufhörte, in einem engen Thal, von wüsten Felsen umgeben, die fürchterlich empor stiegen, und mit jedem Augenblicke herab zu stürzen drohten. Die Knechte fluchten über diese Verirrung, und schrieben sie allgemein dem Gefangenen zu, der sie so lang zwischen Gebirgen herum führen werde, bis sie ganz von allen Menschen entfernt, verhungern und elend verderben mußten.

Seyd unbekümmert, sprach Gerard, ich habe; nicht weit von hier, auf einem Felsen, eine Capelle entdeckt, da will ich, sobald der Tag anbricht, hinauf eilen, und bald Mittel finden, den Zauber zu enden.

Man zündete nun Feuer an, und lagerte sich in engem Kreise zusammen, mit jedem Augenblicke befürchtend, daß jetzt Satan erscheinen, und seinem Bundesgenossen auf fürchterliche Art befreyen werde. Aber es war keine Wirkung des Satans, sondern eine natürliche Ursache, daß Ritter und Knechte, welche den ganzen Tag auf felsigten Boden umher geirrt waren, als das tiefe Schweigen der Nacht auf der Gegend lag, entschlummerten, und tief in das Gebieth der Träume sanken.

Nur Wendelin blieb wach, die heftigste Unruhe, die Furcht vor dem nahen Tode, peinigte, ängstigte ihn, vereint mit der Stimme des bösen Gewissens. Als es immer nächtlicher wurde, Wendelin fürchterlich nach dem wilden Felsen starrte, sein Haupt sich daran zu zerschmettern wünschte, diesen Gedanken bald fest faßte, um der öffentlichen Schande zu entgehen, und aufsprang, um sich an den scharfen Klippen selbst zu tödten, umgab heller Schimmer den Felsen, die Steine wichen, und der alte Adelmann trat aus der geöffneten Kluft hervor. Wendelin bebte bey seinem Anblicke zurück; dieser fehlte noch, um ihn ganz zu Boden zu stürzen. Adelmann aber blieb vor ihm stehen, seine Miene drückte keinen Zorn aus, sah mit Mitleiden auf den Bebenden herab. Wendelin, sprach er, so weit ist es mit dir gekommen? —

Wendelin. O martere mich nicht mit deinen Vorwürfen, ich bin elend genug, bin eine Beute der Verzweiflung.

Adelmann. Um davon dich zu retten, erschien ich dir auch ohne Glockenruf. O Wendelin!

lin! — du warst eben im Begriffe, dich selbst zu tödten; ein schreckliches Ende! deiner bisherigen Thaten würdig.

Wendelin. O! es ist besser, als auf dem Rabenstein sterben.

Adelmann. Dort kann dir noch Verzeihen vom Allerbarmer werden, so aber nicht mehr. Kehre in dich zurück, öffne dein Herz der Reue, und es kann dir noch wohl gehen. Ein bereuender Sünder erweckt Freude unter den Seligen.

Wendelin. Ach, meine Gewissensangst drückt mich schwer! Die Furcht vor dem schrecklichen Tode raubt mir die Fassung, mit Inbrunst den Himmel um Versöhnung zu flehen.

Adelmann. So tilge diese Furcht, du wirst nicht sterben.

Wendelin. Nicht sterben? — O Allmächtiger! — daß ich meine Hand zu dir aufheben könnte, dich um Gewährung dieses Wunsches zu bitten!

(Die Stricke fallen von seinen Händen, er sinkt auf seine Knie.)

Adelmann. Gott! laß seine Reue gerecht seyn! laffe ihn wieder wandeln auf dem Pfad der Tugend!

Wendelin (erschüttert.) Ich will's! ich will's!

Adelmann. Der Himmel hört deine Worte, er sieht deine Reue. O Wendelin! verworfen würdest du seyn, wenn du zum Bösen wieder rückkehrtest, — nur Besserung geheuchelt hättest

Wendelin. O nein! Adelmann, Adelmann! wie wird sich aber alles mit mir enden?

Adelmann. Strafe gebührt dem Verbrecher. Bekannt werden deine Thaten, aber deine Richter wird Gottes Allmacht rühren, daß sie dir verzeihen, wenn du in frommer Buße nach dem heiligen Lande pilgerst; deine durch böse Macht erlangten Schätze werden schwinden; Armuth wird dein Loos seyn, damit du duldest und büßest. Wenn du aber, gereinigt von Verbrechen wiederkehrst, dann werden die Edeln deiner Reue sich freuen, willig dir wieder ihre Arme öffnen, dich unterstützen, daß du nicht Mangel leidest, häusliches Glück wird wieder dein Antheil, das du so unbesonnen verloren hast.

Wendelin. Ach, es ist schwere Strafe, aber bey Gott! ich habe sie verdient, will sie willig ertragen, damit mir Verzeihung werde.

Adelmann. Deine Worte erfreuen mich hoch. — Wohl mir, daß ich noch zurecht kam, dich vom Verderben zu retten. O Wendelin! dann wird Adelmann wieder dein Freund werden. Jetzt scheide ich von dir, hoffe bald dich gerettet wieder zu sehen.

Der Glanz verschwand, Adelmann war in den Felsen versunken, und tiefe Dunkelheit umgab den Ritter. Er warf sich erschöpft auf den Boden hin, und überdachte die Worte des Greises. Ach, sie klangen fürchterlich in seinen Ohren! Oeffentliche Schande sollt' mir werden, Armuth und Verachtung! Und wenn ich ein Jahrhundert büße, sprach er, das Leben eines Heiligen führe, so wird doch das Andenken meiner Thaten nicht vertilgt seyn. Ehre und guter Ruf sind dahin! o das ist weit schrecklicher als Armuth und Elend, die ich gerne ertragen wollte, nur allzusehr verdient habe! Ach, daß ich büßen könnte, ohne daß die Welt mein Verbrechen erfährt! — Ist denn dieß gar nicht möglich? — Wie? o nein, nein! — Ich will Wallufen nicht mehr rufen. — — Freylich sind meine Hände frey — er muß erscheinen und rathen, wenn ich will — könnte wohl auch helfen. — — Nein, Wendelin, thue's nicht! — noch hast du bisher mehr durch ihn verloren, als gewonnen — selbst bey Priska könntest du schon lange leben, Hubert wollte sie dir geben, durch Walluf und Reichthum hast du sie verloren. — Ach jetzt, — aber jetzt habe ich nur Verderben zu hoffen! aber ach! bald wird es Tag werden! man wird meine Hände wieder binden, und mein trauriges Loos geht in Erfüllung! — Kanns mir schaden, wenn ich auch Wallufen anhöre? vielleicht weiß er guten Rath, der meiner Reue nicht schadet. — Horch! war das nicht der Glockenton aus der nahen Capelle? — Der Tag wacht auf, und du bist verloren!

Er zog hastig die Glocke hervor, und Walluf erschien.

Walluf. Wohl mir, daß du Macht hast, mich zu rufen! Was willst du?

Wendelin. Rettung! — wenn dies möglich ist.

Walluf. Es müßte schlecht um mich stehen, wenn ich das nicht vermochte.

Wendelin. O so rette mich!

Walluf. Aber wie? Befiehl!

Wendelin. Bringe mich fort von hier! weit weg! — nach Palästina! — da will ich in Armuth und Buße leben!

Walluf. Wird dir hart fallen, da du an Wohlleben gewohnt bist.

Wendelin. Ach ja wohl — ja wohl! Könnte hier anders leben, und Gutes thun; — aber hier ist meine Ehre verloren.

Walluf. Würde sie dir in Palästina bleiben? Bald werden Ritter aus Deutschland dorthin pilgern, dich erkennen, und ausposaunen, was man hier von dir weiß. — Ueber Meere und Gebirge wird der böse Ruf dich begleiten.

Wendelin. O schrecklich und wahr! — Und hier ist keine Rettung mehr? Kanns denn nicht verborgen bleiben?

Walluf. Die Sperber auf dem Dache werden bald deine Thaten singen. Die Ammen in ganz Deutschland durch Erzählungen von dir ihre Kinder schrecken. Wenn du im Bußgewande daher wallst, wird man mit Fingern auf dich weisen, dir mit abgewandtem Gesichte aus Mitleid ein Stück verschimmeltes Brot darreichen.

Wendelin. Schrecklich! schrecklich!

Walluf. Wenn du deine Macht beybehältst, kannst du hingegen noch lange dein Leben froh genießen.

Wendelin. Aber alles wird mich scheuen und verachten.

Walluf. So binde die Zungen, die deine Verbrechen ausposaunen können.

Wendelin. Hindere den Geist des gemordeten Pilgers, daß er nicht mehr erscheine.

Walluf. Das wird er nicht mehr; er sagte es selbst, da sein Leib in geweihter Erde ruht.

Wendelin. Also hätte ich bloß Gerarden zu fürchten.

Walluf. Ihn und die Knechte, die Kracks alles ihren Freunden erzählen werden. Der böse Ruf gleicht einer Spinne, die tausend Fäden webt, und alles damit umstricket.

Wendelin. Kannst du ihr Herz nicht rühren, daß sie schweigen?

Walluf (lachend.) Nein, das kann ich nicht. Wendelin! du stehst auf einer steilen Spitze, man will dich in den Abgrund stürzen, ist es nicht besser, du stürzest deine Feinde hinab, damit du oben bleiben kannst?

Wendelin. Verborgen würde freylich alles bleiben. Weiß sonst niemand um meine Thaten, als Gerard und seine zehn Knechte?

Walluf. Keine lebende Seele. Ha, der Tag bricht an! Wendelin, Wendelin rette dich!

Wendeln. Wie?

Walluf. Durch ihren Tod — Ha, Gerard erwacht eben! — er wird schnell dich wieder binden lassen.

Wendeln. O so hemme seine Wuth!

Walluf. Und die Knechte? —

Wendeln. Es ist doch schrecklich!

Walluf. Sie werden ihre Zungen trefflich an deinem übeln Rufe üben.

Wendeln. Sie müssen schweigen.

Walluf. Willst du sie opfern?

Wendeln. Ja! —

Walluf. Aber noch Eins: Gerard hat zwey unmündige Kinder.

Wendeln. Ich will sie auferziehen. Wenn ich ihren Vater schonte, würden mir neue Feinde zuwachsen.

Gerard (wacht auf.) He! Knechte! bey Gott, Wendelin steht fessellos dort! auf, auf! bindet ihn!

Die Knechte regen sich.

Walluf. Jetzt, oder nimmermehr!

Wendelin. Eile, und vollende meine Rettung!

Walluf. Aber auf fürchterliche Art! —

Wendeln. Freyheit und Leben ist süß — rette, und sey es wie immer!

Schnell ward Walluf den Erwachenden sichtbar; sie schrieen laut auf, und entflohen; Walluf trieb sie bis an die Spitze eines hohen Felsens, der tief in einen Abgrund führte, da er-

ellte er sie, ergriff die Jagenden und stürzte sie
mit Wuth in den Abgrund, daß laut ihr Ge=
schrey aus der Tiefe schrecklich erscholl.

Eine fürchterliche That! Unwillig werden
meine Leser ihre Blicke vom Buche wenden, auch
der Erzähler mußte inne halten, ihm graute mäch=
tig, er glaubte im einsamen Gemache, da ers
niederschrieb, die Leichen um sich her liegen zu
sehen; — aber er darf nicht anders schreiben,
er muß der alten Sage getreu bleiben, die Hoff=
nung tröstet ihn, daß vielleicht noch angenehmere
Bilder diesen Schreckensscenen folgen werden.

Zehntes Kapitel.

Durst nach Lastern.

Heller wirds dem Auge des Erzählers. — Die
Gestalten der Getödteten verschwinden vor seinen
Augen, sie leben, sie leben in des Abgrunds
Tiefe; eine übernatürliche Macht stellt sich den
Sinkenden entgegen, daß sie nicht stürzten ins
Verderben, zwar gählings in die Tiefe sanken,
aber allgemach sanft den Boden berührten, be=
täubt und bewußtlos dahin sanken. Es war
schon gegen Mitternacht, als sie aus ihrer Be=

täubung sich wieder ermannten, sie richteten sich staunend empor; starrten sich an, und drängten sich enge in einen Kreis zusammen, als sie den Schein einer Lichte gewahrten, der immer heller und heller wurde, sie zitterten an allen Gliedern, als sie den Geist Adelmanns aus dieser Lichte hervor treten sahen.

Adelmann (sich ihnen nahend.) Zittert nicht! Ihr habt nichts zu befürchten, ich erscheine, euch eure Rettung zu verkünden.

Gerard und die Knechte (zu seinen Füßen sinkend.) Himmlisches Wesen! — Retter! — erbarme dich unser!

Adelmann. Gott hat sich eurer erbarmt, und mir die Macht verliehen, euch zu retten. Gerard! tritt abseits mit mir, ich habe manches mit dir zu sprechen. — (Nach einer Pause). Fühle an dein Herz, bist du dieser Rettung würdig?

Gerard. O Gott! nein — nein! dein forschender Blick erweckt meines Herzens Unruhe; — schwere Last liegt auf mir; — meine Gattinn — —

Adelmann. Ward einst von dir verstoßen, und starb im Elende —

Gerard. O ich Verworfener habe schon tausendfach diese That bereut!

Adelmann. Aber nicht gebüßt. Jetzt ist die Zeit der Buße da, auch nur darum ward dir dein Leben gefristet. Wie willst du beginnen?

Gerard. Ich will Gutes thun und bereuen nach Kräften. —

Adelmann. Dann wird dir noch Gnade werden.

Gerard. Ich will der Tugend Schützer, der Strafer der Bosheiten werden. — Verhindern will ich also das Böse, das noch entstehen könnte, nicht selbst strafen, nur aufdecken das verborgene Laster. —

Adelmann. Das wird Gott füglicher als du, reinige eher dich eh du so handeln kannst. — Höre mich nun! Dir steht es frey zu wählen, entweder zieh auf vier Jahre nach Palästina und dulde dort in frommer Buße; denn vier Jahre ließest du auch dein schuldloses Weib im Elende schmachten; — oder sieh her! (er winkte mit der Hand, und der Eingang in eine tiefe Felsenkluft öffnet sich.) Hier magst du in eben so langer Zeit verborgen harren, bis Reue und Kummer dich bewährt gemacht haben.

Gerard. O ich hab' dieses Schicksal verdient! doch will ich lieber nach Palästina ziehen, wenn diese Wahl mir vergönnt ist, will da büßen und kämpfen wider Feinde und Mangel.

Adelmann. Du mußt verschweigen, was du von Wendeln weißt. —

Gerard. Wird nicht da noch mehr Uebels durch ihn entstehen?

Adelmann. Forsche nicht — noch ist seine Besserung möglich, und er bedarf Zeit dazu, nicht schnelle Strafe. Jetzt handle nach deinen Worten, förderg deinen Zug, laß deine Knechte dir schwören, daß auch sie von dem schweigen, was sie sahen und hörten; nichts bleibt verborgen, die Zeit wird alles aufdecken.

Gerard. Ich gelobe Schweigen und Folge. —

Abelmann. Da geht durch diese Höhle, ihr werdet eure Pferde wieder finden, aber kehre ja nicht wieder heim nach deiner Burg! —

Gerard. O Gott! meine armen Kinder! —

Abelmann. So sprach auch deine Gattinn, als sie von Ihnen getrennt starb, schwerer dadurch endete, dir wird nun mit gleichem gelohnt; — sie stehen unter des Himmels Schutz, dieß mag dich trösten.

Gerard (thränenvoll.) Ich gehorche.

Abelmann. Und ich habe Macht dich zu hindern, wenn du anders handeln solltest.

Abelmann verschwand, Gerard eilte traurig zu seinen Knechten, that ihnen des Geistes Worte kund, sie gelobten den Eid des Stillschweigens, schwuren aber zugleich, von ihres Herren Seite nicht zu weichen, mit ihm nach Palästina zu ziehen, Noth und Gefahren mit ihm zu theilen. Gerührt dankte ihnen Gerard, er drückte den Schmerz um seine Kinder in die Brust hinab, bestieg die Felsenkluft, fand bald seine Rosse, und sprengte mit blutendem Herzen auf der Straße fort, die aus seinem Vaterlande führte.

Walluf hatte schon lange vorher den Ritter Wendelin aus der Gegend fortgebracht.

Du bist nun gerettet, sprach er zu ihm, und

lachte teuflische Freude über den Sturz Gerards
und seiner Knechte.

Wendelin. Ich schaudere, wenn ich an
diese Rettung denke.

Walluf. Schweig! Du hast mir viel zu
danken. Jetzt kannst du des Lebens wieder genießen, höre auf zu trauren, es mußte so kommen, um dich zu retten. Du bist nun wieder
frey, fühle diese Wonne, und werde heiter.

Wendelin. Wie kann ich heiter werden,
ich Mörder, wie dir danken, da du mich nur stets
zum Mord verleitest?

Walluf. Verblendeter! was wäre dir
ohne mich geschehen? In der Folge wird's besser
werden.

Wendelin. Ich fühle wohl meine Ret-
tung, aber so schauerlich wünsche ich mir sie nie
mehr, auch dein Anblick ist mir gräuelvoll; dein
stürmisches Wesen, die glühende Rüstung; —
Walluf, ich werde vielleicht deiner oft bedürfen,
kann abermahl in eine Lage gerathen, wo ich
dich nicht wieder rufen kann, wenn du anders
wärest, mein steter Gefährte bleiben könntest.

Walluf. Wünschest du dieß?

Wendelin. O ja! dann würde ich vieler
Gefahr vorbeugen können.

Walluf. Es kann geschehen, gelobe mir,
nie mehr von mir zu weichen.

Wendelin. Wirst du mir aber auch stets
Gutes, Bessers als jetzt erweisen?

Walluf. Ich werde es.

Wendelln. So gelobe ich's dir.

Walluf. Gelobe mir, nie mehr Adelmanns Worte zu hören, und brich nach diesem Eid ab die weiße Seite des Stabes, tritt sie mit Füßen, daß sie zertrümmere, dann endet sich meine schreckliche Gestalt, und ich kann ungerufen dir erscheinen.

Wendelln. Es sey, ich bin schon zu weit um zurück zu kehren, vertilgen will ich des Stabes weiße Seite — will die Glocke vernichten, da ich ihrer nicht mehr bedarf.

Walluf. Das darfst du noch nicht, obschon sie dir nichts mehr nützet, verbirg sie in einen Winkel, wo du willst, denn ich bleibe nun stets bey dir.

Wendelin brach die weiße Seite des Stabes ab; wie der echte Stahl, der sich nicht biegen läßt, sprang sie weg vom Ebenholze, er schleuderte sie weg ins dichte Gebüsche; einen traurigen Ton gab das Elfenbein von sich, gleich den Posaunen, mit welchen man eine Leiche zum Grabe begleitet, hohles Winseln erscholl hinter und vor ihm, kalter Schauer durchfloß seine Glieder. — Er sah nach Wallufen hin, und sah, wie schnell die Gluth seines Harnisches verlosch, ein Ritter, in schwarze Rüstung gehüllt, stand vor ihm, kein lichtes Fleckchen war an ihm zu sehen, schwarz waren Feldbinde und Helmbusch. Sein Gesicht war menschlich, doch waren Wallufs Züge darin nicht zu verkennen. So, sprach Walluf, werde ich stets dich begleiten, nun aber eile, denn schon forscht Hubert ängstlich nach dir, bald könnte dein Außenbleiben Verdacht erregen.

Wendelin getraute sich nicht in der Pilger-kleidung weiter zu ziehen, er erschrak, als er das Wiehern von Rossen hörte, ahndete neue Verfolgung, sah aber bald, daß neben ihm zwey gerüstete schwarze Streitrosse standen, eines derselben eine ritterliche Rüstung trug. Walluf hatte sie für Wendelin bereitet, und grub, während dieser sich rüstete, den Pilgerkittel in die Erde ein.

So zogen sie nun gemeinschaftlich fort, und kamen bald auf Schiffenberg an. Da erwartete ihn Hubert sehnlich, empfing Walluf, den Wendelin für einen lange entfernt gewesenen Jugend-freund ausgab, mit Freundlichkeit, und erzählte seinen Eydam den Brand des Klosters, und die glückliche Rettung Priska's. Wendelin zwang sich zur Freude, denn er fühlte sie nicht mehr wirklich, da er Priska nicht mehr so innig liebte. Als er nach dem Höllenstein kam, vernahm er, der alte Eremit Adelmann sey von dem Berge ganz gewichen, habe eine Stunde davon einen hohen kahlen Felsen bestiegen, wo er nun wohne. Wendelin freute sich von Herzen darüber, so wie über die Nachricht, die bald erscholl, daß man den Grafen Gerard mit seinen Knechten jämmer-lich erschlagen gefunden habe, und es wahrschein-lich der Satan gethan haben müsse, welcher kurz zuvor das Kloster verheert hatte, aus Rache,

weil Gerard vieles beytrug, daß die armen Nonnen vom Verderben gerettet wurden.

'Der Herbst strich nun so wie der Winter im
Genuß des Lebens hin. Die Burg war ausge-
baut, aber gar kein Raum für das gelobte Spital oder die ehemahlige Pilgerruhe geblieben.
Prächtig blickten die hohen Mauern vom Felsen
herab, von innen herrschte fürstliche Pracht, mar-
morne Treppen, vergoldete Balkone und Gitter, Säle und Gemächer mit allen möglichen,
was Weichlichkeit und Kunst ersinnen konnten,
waren hier anzutreffen: Der reiche Wendelin kam
von einer Lustbarkeit zur andern, Jagden und
Zechgelage wechselten mit den Tagen ab, sein
Reichthum nahm kein Ende, so sehr Tafelfreunde
und zahlreiche Diener sich mit seiner Sorglosig-
keit bereicherten. Huberts Vorstellungen wurden
nicht geachtet, und die Zeit, da Priska Wendelins Gattinn werden sollte, rückte heran, eh dieser es ahndete, oder wünschte.

Er berieth sich mit seinem Wassuf, ob er sie
wirklich zur Gattinn nehmen sollte, und dieser
rieth ihm dazu. Du kannst dein Wort nicht brechen, sprach er, Hubert würde deinen guten Ruf
aus Rache untergraben. Um also dieß zu verhü-
then, ordnete er seinen Zug, um vereint mit dem
Vater die Braut abzuhohlen. Ihr Weg führte
durch den Wald, über den Platz, wo Gerard in
den Abgrund gestürzt worden war, grause Ahndung durchfloß sein Herz, er verlor sich in traurige Rückerinnerung, und strebte nach Mittel sich

wieder empor zu helfen; noch trauriger war er, als er die Stelle vorüber ritt, wo das Kloster gestanden hatte, denn die armen Nonnen hatten sich nun nach einem andern geflüchtet, und kam endlich zu dem Aufenthalte Priska's; der Vater eilte in das gewölbte Gebäude, seine Tochter zu hohlen, und führte sie nun an die Pforte — Diese staunte mächtig, als sie ein Gefolg außen sah, gleich zahlreich als prächtig, von Gold und Silber strotzend. Ihr Anblick fachte die verloschene Liebesflamme in Wendelins Herzen wieder an, er drückte sie innig an seine Brust, und hob sie nun auf den mitgebrachten prächtigen Zelter. Unter Weges klärte er ihr seinen Reichthum auf, so wie Hubert es wußte, daß ihm ein großer unermeßlicher Schatz beschert worden war.

Sie kamen jetzt auf den Höllenstein an, Priska staunte mächtig, als sie die ehemahlige Burg nicht mehr fand, den weitläuftigen Pallast vor sich sah, ihr Auge suchte die Pilgerruhe, wo sie ihren Wendelin kennen lernte, und sie seufzte, daß sie es nicht fand, des Ritters Hundeställe, deren er eine große Anzahl sich hielt, dort hingebaut fand. Ach! sprach sie, Wendelin, Wendelin, mir ahndet's, wir hätten besser gelebt, wenn alles, wie vor und eh geblieben wäre. Wendelin konnte einen tiefen Seufzer nicht unterdrücken, und saß dabey traurig auf seinen schwarzen Gefährten. Um sich aufzuheitern, zeigte er ihr mit geschäftiger Eile alles was prächtig im Pallaste war, und wies ihr vom hohen Balkone die Spitzen der

Burgen, die er noch an sich gekauft hatte. Nach Verlauf von acht Tagen wurde ihre Verlobung gefeyert. Walluf, den Priska nie mit offenen Augen ansehen konnte, ohne eigentlich die Ursache zu wissen, ihn aber doch als den Freund ihres Gatten ehrte, war nicht mit zugegen, schützte ein nothwendiges Geschäft vor, und kam nur nach der Veste zurück, als die heilige Zeremonie vorüber war, alles in Saus und Braus jubelte.

Wendelin war nun in seiner glücklichsten Lage, der schwelgerischen Feste war kein Ende, Priska sehnte sich nach Ruhe, nach zärtlicher Einsamkeit bey dem geliebten Gatten, aber dieß behagte ihm nicht, und sie mußte nachgeben.

Als endlich die Gäste selbst sich nach Erholung sehnten, schenkte ihr Wendelin seine Tage, ach hätte sie das nicht gewünscht, nichts störte ihn nun in seiner Liebe, nichts wechselte ab, und kaum war ein Monath verstrichen, so verlosch seine Flamme. Leere fühlte seine Brust, und um seinen Mißmuth nicht merken zu lassen, stürzte er sich in neue Schwelgerey. Die arme Priska trauerte über diesen Hang ihres Gatten, sie war noch glücklich, das Verlöschen seiner Liebe nicht zu bemerken, aber sie konnte sich nicht zwingen, stets an den geräuschvollen Festen Theil zu nehmen, trauerte oft einsam, und da ihr ihr Gemahl Gold im Ueberflusse gab, sie ihn selbst aber nie zur ehemahligen Wohlthätigkeit gestimmt sah, suchte sie Aufheiterung im Wohlthun, pflegte heimlich der Armen, sorgte für die armen Kinder

Gerards, welche ihr Vater, der sie zählte, was er auf Wohlthaten ausgab, nur eine kleine Veste hinterlassen und auf die Wendelin bereits ganz vergessen hatte, daß sie wohl erzogen wurden, und that überhaupt Gutes, wo sie konnte. Doch gewann sie nur Segen von dem Golde; das sie aus Eignem hergab, das, was sie von ihrem Gatten erhielt, bloß ohne Gewinn, verschwand ungenützt, wenn sie es zum Guten anwenden wollte. Doch ahndete sie nichts, und liebte mit noch immer gleicher Zärtlichkeit ihren Gatten, der ihr doch nur jene wenigen Stunden schenkte, die ihm Jagden und Gesellschaften übrig ließen.

Wendelin war ganz in Wohlleben versunken, sein Gewissen wie sein Muth war betäubt, er hatte einst betrunken einen fremden Ritter beleidigt, dieser forderte ihn zum Kampfe, und der sonst muthvolle Wendelin war nun feige genug, durch Gold den Kühnen zu betäuben, er war hart gegen seine Unterthanen, taub gegen die Stimme des Elendes, der weiße Stein, den ihm Heinrich in's Wappen gab, hätte billig daraus vertilgt werden sollen, denn nur der schwarze Höllenstein war das Sinnbild seines Herzens.

Mißmuthig ward endlich Wendelin selbst des Einerleys seiner Ergötzlichkeiten müde; sein Herz sehnte sich nach neuen noch nicht genossenen Vergnügen, sehnte sich mehr Gelegenheit zu finden, sich von der schmachtenden Priska entfernen zu können, und er forderte Rath von Walluf, der

selbst immer das Amt eines Schatzmeisters hätte
verwalten müssen. Zieh an Heinrichs Hoflager,
sprach Walluf, das ist der beste Rath, den ich
dir geben kann. Da wirst du häufige Gelegenheit finden, deine Pracht zu zeigen, Bewunderer
und Neider um dich her sammeln, das Geräusch
des Hofes wird dich zerstreuen, die Gunst der
schönsten Dirnen dich hinlänglich entschädigen
für die wenigen Stunden, die du deiner Gattinn
schenken mußt — sorge dafür, daß auch sie sich
der Zerstreuung überläßt, und du hast gewonnen
Spiel.

Wendelin fand diesen Rath gut, er that ihn
bald dem alten Hubert und seiner Gattinn kund,
gab nothwendige Geschäfte am Hofe Heinrichs
vor. Priska weinte, als sie diese Nachricht hörte,
sie bath flehentlich, daß sie ihr Gemahl zurück
lassen, sie seiner Wiederkehr harren werde. Allein
dieß war nicht nach Wendelins Sinn, er liebte
sie nicht mehr, wäre gern allein gezogen, da aber
der Verbrecher immer auch am andern Verbrechen zu entdecken glaubt und wünschet, beschloß
er sie mitzunehmen, sorgfältig über sie zu wachen,
aber auch eben so sorgfältig zu beobachten, daß
ihr seine Schritte verborgen blieben. Wendelin
rüstete sich nun, um mit der möglichsten Pracht
bey Hofe glänzen zu können, und zog bald mit
der trauernden Priska und einem zahlreichen
Gefolge von der Veste aus. Graf Hubert zog
nicht mit, er lebte nicht mehr in der guten
Eintracht mit seinem Eidam, denn er sah es

nur allzu deutlich, daß dieser sein geliebtes
Kind nicht mehr so schätze und liebe, wie sich's
geziemte.

Eilftes Kapitel.

Die Herzogin von Malpuro.

Als Wendelin in Worms angelangt war, und
sich dem Throne Heinrichs nahte, da empfing
dieser mit Freude seinen getreuen Krieger, ah-
dete nicht, wie sehr sich dessen Herz geändert
habe, und freute sich des Glückes, das sein
Liebling durch den großen Schatz in den Ruinen
gemacht habe. Hier fand Wendelin, was er sich
wünschte, Zerstreuung und Abwechslung sammelte
bald Bewunderer und Anhänger um sich her,
um so häufiger noch, da Heinrich ihm mit aus-
gezeichneter Huld gewogen war. Wo ein glänzendes Fest gegeben wurde, war Wendelin allemahl der Prächtigste, der aller Augen auf sich
zog, doch genügte dieß seinem Herzen nicht, er
war des Schmeicheltons bereits allzu sehr gewohnt, sein Herz sehnte sich nach Beschäftigung,
in den Armen der sanften Priska fand er's nicht,
und er verlangte nach Liebe bey reizenden Die-

nen. Sein Auge durchspähte alle anwesenden
Damen und Fräulein, er fand nicht, was ihm
behagte, keine war reitzender als seine Priska.
In diesem Mißmuthe brachte ihm einst sein treuer
Freund die Nachricht, daß ein Herzog von Malpano aus Italien herüber im Anzuge nach Heinrichs Hoflager sey, er führe seine Gattinn mit
sich, sprach Walluf, deren Schönheit mich selbst
Anfangs betäubte, das gerec – Staunen ein-
flößte, daß in menschlicher Gestalt solche Reitze
zu finden seyen, aber ich bedauerte auch zugleich
die schöne Alise, daß sie einen Gatten habe, der
alles in sich faßt, was Häßlichkeit heißt; seine
ausgewachsene schiefe Gestalt, sein ungeschliffenes
Betragen, o Alise wäre nur eines Mannes, wie
Du, würdig. Wendelin's Neugierde ward rege
gemacht, er konnte kaum die Stunde erwarten,
daß der Herzog in Worms eintrete, war mit unter den Rittern, die ihm Heinrich entgegen sandte,
sah Alisen, und fühlte sich zur größten Bewun-
derung hingerissen. Alise war das allgemeine Lob
der Versammelten am Hofe, keiner fühlte mehr,
daß ihr dieses Lob mit Recht gebühre, als Wendelin; doch war's eben er, der es in der Verstel-
lungskunst bereits so weit gebracht hatte, daß er
am wenigsten davon sprach, man allgemein glaubte, die Liebe zu seiner Gattinn habe ihn für alles andere unempfindlich gemacht.

In seinem Herzen aber nagte ein Wurm,
Begierde mit Nahmen, fraß sich immer tiefer,
wuchs immer, bis zur unendlichen Größe. Auch

er drängte sich zur schönen Herzoginn, doch schien seine Näherung bloß aus schuldiger Ehrerbiethung zu entstehen, und eben daher war er der Herzoginn lieber, als alle die Herrchen, die sie umlagerten, ihre Ohren mit leisen Seufzern und blumenreichen Liebeserklärungen ängstigten. Auch der Herzog ward dem stattlichen Manne gewogen, lud ihn freundschaftlich zu sich, und nun verging kein Tag, wo er nicht in Malpanos Hause war, keine Stunde, wo er nicht aus den schönen liebefordernden Augen der schönen Brunette Liebe und Sehnsucht einsaugte. Doch schwieg sein Mund, denn er bemerkte nur allzu deutlich, daß die schöne Alise mit seltner Treue an ihren häßlichen Gatten hing, der doch mit seiner Häßlichkeit auch den wildesten Charakter verband.

Malpano hatte viel bey Heinrich zu thun, daher war's ihm lieb, wenn der edel scheinende Wendelin seiner Gattinn die Stunden verkürzte, auch sie gewann ihn immer lieber, war zutraulicher, und Wendelin ahndete empor keimende Liebe, wo nur Freundschaft war, nur seyn konnte, da sträfliche Liebe nie Eingang in einem edeln Herzen finden kann.

Die gehaßte Priska, ich muß sagen die Gehaßte, denn lieben konnte sie Wendelin doch nicht mehr, war ihm nun sehr hinderlich in seinen Planen. Sie begann, da Dulden nichts mehr half, ihren Gatten sanfte Vorwürfe zu machen, ermahnte ihn, sich vom Hofe zu entfernen, da der Anblick der schönen Alise bald ihre eheliche Ein-

tracht stören könnte, und war ihm dadurch nur
noch verhaßter. Er sann auf Mittel, wie er ihr
ausweichen könnte, hätte gerne frey und ungebunden gehandelt, und es war daher sehr natürlich, daß er sich mit dem berieth, der ihn immer
zur Seite war, ihn noch aus jeder Verlegenheit
so willig geholfen hatte.

Wenn Priska nicht so viel Geschmack an Einsamkeit fände, sprach Walluf, so wäre es leichter, sie zu betäuben, doch laß sehen, vielleicht kann
dir eben dieses scheue Wesen frommen. Des
Menschen Herz ist schwer zu ergründen, wer weiß,
ob nicht Priska, bloß um den guten Ruf zu erhalten, noch keinen der Ritter mit liebevollen
Blicken ansah, ob sie nicht gern sich einen Freund
wünschte, dessen Umgang ganz verdachtlos ist —
dann Wendelin hättest du freylich freye Hand.

Wendelin. Es ist doch schändlich, daß
ich mein tugendhaftes Weib soll zum Laster reißen lassen.

Walluf. Aber denk an die schöne Alise.

Wendelin. O die ist freylich jeder Aufopferung werth — aber wo soll sich der finden,
dessen Umgang in Priska's Augen ganz verdachtlos scheine.

Walluf. Laß mich diese Rolle übernehmen.

Wendelin. Walluf! du? — du?

Walluf. Was scheint dir da sonderbar —
von meiner Freundschaft gegen dich wirst du überzeugt seyn.

Wendelin. Wohl bin ichs — aber doch — doch — ich wage diesen Schritt ungern.

Walluf. Du bist ein ewiger Grillenfänger, bist wohl um einige Jahrhunderte zu früh geboren, denn es wird eine Zeit kommen, in der Männer es sich zur Ehre rechnen werden, den Buhler ihrer Weiber in ihrem Hause bewirthen zu können, willig bey der einen Thür das Gemach verlassen, wenn er bey der andern eintritt.

Wendelin. Wahrhaftig eine äußerst verderbte Zeit. —

Walluf. Doch wahrlich für Männer wie du, nicht — der eine Alise lieben wird, wird sich gewiß in seinem Elemente finden.

Wendelin. Der Nahme Alise bringt immer alle meine Gefühle in Aufruhr — Handle, wie's dir weise dünkt — wenn's aber mißlingt. —

Walluf. Sorge dich nicht, ich will ihr deine Liebe zu Alisen entdecken.

Wendelin. Walluf!

Walluf. Rache wird vollenden, was du wünschest —

Wendelin. Aber meine Ehre —

Walluf. Laß nur mich sorgen, du weißt, Walluf thut nichts halb.

Wendelin. Wohl weiß ich das, und sehe es immer deutlich ein, daß du das Böse stets im vollen Maße ausübst —

Walluf. Wenn du einsiehst, warum folgst du mir denn?

Wendelin. Du bringst mich immer dahin, daß ich dir folgen muß, du warsts, der mich zur Liebe gegen Alisen anreizte.

Walluf. Du kannst sie ja noch lassen.

Wendelin. Jetzt, da heiße Flamme in mir lodert, gibst du mir diesen Rath.

Walluf. Hast du denn nicht selbst so viel Ueberlegung, um vorher einzusehen, wie du handelst — geh laß mich — eile zu Adelmann — wird dir bey ihm besser gehen?

Wendelin. Gings mir bey dir schon gut?

Walluf. Wer gab dir Macht und Reichthum?

Wendelin (auf die Brust deutend.) Aber hier — hier siehts schrecklich aus.

Walluf. Mit Alisen kannst du diese Stimme dämpfen — kannst so glücklich mit ihr werden.

Wendelin. O so geh Verführer, geh und vollende dein Werk, ich vermags nicht mehr die Sehnsucht zu ihr, zu bekämpfen.

Walluf eilte und bestrebte sich nach Kräften, das Herz Priskas zu gewinnen, sie war ihm gut ihres Gatten wegen, Wendelin legte sich dieses Gutseyn nach seinem Wunsche aus, und begann freyer bey Alisen zu handeln, suchte da sein Herz zu erheitern. Diese gewahrte seine Liebe nur allzudeutlich, aber sie schwieg, wollte nicht gerne den Mann, den sie als Freund schätzte, von sich entfernen, und hoffte, daß sein fruchtloses Bemühen ihn wieder zur vorigen Freundschaft zurückführen würde. Aber Wendelin, der sich bey den

erſten Aeuſſerungen ſeiner Liebe nicht zurückge-
ſchreckt ſahe, näherte immer mehr Hoffnung, er
war zudringlicher, mied die Gegenwart des Herzogs, den er natürlich im höchſten Grade haßen
mußte, war aber unzertrennlich von Aliſen, wenn
ſie allein war. Seine Liebe glich einer Flamme,
die, wenn ſie nicht getilgt würde, bald weiter um
ſich greift, anfangs ein kleines Gebäude in Aſche
legt, bald aber einen ganzen Pallaſt verheeren
wird. Einſt, als er ganz hingeriſſen war von der
Macht der Reize ſeiner Geliebten, einſam beyde
im Gemache ſaßen, nichts ihr Geſpräch ſtörte,
da ſank Wendelin zu den Füßen der Herzoginn,
ſeine Wangen glühten, ſein Aug ſprach ſeine Empfindungen, ſein Mund folgte bald dieſer Sprache,
er flehte um Verzeihung, ſchilderte ihr ſeine heftige Liebe. Ich habe lange gekämpft, ſprach er,
aber ich vermags nicht mehr; allzugewaltig ſind
Eure Reize, ich gleiche einem Schiffbrüchigen,
der lange mit den Wellen kämpfte, unterſinken
und verderben muß, wenn nicht Eure Hand ihn
rettet, ihn mit Liebe wieder zum neuen Leben zu-
rückbringt. Aliſe hatte nie ein ſolches Geſtändniß gehofft, ſie ſchwieg anfangs, Verwirrung
röthete ihre Wangen, ihre Hand zitterte in der
Seinigen, und Wendelin glaubte ſich am Ziele
ſeiner Wünſche, er ſprang auf, und ſchlang ſeinen Arm um die ſtaunende Schöne, ſchwur ihr,
ewige, ewige Liebe. Jetzt bekam Aliſe ihre Faſ-
ſung wieder, ſie wand ſich aus ſeinen Armen,
ſuchte ihn mit Sanftmuth zur Bahne der Pflicht

wieder zu bringen, als aber Wendelln immer kühner ward, sie so unwiderstehlich schön in ihrer Verwirrung fand, da erwachte auch ihr Muth und Ehrgefühl, sie stieß den Schändlichen von sich, ihr Aug blickte nicht mehr sanft auf ihn. Verlaßt mich, rief sie, ich bitte, ich befehle es Euch — ich kenne Euch nun ganz, und nie wird diese Stunde meinem Gedächtniße entweichen; ich war zu nachgiebig, und dadurch wuchs Eure Leidenschaft zu dieser Größe. Ritter, was wollt Ihr, wollt Ihr die Herzoginn zu Eurer Buhlerinn herabwürdigen, glaubt ihr mein Herz sey so wenig seinen heiligen Pflichten eingedenk wie das Eure? O da irrt Ihr Euch an Alisen, sagt es nur allen denen, die gleiche Neigung wie Ihr hegen: Alise liebt ihren Gatten innig, hält ihm fest die Treue, die sie ihm am heiligen Altare schwur. Doch genug mit Euch, so sehen wir uns nicht mehr, wenn wir in Gesellschaft uns treffen, will ich mich hüten, daß meine Blicke die Verachtung Euch nicht zeigen, die Ihr wahrhaftig in so reichlichem Maße verdient habt.

Sie entfernte sich schnell durch eine Nebenthür, vergebens rief ihr Wendelln, als er sich von seiner Betäubung ermannt hatte, vergebens wollte er ihr nacheilen; er fand die Thür versperrt. Ein Edelknabe brachte ihm die Nachricht: die Herzoginn wünsche, daß sie ungestört bleibe, da ihr nicht wohl sey. Der Page lachte heimtückisch bey diesen Worten, Wendelln sahe sich dem Gespötte der Dienstleute preis gegeben, und

stürzte fort aus dem Pallaste, voll Verzweiflung
und tobender Wuth.

* * *

Zwölftes Kapitel.
Uebernatürliche Hülfe.

Als er in seiner Wohnung ankam, im Priska
liebevoll entgegen eilte, da war ihr Anblick ein
Dolchstich in seinem Herzen, er riß sich aus ih=
ren Armen los, und als sie ihn noch heftiger
umschlingen wollte, stieß er sie ungestüm von sich,
und eilte in sein Gemach, wo er sich versperrte.
Da ging er wüthend auf und ab, sein Herz dür=
stete nach Rache; bald wollt er sich an der stol=
zen Alise rächen, aber ihr Bild dämpfte diese
Leidenschaft wieder, ja er fühlte es, daß sie ihm
unentbehrlich geworden sey, und er tobte fürch=
terlich, daß er keine Hoffnung habe, sie zur Liebe
zu bewegen. In dieser folternden Unruhe trat
Walluf zu ihm. Ha, wohl gut, daß du kommst,
Walluf! es sieht sehr übel mit mir.

    Walluf. Weiß es wohl, alles ist verloren!

    Wendelin. Wie alles? alle Hoffnung?

    Walluf. Mein Plan mißlang bey deinem
Weibe. Schon ein Monath umlagere ich sie, und
suche auf alle mögliche Art ihr Herz zu gewinnen,
aber vergebens; felsenfest ist ihre Tugend.

Wendelin. O so haben denn die Weiber
auf einmahl aufgehört nach Liebe zu dürsten!

Walluf. Ich wagte es endlich, ihr meine
heiße Liebe zu entdecken, ihr zu zeigen, wie sicher
wir ein vertrautes Bündniß schließen könnten,
und sie wieß mich mit Verachtung von sich.

Wendelin (wild lachend.) Ha, so haben
wir gleiches Schicksal!

Walluf. Ich bewies ihr deine Untreue,
forderte sie auf zur Wiedervergeltung, — sie
sahe mich starr an, seufzte tief, und ich sah's
deutlich, wie sich unwillkürlich eine Thräne in
ihre Augen bräugte. Ich kann meines Gatten
Untreue nicht glauben, sprach sie, und wenn es
wirklich so wäre, so geziemts mir nicht eben so
zu handeln, durch Tugend und Treue werde ich
ihn vielleicht wieder zu seiner Pflicht bringen. —
Wendelin! wenn du sie gesehen hättest, wie sie
dabey so sanft und wehmüthig gegen Himmel
blickte. — Ha! ich hätte Mensch, hätte Du seyn
mögen, ich wäre ihr reumüthig zu Füßen gesunken.

Wendelin. Walluf! — was willst du
verdammter Schwätzer? — es gibt nur eine
Alise, und die finde ich bey ihr nicht wieder.

Walluf. Ich gesteh dirs, der Zauber ihrer Blicke riß mich hin; Gewalt dacht ich mir,
kann vielleicht deine Plane fördern, ich riß sie
in meine Arme, und sie lohnte mirs mit einem
Schlag ins Gesicht.

Wendelin. (für sich.) O, sie ist doch ein standhaftes Weib!

Walluf. In diesem Augenblick übermannte Wuth mich, ich schäumte vor Zorn, war mir nicht Meister, und Feuerflammen sprühten mir aus den Augen. Priska stürzte ohnmächtig zusammen. Ich eilte fort, man brachte sie zu sich, aber sie verschwieg den ganzen Vorfall, niemand weiß ihn, als sie.

Wendelin. Wohl mir!

Walluf. Aber bald weh dir! Als ihr deine Ankunft kund ward, eilte sie dir entgegen, dir alles zu entdecken. Du stießest sie von dir; jetzt eben hat sie beschlossen, ihrem Beichtiger alles zu berichten. Entdeckung ist nun gewiß, als einen Zauberer, der mit Satan einen Bund hat, wird man dich gefangen nehmen, und der schimpflichste Tod kann dir noch werden.

Wendelin. O ich Elender! so stürmt denn alles auf mich ein! Walluf, Walluf! rathe und hilf!

Walluf. Wir müssen schnelle Mittel ergreifen, sonst bist du verloren. Bin ich heute noch mit Priska, unter was immer für einem Vorwande, die ländliche Wohnung, die du außer Worms gemiethet hast, da zwing dich zur Verstellung; nimm wenig Leute mit dir, sende diese gegen Abend fort; wenn alles dunkel ist, will ich mit bewaffneten Luftgestalten in die Hütte bringen, dich zu Boden schlagen, und sie mit mir fort schleppen.

Wendelin. Halt ein! wenn ich das beginne, so möge schneller Tod mein Loos seyn.

Walluf. So laß dich brandmarken als Zauberer, und stirb am Hochgerichte.

Wendelin (erschüttert.) Was willst du mit ihr thun?

Walluf. Ich bringe sie nach einer deiner Vesten, die tief im Forste liegt, da übergebe ich sie dem Vogte, den ich als dir ergeben kenne, in enge Gewahrsam, und binde ihm Verschwiegenheit auf seine Seele. Wenn deine Launen sich ändern, kannst du sie wieder befreyen, auf mich alle Schuld wälzen, Reue heucheln, und sie wird gewiß wieder liebevoll an deine Brust sinken.

Wendelin. O, ein teuflisches Bubenstück! Immer, immer zwingst du mich Böses auf Böses zu häufen.

Walluf. Du stehst auf dem Sprunge; — eine Stunde versäumt, und du bist verloren. So aber bist du der nähmliche, kannst werben um Alisens Herz.

Wendelin. O diese haßt mich!

Walluf. Glaub's nicht; sie liebt dich, — aber ihre Pflicht ist stärker, als ihre Liebe, sie kann sich des Gedankens nicht erwehren: Glücklich würde ich seyn, wenn mein Gatte nicht lebte, Wendelin statt ihm an meiner Seite wäre.

Wendelin. Täuschest du mich nicht!

Walluf. Gewiß nicht.

Wendelin (schnell.) Also, sie hasset ihren Gatten?

Walluf. Ist unglücklich an seiner Seite; er behandelt sie in geheim sehr hart, zwingt sie, sich zärtlich gegen ihn zu zeigen, wenn sie unter Menschen sind.

Wendelin. O Alise, Alise! — — Ha! du leidest unverdient von dem häßlichen Malpazo! — (Wallufs Hand ergreifend.) Walluf! — kannst du sie retten von ihm?

Walluf (schnell.) Sehr leicht. Befiehl, und ich bringe dich an den Gipfel des Glückes. Wenn der Tod dein Weib hinrafft, so kannst du noch Herzog werden.

Wendelin. O mir schwindelt bey diesen Aussichten in eine glückliche Zukunft! — Vorwärts treibt's mich immer. —

Walluf. So folge, und du wirst wohl fahren.

Wendelin. Ins Verderben werde ich stürzen.

Walluf. Glaub's nicht; ich führe dich zum Gipfel des Glückes.

Wendelin. Muß ich nicht vorwärts, da es bereits zur Rückkehr zu spät ist?

Walluf. Also, bey unserer Verabredung bleibt's?

Wendelin (wild.) Ja!

Walluf. Und Malpazo, der Tyrann deiner Alise? —

Wendelin. Meiner Alise! — O süßer Nahme!

Walluf. Ach! sie wird schrecklich von ihm mißhandelt.

Wendelin. So befreye sie von dieser Qual; er sterbe!

Die folgende Nacht, als Wendelin mit seiner Gattinn in der ländlichen Wohnung war, seine Knechte fort gesandt, er selbst sich voll getrunken hatte, um bald zu entschlummern, und das Gewissen ganz zu betäuben, brach Walluf mit einer Rotte Bewaffneter ins Haus, schlug den aufspringenden Ritter zu Boden, und schleppte die schreyende Priska fort, hinderte sie bald um Hülfe zu rufen, und ließ sie nach einer Veste führen, die entlegen in einem tiefen Forste lag, wo ihm der Vogt eidlich gelobte, sie in enger Gewahrsam zu halten. Der Vogt kannte sie als Wendelins Gattinn nicht, daher gab sie Walluf für eine Wahnsinnige aus, die mit dem Burgherrn verbunden zu seyn wähne.

Drey Tage darnach, als Wendelin wieder heiter ward, allenthalben vorgab, seine Gattinn sey nach seinen Gütern abgereist, ließ sich Walluf wieder bey ihm sehen. Er sah wild und finster darein, und warf dem Ritter einen blutigen Dolch vor die Füße.

Was soll das? rief Wendelin aufbebend.

Walluf (wild lachend.) Ha, wie er sich krümmte, röchelte, noch sterbend deinen Nahmen mit einem fürchterlichen Tone nannte!

Wendelin. Wer? Wer?

Wal=

Walluf. Dein Glück ist gegründet; — Malpano fiel.

Wendelin. Ach, so schnell!

Walluf. Ganz unvorbereitet kam ihm der Tod; auf der Jagd lauerte ich ihm auf, kaum war er allein im dichten Gesträuche, als ich hervor stürzte, und ihn zu Boden schlug.

Wendelin. O schrecklich, schrecklich!

Walluf. Jetzt hast du gewonnen Spiel, säume nicht zur Herzoginn zu eilen; sie muß dich jetzt bey ihr sehen, damit sie nicht ahnde, du habest ihm aufgelauert.

Wendelin. Meine Knie beben, ich vermags nicht, ihr ins Auge zu blicken.

Walluf. Höre auf! Du geberdest dich, als ob dieß dein' erster Mord wäre. Freylich geschahs sonst nur immer aus Nothwendigkeit, dießmahl, um deine Lust zu befriedigen; aber es ist einerley. — Auf, Wendelin, folge meinem Rath!

Wendelin. Verflucht seyst du und dein Rath! — Wenn ich glaube, mit dieser oder jener Handlung zu endigen, und nach Erreichung meiner Absichten, Zeit zu gewinnen, meine bösen Thaten zu bereuen, da verstrickest du mich unwiderstehlich mit neuer teuflischer List, und ich muß — muß fallen, weil ich kein anderes Mittel, mir zu helfen, sehe; weil du schlau genug bist, mir alle Wege abzuschneiden, wo ich dir und dem Bösen entkommen könnte.

Walluf. Du geberdest dich sonderbar.

Wendelin. Geh, geh! du bists, der mich
verführt, sich an meinen Qualen dabey labt. —
O, daß du auch fühltest dafür, was ich leide! —
Walluf! wenns so fortgeht, so bin ich verloren —
durch dich; muß verzweifeln, da ich kein Mittel
mehr weiß, dir zu entkommen! — O ich fluche
der Stunde, da ich den weißen Stab vertilgte,
mit ihm habe ich jede Hoffnung zur Rückkehr
verloren.

Walluf (lachend.) Ha, des Gewinns, der
deiner wartete! Adelmann würde dir schön zu
Alisen verholfen haben?

Wendelin. Adelmann? (schaudernd.) O
nenne ihn mir nicht!

Walluf. Herzlich gerne.

Wendelin. Da steht er, und droht mir mit
dem Finger! — spricht aus über mich den Fluch
der Verbrecher! — er deutet auf den Boden! —
Ach, ach, ein todter Körper liegt da! (ängstlich)
Walluf! schaffe ihn weg! (schreyend.) Ach, es ist
Malpano!

Walluf (ihn rüttelnd.) Thor! was schwär=
mest du?

Wendelin (sich fassend.) Es war eine
schreckliche Fantasie. O Walluf! wenns so fort=
fährt, was soll aus mir werden? — sein Blut
wird um Rache schreyen, wenn mans entdeckt. —

Walluf. Du träumst; stürze dich schnell
in Zerstreuung, und du wirst diese fieberhaften
Träume wieder abschütteln.

Wendelin. Wie soll ich aber beginnen?

Walluf. Mit Alisens Anblick, der wird dich entschädigen.

Wendelin. Unwiderstehlicher! du redest mich um meine Seligkeit, und doch muß ich dir folgen. — Ich eile.

Er ging nach der Herzoginn Pallast, und fand Alisen, wider Vermuthen, sehr freundlich; sie hatte bereits die Beleidigung Wendelins vergessen, hoffte seine Besserung, und wollte ihm keine weitern Vorwürfe machen. Freundschaftlich war ihr Gespräch, Wendelin wurde immer zutraulicher, doch konnte er die nagende Schwermuth nicht ganz aus seiner Seele bannen. Als er eben neben ihr saß und scherzte, hörte man ungewöhnliches Lärmen. Alise eilte zum Fenster, sah die Strasse voll Leute, die sich zu ihrem Pallaste drängten, sie wurde ängstlich, wollte eben einen ihrer Diener rufen, um die Ursache dieses Auflaufes forschen, als der Pallast von lautem Geheule wiedertönte, man die Thüren aufriß, und — die Leiche des Herzogs herein brachte. Alise erblickte kaum den todten Gemahl, als sie sich über ihn hinstürzte, mit seinem Blute sich befleckte, ihr Haar sich aus dem Haupte riß; o mein Gemahl! rief sie, und konnte vor heftigem Schmerz und Verzweiflung weder weinen noch jammern. Ein schauerlicher Anblick! Alles hatte sich um die Leiche gedrängt, jammerte und heulte, und mitten unter ihnen lag die arme Gattinn in ihrer Verzweiflung.

Wendelin war erschüttert, er war bey diesem

Anblicke halb leblos an die Wand gesunken, stand dort ohne Bewegung, todtenbleich, zitternd an allen Gliedern. Jetzt, als Alise sich aufhob, losriß von ihren Dienerinnen, um abermahl über die Leiche zu stürzen, gewahrte sie des bebenden Ritters; ihr Schmerz schien sich zu legen, mit starrenden Augen, ohne daß eine Muskel in ihrem Gesichte sich regte, trat sie zu ihm hin, und ergriff mit eiskalter Hand seine Rechte. Sie sah ihn scharf und durchbringend an; — endlich ließ sie seine Hand fahren. Du bist sein Mörder! rief sie fürchterlich aus, und Wendelin stürzte zusammen.

Als er sich wieder ermannte, sah er sich mit tiefer Dunkelheit umgeben; er hörte das Rauschen eines Wasserfalles, erblickte das Mondenlicht ober ihm, und gewahrte, daß er in einer Waldhöhle lag. Schwach und entkräftet trat er hervor, sah seinen Walluf am Rande der Höhle sitzen, der ihm sogleich entgegen ging.

Walluf. Weil du dich nur wieder ermanntest! — schon glaubte ich, des betäubenden Pulvers dir zu viel beygebracht zu haben.

Wendelin. Wo bin ich? ich verstehe dich nicht.

Walluf. Glaubs gerne. Drey Tage liegst du schon ohne Bewußtseyn.

Wendelin. Was ging in mir vor? ich bin in ganz fremde Kleidung gehüllt; wie kam ich hierher?

Walluf. Weißt du noch, wie Alise schrie: Du bist Malpanos Mörder!

Wendelin. Es waren fürchterliche Worte.

Walluf. Du haſt dich durch deine Angſt selbſt verrathen. Die Dienerschaft hörte dieß kaum, als ſie dich ergriffen und banden, fortſchleppten in ein tiefes Gefängniß, wo du bis zur Wiederkehr Heinrichs, der nach Speyer geritten iſt, ſchmachten ſollteſt. Du wärſt verloren geweſen, wenn ich dich nicht gerettet hätte. Ich eilte ſogleich in dein Gefängniß, ſtreute betäubendes Pulver in deinen Mund, daß du ſobald nicht aufwachen ſollteſt; dann grub ich eine Leiche im nahen Kirchhofe aus, ſchleppte ſie in dein Gfängniß, hüllte ſie in dein Kleid, und zerſchnitt ihr das Geſicht, daß mans nicht erkennen konnte; auch warf ich einen Dolch hin, als ob du ſelbſt dich gemordet hätteſt. Dich bekleidete ich mit dieſem Wams, trug dich fort durch Nacht und Nebel, bis hierher in Sicherheit. Man wird ſich freylich über deinen Tod wundern, wenn man die Leiche finden wird — doch, was kümmert das dich.

Wendelin. O ich bin doch verloren! Heinrich wird meine Güter einziehen. –

Walluf. Glaubs nicht; er wird gar nicht glauben, daß dus warſt, und ſollte es aufs äuſerſte kommen, ſo kann ich dich in ferne Länder bringen, für neuen Reichthum ſorgen. Iſzt biſt du ganz mir und meiner Leitung überlaſſen. Vor allem, Wendelin, waffne dich mit dieſem Schwerte, deine treueſten Diener habe ich hierher beſtellt, ſie werden bald kommen; — da leg dich mit ihnen ins Gebüſch an der Heerſtraße.

Wendelin. Was ſoll ich dort?

Walluf. Alise zieht mit ihrem Gefolge vorüber. Sie zieht zurück nach Italien, und führt die Leiche ihres Gatten mit sich. Du kannst sie nicht ziehen laffen, an ihr haft du immer eine fürchterliche Anklägerinn, ohne sie wird die Stimme ihres Gefolges nicht viel vermögen. Die Italiäner lieben sie, sie würden Rache bey Heinrichen fordern, Heinrich könnte es nicht ablehnen, daher bringe sie in deine Gewalt, zerstreue ihr Gefolge, führe sie nach einer deiner Vesten, und dann bist du ja Herr über sie — —

Wendelin. Ach, Hubert! Priska! — Heinrich! — wenn ich in die Zukunft gedenke, wie viele Ursache habe ich da für mich zu zittern, dir zu fluchen.

Walluf. Laß nur mich forgen, ich will alles wieder gut machen, jetzt vollziehe indeß, was so unumgänglich nothwendig ist.

Bald darauf kamen Wendelins Knechte, die Bösesten hatte Walluf ausgesucht, Kerls, die dem Satan selbst gedient hätten, wenns nur reichlichen Sold gab. Sie waren froh, ihren freygebigen Herrn wieder zu sehen, und schwuren ihm Treue, auch in der äußersten Gefahr. Mit ihnen zog Wendelin nach der Heerstraße, und lauerte gleich einem Straßenräuber, auf den Zug der Herzoginn.

Nach Verlauf einer Stunde nahte sie sich, von Wenigen begleitet, sie führte die Leiche ihres Gemahls in einem zinnernen Sarge mit sich. Unweit von Wendelin, machten sie Halt, um die Rosse ausruhen zu laffen. Alise, ganz in Trauer gehüllt, lehnte sich auf den Sarg hin, blickte wehmüthig zum Himmel, und netzte ihn mit ihren Thränen. Dieser Anblick erzürnte den Ritter, er gab schnell ein Zeichen, und seine Leute brachen hervor. Das Gefolge Alisens stürzte zu den Waffen, sie stellten sich muthvoll um ihre Herzoginn her. Wehmüthig schrie diese sie um ihren Beystand an, als sie Wendelin unter der Rotte erkannte. Ein harter Kampf begann; aber Walluf stritt mit, und die Leute der armen Alise flohen mit Wunden bedeckt. Ha! sprach Wendelin nun, jetzt sind Ihr in meiner Gewalt, schöne Alise — und ich kann Euch vergelten, was Ihr an mir übtet.

Alise. Morde mich, teuflisches Ungeheuer, damit ich bald in die Arme meines verklärten Gatten eile.

Wendelin. Sollt noch lange hier harren, Liebe mir zollen, die Ihr mir so hartnäckig verweigertet.

Alise. Gottes Fluch mir, wenn ich nicht ewig dich hasse.

Wendelin. Soll sich bald mindern, dieser Haß, und in Liebe wandeln; auf Alise, und folgt mir.

Alise. O erbarme dich meiner, Grausamer, trenne mich nicht von den Gebeinen des Gemordeten, ich will fest den Sarg umklammern, und darauf sterben.

Wendelin. Bin des Zögerns müde, auf, folgt mir schnell.

Alife. O so rette du mich, Allmächtiger — rette, rette mich!

Wendelin. (Sie aufreissend.) In meinen Armen soll dir Rettung werden.

Du bist gerettet, Alife! rief jetzt eine fürchterliche Stimme, der Donner brüllte, Feuer umfloh die Gegend von allen Seiten, und Adelmann in seiner Silberrüstung stand neben Alifen; er bedeckte sie mit seinem Mantel. Sey standhaft, sanfte Dulderinn, sprach er, die Zeit deines Kummers wird schwinden, die Tage der Ruhe dir lachen — Du aber, Ungeheuer, flieh, flieh in Nacht und Graus, fühle den Schmerz, daß ich mächtiger als du sey. Walluf heulte fürchterlich, er braußte durch die Lüfte fort, ließ Schwefeldampf und Feuerflammen zurück. Jetzt aber einige Worte mit dir, Wendelin, Entarteter — Lästerhafter!

Du hast mich zum Leben gerufen, um nur deine Gräuelthaten zu sehen, Gottes Langmuth hat geendet, ich habe Macht dich zu strafen, noch schone ich deiner, bereue, büße, du Verblendeter, aber wehe, wehe, wehe dir, wenn noch einmahl der Unschuld Stimme vor Gottes Thron dringt. Die Erde berstete unter Donnergetöse, Adelmann und Alife mit dem Sarge sanken unter sie hinab, Geheul und Empörung der Elemente tobte fürchterlich, erstarrt vor Entsetzen lagen Wendelins Knechte, er selbst stürzte bewußtlos auf den bebenden Boden hin.

———

Wendelin von Höllenstein.

oder

die Todtenglocke.

~~~~~~~~~~

Zweyter Theil.
~~~~~~~~~~

Dreyzehntes Kapitel.

Die geraubte Jungfrau, und der Ritter im Goldharnisch.

Eine fürchterliche Nacht deckte die Erde, Gewitterwolken hatten das Licht des Mondes, den Glanz der Millionen Sterne, verdunkelt, nur Blitze leuchteten mit wilder Gluth; der Donner brüllte, der Sturm durchfloh die Wipfel der Bäume, und brauste mit lautem Getöse durch den Forst hin, da verließ die Betäubung des Schreckens die Knechte Wendelins, sie richteten sich empor, und starrten sich an, an allen Gliedern bebend. Wie war uns? was geschah uns? riefen sie sich mit bebender Lippe zu. — Wo ist unser Herr? fragten sie sich traurig.

Als ihre Augen der tiefen Dunkelheit gewohnter wurden, die immer häufigern Blitze ihnen stärker leuchteten, da sahen sie ihn dahingestreckt unter einem hohen Baume liegen, verspürten kein Zeichen des Lebens in ihm. Sie waren ängstlich um ihn her versammelt, rüttelten ihn, rieben seine Schläfe, und brachten endlich Wärme in seine Adern, freuten sich innig, als er sich zu regen anfing, die Augen endlich aufschlug, und die Umstehenden schweigend anblickte. Wo bin ich? fragte er endlich mit bleichem Munde, sinds Freunde oder Feinde, die mich umgeben?

Die Knechte. Eure treuen Diener sind wir, ängstlich besorgt um Euer Leben.

Wendelin. Ach — wie fürchterlich war alles — Knechte, Knechte, welch ein schrecklicher Zufall!

Die Knechte. Ja wohl, wir haben uns lange nicht von unserer Betäubung erhohlt, die Nacht zoh herauf mit dem Gewitter, ohne daß wirs wußten. Wo ist die Herzoginn hingekommen, wo ist Ritter Walluf?

Wendelin. Sabt Ihr sie nicht in den Boden sinken? da, da, neben mir.

Die Knechte (schaudernd.) Nein, wir saßen nichts — Kaum hattet Ihr sie vom Sarge empor gerissen, als dichter Nebel unter lauten Donnerschlägen uns umgab, wir bewußtlos zu Boden stürzten.

Wendelin. So? und weiter saht und hörtet Ihr nichts?

Knechte. Nichts, wir erwachten erst von kurzem, würden euch wahrscheinlich gar nicht gefunden haben, hätten uns nicht die Blitze dazu geleuchtet. Wahrhaftig, wir beben, könnens uns nicht anders erklären, als die Herzoginn müsse im Bund mit dem Satan gestanden seyn, der sie so schnell und fürchterlich rettete.

Wendelin. Zittert nicht mehr, es ist, denk ich, vorüber, laßt uns vielmehr trachten, aus diesen dunkeln Wald zu kommen.

Knechte. Wird vor Anbruch des Tages nicht möglich seyn, wir wissen weder Weg noch

Steg, und können nicht fingerbreit vor uns sehen. Wollen lieber ein Wachfeuer anzünden, und den Tag erwarten.

Wendelin. Thuts, und setzt Euch recht nahe um mich her. Ach mir ist so sonderbar — Knechte, ich will Euch Eure Treue gewiß vergelten.

Knechte. Ist ja unsere Pflicht — wenn doch nur auch Ritter Walluf hier wäre, er ist so gesprächig, weiß einem ordentlich Muth einzuflößen.

Wendelin. Laßt ihn, wo er ist, es wird ohne ihn noch besser werden.

Kopfschüttelnd sammelten nun die Knechte Reiser und dürres Holz, und zündeten ein Wachfeuer an, sie lagerten sich um den Ritter, der wohl in frühern Tagen sich durch die Aeusserung seiner Zagheit entehrt geglaubt haben würde, jetzt aber gleich einem Laub im Winde bebte, sein Haupt auf beyde Arme stützte, und sich nach dem Anbruche des Tages sehnte. — Er brach an, Wendelin hatte fest beschlossen, zur Tugend zurück zu kehren, seine Gattinn aus ihrem Gefängnisse zu hohlen, und nie mehr den bösen Walluf zu rufen. Er bestieg sein Roß, welches die Knechte beym Tageslichte mit den ihrigen weidend gefunden hatten, und ritt schweigend und tiefseufzend der Heerstraße zu.

Vergebens suchten die Knechte mit ihren Blicken den vermißten Walluf, Wendelin hingegen sehnte sich darnach, daß er sich ihm nie mehr zeigen sollte. Die Straße lief ununterbrochen durch den dunkeln Forst, keine Herberge war da zu sehen, auch wußten weder Knechte noch Ritter, wohin sie zogen, denn sie waren ganz unkundig der Gegend, in die sie Walluf gebracht hatte.

Gegen Abend, da sie schon müd und entkräftet waren, sahen sie ferne ein Feuer durchs Gebüsch flammen, und entdeckten, als sie näher kamen, eine Köhlerhütte, deren Bewohner eben bemüht war, einen großen Brand zu schürren, um sich einen neuen Vorrath von Kohlen zuzubereiten. Wendelin forschte, wohin die Straße führe, und erfuhr, daß er nur mehr zwey Tagreisen von einer Burg entfernt sey, die sein Eigenthum war, die er kurz zuvor, ehe er nach Heinrichs Hoflager zog, wegen ihrer schönen Lage an sich gekauft hatte. Sie lag hart am Rheinfluße, war rings um mit schönen Auen und großen Wäldern umgeben, es ließ sich lieblich da wohnen, halb abgesondert von Menschen, und doch so mitten im Schooße der schönen Natur. Wendelin war froh bey dieser Nachricht, hier willst du in Friede und Ruhe hausen, dachte er sich, und im Stillen genießen, was dir durch Wallufs Freundschaft noch übrig blieb. Da er aber zugleich vernahm, daß auf dieser Reise von zwey Tagen keine Herberge anzutreffen sey, so beschloß er sich hier zu lagern, und vom alten ehrlichen Köhler seinen Leuten Nahrung reichen zu lassen. Die Knechte stiegen also ab, und nachdem sie ihre Rosse gewartet hatten, pflegten sie auch ihrer müden Glieder, und warfen sich bald, durch Speise und Trank gestärkt, auf die zubereitete Streu hin. Wendelin,

den der alte Köhler mit vieler Ehrfurcht begegne-
te, ließ sich auch den vollen Becher wohlbehagen,
doch war er nicht heiter, saß immer tiefsenkend
da, blickte oft in der dürftigen Stube umher, wo
aus jedem Winkel die Armuth hervor sah, bemerkte aber nicht dabey das zufriedene Gesicht
des Alten, sondern schloß nur auf sich, wie weh
es ihm thun würde, wenn er nach gewohnter
Weichlichkeit in solche Armuth versinken sollte,
und ihm war ordentlich wohl, wenn er gedachte,
daß er durch Wallufen in so glänzende Glücks-
umstände versetzt worden war. Sein Herz begann sich wieder nach ihm zu sehnen, du kannst
ja seiner Freygebigkeit genießen, sprach es, ohne
dich wieder zu bösen Thaten verleiten zu lassen,
aber seine Vernunft sprach laut dawider, daher
fühlte er keinen Schlaf, wankte in steten Zweifeln umher.

Es ward Nacht, alles schlief und wurde von
dem Gauckelspiel der Träume geäffet, nur Wendelin saß bey der düstern Lampe, sein Haupt auf
den Arm gestützt, blickte in die Vergangenheit und
Zukunft — da hörte er plötzlich ein lautes Pochen
an der Thür der Hütte, er sprang auf, auch der
Köhler und die Knechte erwachten, Wendelin eilte
zur Thür, öffnete sie, und eine Dame in einen
langen weißen Schleyer gehüllt, stand aussen. Sie
spreitete die Arme aus, als sie den Ritter sah,
und sank zu seinen Füssen, umklammerte seine
Knie. Ach Erbarmen, Erbarmen! rief sie, rettet,

schützet die leidende Unschuld, übt Ritterpflicht und Barmherzigkeit an einer Unglücklichen.

Wendelin. Edle Dame, womit kann ich Euch helfen?

Die Dame. Ach, nehmt mich in Euren Schutz, böse Räuber haben mich, da ich durch den Forst zog, überfallen, meine wenigen Knechte gemordet, mich mit sich fortgeschleppt. Drey Tage ritt ich mit ihnen, sehnte mich vergebens nach Hülfe und Rettung. Diese Nacht gelangs mir, da sie alle schliefen, zu entfliehen. Gleich einem aufgescheuchten Reh irrte ich durch Strauch und Dornwerk, flehte den Himmel um Schutz an, er ließ mich endlich diese Hütte entdecken, einen Rittersmann da finden, der sich vielleicht meiner erbarmen wird.

Wendelin. Das will ich willig und gerne, tretet ein, edle Dame, es ziemt Euch nicht, vor mir zu knien, ich will Euch schützen und schirmen, und wenn Ihr Anverwandte habt, nach denen Ihr verlangt, Euch sicher in ihre Arme liefern.

Die Dame. O dann wird Gottes Segen Euch zu Theil, der Euch Euer Erbarmen gegen die Unschuld reichlich lohnen wird. Die Dame ging nun mit bebenden Schritten an der Hand des Ritters in die Stube, der Köhler brachte ihr etwas Nahrung, als sie aber beym Schein der Lampe den Ritter näher betrachtete, da stieß sie einen lauten Schrey aus, und trat bebend zurück.

Wendelin. Was ist Euch, edle Dame?

Die

Die Dame (sich kreutzigend.) Wo bin ich —
Weiche von mir, Satan, im Nahmen des Ewigen will ich dich verbannen.

Wendelin. Was ist Euch? werdet doch
nicht mich für den Satan halten, nun bey Gott,
eine sonderbare Verirrung.

Die Dame. Bey Gott, sagt Ihr! der
Nahme des Ewigen kann nicht über des Bösen
Mund kommen. Mann, bist du wirklich Mensch,
wirklich das, was du scheinst?

Wendelin. Wüßte es nicht anders, ich
verstehe Euch nicht.

Die Knechte (lachend.) Es muß nicht
richtig seyn mit ihr, wäre mit unsern Seelenheil
nicht übel bestellt, wenn wir den Satan dienten.

Die Dame (schlägt den Schleyer zurück.)
Saht Ihr mich noch nie?

Wendelin (erschrickt, faßt sich aber schnell.)
Eure Schönheit macht mich betroffen — aber ich
versichere Euch, Euch nie noch gesehen zu haben.

Die Dame. Nie noch hörtet Ihr den Nahmen Johanne von Stellerburg?

Wendelin. Wahrhaftig noch nie.

Johanne. Darf ich Euren Nahmen
wissen?

Wendelin. Ritter Wendelin von Höllenstein.

Johanne. Allmächtiger! So nannte er sich.

Wendelin. Wer? Ich bitte Euch um Aufschluß.

Johanne erzählte nun von der Erscheinung

Wend. v. Höll.

des Pilgers im Frauenkloster, der als Ritter in ihr Gemach kam, als der Vogt mit den Knechten herzueilte, teuflische Gestalten um sie her zauberte, das Kloster in Brand steckte, und entfloh, daß dieser Bösewicht sich Wendelin von Höllenstein nannte, eine Jungfrau im Kloster war, die Priska hieß, deren Geliebter diesen Nahmen trug, der aber um diese Zeit gar nicht in der Nähe des Klosters war. Die Knechte und der Köhler kreuzigten sich, Wendelin schüttelte den Kopf, ihm wars nun freylich nothwendig, sich zu verstellen. Höchst sonderbar, sprach er, und kaum glaublich, sah denn der Böse auch mir ähnlich?

Johanne. Vollkommen, beym ersten Anblick glaubte ich ihn in Euch zu erkennen.

Der Köhler. Du lieber Gott, mag wohl alles ein Werk des Teufels seyn, der des Ritters Gestalt annahm, um sowohl Euch edle Jungfrau zu verführen, als die arme Geliebte dieses Ritters zur Verzweiflung zu bringen. Man hat der Beyspiele von seiner List und Tücke genug.

Wendelin. Glaubs beynahe selbst, daß es so war — und hörte auch dieses Gerücht, daß er aber mir ähnlich sah, erfuhr ich nicht, als ich selbst hinkam, meine Braut Priska, die wirklich dort war, abzuhohlen.

Johanne. Man kannte ihn nur als einen Greisen, bey mir nahm er Eure jugendliche Gestalt an.

Wendelin. Nun das kann ich wahrhaftig nicht. Beruhiget Euch, Ihr seyd bey einem

Ritter, der von böser Kunst nichts weiß, der Euch durch seine edlen Thaten beweisen will, daß er mit Eurer Erscheinung ganz fremd sey.

Nach und nach beruhigte sich Johanne, erzählte dem Ritter, daß sie auf Befehl ihres Vaters, der aus Palästina rückgekehrt sey, aus dem Kloster abgehohlt wurde, und unterwegs von den Räubern überfallen worden war. Wendelin versprach ihr, sie mit Tagesanbruch ihren Vater zuzuführen; aber sein Herz sprach nicht mit: wie erinnern uns, welche heftige Liebe er zu der äußerst schönen Johanne empfand, er sie nur tilgte, weil er durch weitere Versuche alles zu entdecken befürchtet hatte, jetzt sah er die ganze Sache so vortheilhaft für ihn, auf Rechnung des Satans geschrieben, sah sich so unvermuthet in der Nähe der schönen Jungfrau, und sein Herz, das seit dem Anblick der Herzoginn nach Liebesgenuß dürstete, unterlag sogleich der aufwachenden Empfindung, dachte sich bey Johannen des Lebens höchste Glückseligkeit.

Unschlüssig, wie er sich benehmen sollte, setzte er sich an den Tisch hin, blickte oft verstohlen nach der reitzenden Dirne, als er von aussen Roßgetrappe hörte, und bald die Stimme mehrer Männer vernahm. Johanne bebte erschrocken auf, ach, das sind die Räuber, die mich verfolgen, sprach sie, und der Köhler erboth sich, sie in einen abgelegenen Winkel zu verstecken. Er führte sie auf den Boden, wo sie sich hinter altem Holzwerk verbarg. Wendelin trat aber ans Fenster, und rief, was die Männer, die nun ungestüm an die Thür schlugen, forderten.

Der Anführer der Räuber. Macht auf, oder wir schlagen die Thür entzwey, und brennen Euch das Nest ober dem Kopf zusammen.

Wendeln (zu seinen Knechten.) Macht Euch gefaßt, wenns zu etwas kommen sollte.

Knechte. Sind schon bereitet, werden wohl nicht eine so herrliche Beute den Raubvögeln lassen.

Köhler. Ach, daß Gott erbarme, sie werden mein Haus in Brand stecken.

Die Räuber. He holla! schlagt doch die alte Thür entzwey.

Wendelin (den die Liebe zu Johannen kühn machte, tritt mit dem Schwerte unterm Arme heraus.) Gemach meine Herren, wenn ich bitten darf, Ihr seyd in keiner Schenke.

Der Anführer. Verzeiht, achtbarer Ritter, wir vermutheten Euch hier nicht, und wollten Euch nicht stören, suchen nur eine Dirne, die uns heute Nacht entlaufen ist.

Wendelin. Dann müßt Ihr sie anders wo suchen, hier ist sie nicht verborgen.

Der Anführer. Würdens herzlich gerne glauben, wenn noch ein anderer Ort im Walde wäre, den wir nicht bereits durchsucht hätten. Auch überzeugte uns dieses Armband, welches sie trug, und wir unweit von hier liegen fanden, allzu deutlich, daß da ist, was wir suchen.

Wendelin. Ich sag Euch aber nein, und

wenns wirklich so wäre, würde ich Euch wahrlich die Dirne nicht so unbedingt geben, da mir Euer Gewerbe verdächtig scheint.

Der Anführer. He kühner Mann, mäßiget Euch.

Ein Räuber. Verdächtig hin, Verdächtig her, wozu soll das unnöthige Zögern frommen.

Wendelin. Wagts nicht vorzudringen, oder mein Schwert soll Euch zeigen, mit wem Ihr zu thun habt.

Der Anführer (seine Fackel schwingend.) Blicke um dich, wie viele die Hütte umgeben, was vermag deine ohnmächtige Wuth.

Wendelin. Mein Arm wird Euch zeigen, ob ich ohnmächtig bin, ich will Euch wohl noch widerstehen, und zeigen, wie ein Rittersmann schändliche Räuber abhält.

Die Räuber. Haut ihn nieder! es ist genug des Zögerns, haut ihn nieder.

Sie drangen nun mit Ungestüm auf ihn ein, Wendelin gab seinen Knechten ein Zeichen, und diese stürzten hervor, und drängten sich um ihren Herrn. Anfangs wichen die Räuber freylich erschrocken zurück, da sie aber bald gewahrten, daß nur zehn Knechte an der Seite des Ritters standen, sie aber wohl über funfzig waren, da jauchzten sie laut, und stürzten mit frohem Muthe über dieses kleine Häuflein her. Bald war die kleine Schaar im Getümmel des Kampfes von der Hütte gedrängt, bald so in die Enge getrieben, daß sie kaum noch das Schwert führen konnten, aber Wendelin und die Seinen wehrten sich noch immer nach Kräften, und stürzten manchen der Räuber zu Boden. Doch war vergebens ihr Muth. Wendelin sah sich bald übermannt, Adelmann! Adelmann! rief er überlaut, und hoffte Hilfe von ihm, doch Adelmann kam nicht, bald sah er sich besiegt, zu Boden gerissen und entwaffnet. Er knirschte vor Wuth mit den Zähnen, aber er und seine Knechte waren besiegt, lagen unter ihren Ueberwindern auf den Boden. Mehrere von ihnen waren in die Hütte gestürzt, hatten bey den Haaren den alten Köhler heraus geschleppt, drohten ihm schnellen Tod, wenn er nicht den Aufenthalt der verborgenen Dirne bekenne, um sein Leben zu fristen that er es. Sie eilten jubelnd auf den Boden hinauf, schleppten unbarmherzig die weinende Johanne hervor. Als Wendelin sah, wie sie die schöne Dirne mit sich fortrissen, ihres Jammers nicht achteten, sich an ihren Thränen noch weideter, spotteten, daß sie ihre Arme nach dem Ritter um Rettung ausstreckte, da entbrannte er in heftigster Wuth, das Blut rollte siedend durch seine Adern, er sammelte alle Kräfte, riß sich los von den zwey Männern die ihn hielten, sprang auf, und eilte einem hohen Baume zu.

Ehe sie ihn wieder ereilten, hatte er Stab und Glöckchen aus der Tasche gezogen, und schlug mit Macht daran, Walluf, Walluf! rief er, erbarme dich meiner, mein Freund, mein Vertrauter. Jetzt hatten die Räuber ihn wieder ereilt, sie

wollten ihn eben aufs neue zu Boden reiſſen, als
heller Trompetenton in ihre Ohren drang, ſie
ſtaunend auffuhren, und bald eine Schaar Bewaffneter gewahrten, die mit verhängtem Zügel
daher ſprengten. Weit, weit voran jagte ein
Ritter aus dem Gebüſche daher, daß das Roß
in Lüften zu ſchweben ſchien, bey den Fackeln der
Räuber ſchimmerte ſchon von weiten ſein Har-
niſch, der ganz aus Gold gemacht ſchien, eine
blaue von Gold ſtrotzende Binde ſchmückte den
Leib; ober den hohen wankenden Federn ſeines
Helmes ſchwang er ein blitzendes Schwert, ſtürzte auf die Räuber los, und hieb um ſich, wie ein
Löwe, den Hunde in die Enge getrieben haben,
und der nur wüthend überall hinſtürzt und tödtet.
Bald folgten, rauſchend im ſchnellen Fluge ſeine
bewaffneten Knechte nach, ſie ſtrömten wie der
Hagel aufs Blachfeld in die Schaar der Räuber,
zerſtreuten ſie, und riſſen Johannen, Wendelin,
und die gefangenen Knechte aus ihren Händen.
Noch länger hätte das Gefecht währen können,
denn ein paniſcher Schrecken hatte die Räuber ergriffen, ſie wagtens nicht, den tapfern Ritter ſich
entgegenzuſtellen, flohen fort in den tiefen Forſt,
daß man bald keine Spur mehr von ihnen ent-
teckte. Johanne und Wendelin eilten zu dem
fremden Ritter, deſſen Pracht aller Staunen erregte. Wem dank ich meine Rettung, fragte Wendelin, und ſchüttelte des Fremden Hand.

Der Ritter. Deinem Freunde, den du rie-
feſt (ſeinen Helm öffnend.) Kennſt du mich nicht?

Wendelin. Ich staune, diese Züge, sie ähneln meinem Walluf, und doch sind sie viel angenehmer.

Johanne. Ehrwürdiger Greis, o nehmt die Thränen der Geretteten statt Dank, mein Mund vermags nicht, die Gefühle meines Herzens auszudrücken.

Wendelin. Wen nennt Ihr einen ehrwürdigen Greisen?

Johanne. Ihn, unsern Retter.

Wendelin. Diesen Jüngling hier? (auf den Ritter deutend.)

Johanne. Jüngling! Ihr täuscht Euch wahrhaftig!

Knecht. Hätten wahrlich nicht geglaubt, daß ein so alter Mann solche Stärke besäße, seht nur, wie ehrwürdig ihm der weiße Bart bis an den Gürtel hinabreicht.

Wendelin. Nun, wenn ich mich in diese Reden finde, so —

Der Ritter. Tretet mit mir abseits, Wendelin, ich habe mit Euch ingeheim zu sprechen.

Sie gingen beyde an einen andern Platz. Laßt Euch's nicht befremden, sprach der Ritter, ich bin Walluf.

Wendelin. Sehs immer deutlicher, obschon deine ehemahligen rauhen Züge sich in liebenswürdige Gestalt verwandelt haben.

Walluf. So wirds immer kommen, so oft du beschließt, mich zu melden, und wieder zu mir zurückkehrst, dann werde ich dir reizen-

der erscheinen, so hab ich mich aus dem Feuer=
geiste in einen schwarzen Ritter, aus diesen in
meine jetzige Gestalt verwandelt.

Wendelin. Woher aber die Täuschung,
daß alles für einen Greisen dich hält?

Walluf. Deinetwegen that ichs, so wie
du mich siehst, ist meine Gestalt; aber Wendelin,
ich blicke in dein Herz, es liebt Johanne, ich
bin reitzender als du, mir hat sie ihre Rettung
zu danken, würde ihr Herz mir nicht eher ge=
worden seyn, als dir, wenn sie mich liebenswür=
dig fände, nicht einen abgelebten Greisen in mir
sähe, müssen nicht, um sie darin zu bestärken,
auch deine Knechte dieß nähmliche in mir sehen?

Wendelin. Und du begünstigest die Liebe
zu ihr?

Walluf. Die Zeit zum Sprechen ist hier zu
kurz, suche sie nach deiner nahen Veste zu brin=
gen, da hab ich mehr Gelegenheit dir zu rathen.

Wendelin ging nun mit Wallufen zu den
übrigen zurück, er führte ihn Johannen als ei=
nen seiner ehemahligen Waffenbrüder auf, bath sie
aber zugleich, ihm diese Nacht noch nach seiner
Veste zu folgen. Es ist zu unsicher hier, sprach
er, und Euch zu Eurem Vater zu bringen, ist
nicht eher rathsam, bis ich nicht eine große An=
zahl meiner Knechte um mich her gesammelt habe,
denn es ist nichts wahrscheinlicher, als daß die
versprengten Räuber in größerer Anzahl sich sam=
meln, und unsern Zug auflauern werden, dann
wird die Gefahr größer, die wir aber jetzt ver=

melden, wenn wir statt rechts, wie sie wähnen, links hinauf ziehen werden.

Johanne, noch ganz erschüttert von Furcht, willigte allzugerne in diesen Vorschlag ein. Wendelin vergalt also mit einer ansehnlichen Summe dem Köhler die erlittene Angst, und zog bald mit Johannen und Wallufen vorwärts. Den ganzen folgenden Tag ritten sie durch tiefe Wildniß, Wendelin wich nicht von Johannens Seite; er both all seine Beredsamkeit auf, sie aufzuheitern, ihre Reize zogen ihn so unwiderstehlich an sich, wie der Magnet das Eisen, wie ein naher Tropfen Wassers den andern; Wendelin war ein junger stattlicher Mann, angenehm im Umgang, erfahren in der Kunst, sich beliebt zu machen, daher empfand Johanne Vergnügen in seinen Gesprächen, sah ihn oft lange und bedeutend an, wenn er abseits blickte. Dem schlauen Liebeglühenden Wendelin entgingen diese Blicke nicht, sein Herz freute sich ihrer, er suchte alles aufzubiethen, was ihn liebenswürdig machen könne, und doch hüthete der Schlaue sich sorgfältig, diese Bemühung merken zu lassen.

Vierzehntes Kapitel.

Das Grauenvollste.

Als es Abend ward, und der Zug sich in einer geräumigen Pläne befand, durch welche ein klarer Bach sich schlängelte, erwählte man diesen Platz zum Nachtlager, denn erst gegen Mittag des kommenden Tages konnte man die Veste Wendelins erreichen.

Wendelin lagerte sich mit Johannen an einen sanften Hügel unter einen hohen schattigen Eichenbaum, zu ihren Füssen floß der Bach vorüber. Walluf aber übernahm die Sorge zu wachen, und sorgsam umherzuspähen, ob niemand in feindlicher Absicht sich nahe. Nach einem langen Gespräche über dieses und jenes, begann sich die Begierde nach Schlaf einzustellen, die Knechte lehnten ihre Häupter auf die Schilde hin, und warteten nicht lange des Schlafes, denn er kam bald und schloß sie in seine Arme, bald war alles stille ringsumher, nur Wendelin und Johanne wachten. Tiefe Stille umgab sie, ihre Gespräche wurden abgebrochen, sie saßen oft lange, und sahen schweigend dem Spiele der glänzenden Insekten zu, die gleich kleinen Lichtchen im dunkeln Gebüsche herum flatterten. Jetzt trat die Mondenkugel im grauen Himmel hervor, und bleichte die Gegend um sie her mit mattem dämmernden Lichte — gleich unförmlichen Riesen stiegen die Schatten der einzelnen Bäume auf der Ebene vor ihnen auf, des Baches Wellen, die mit sanften Murmeln über kleine Abhänge rausch=ten, glänzten hell wie Silber, zeigten hundert=fältig des Mondes Lichte in ihren Krümmungen. Der Nachtthau erquickte die Kräuter, und diese breiteten angenehmen Duft um sich her, nichts regte sich, nichts ließ sich hören, als manchmahl das leise Zirpen einer einsamen Grille. — Den beyden Wachenden war so sonderbar, Johanne fühlte ganz die Schönheit dieser Nacht, ihre Hand lag unbefangen in der Rechten Wendelins, welcher mit pochendem Herzen neben ihr saß, sich der Seligkeit erinnerte, die er ehemahl bey ihrem ersten Anblicke genoß. Er blickte nach ihr hin, Johannens Aug ruhte eben auf ihn, es glänzte so liebeheischend, so schmachtend, im hellen Mon=denlicht, heiß belebte es durch Wendelins Adern. O Johanne, seufzte er, und drückte unwillkühr=lich ihre Hand. Johanne schwieg.

Wendelin. Wie schön ist die Nacht, o wie entzückend an Eurer Seite — bey Gott, Jo=hanne, der Jüngling, den Ihr liebt, ist überselig.

Johanne. Drey Jahre ist er bereits ab=wesend, ohne daß ich Nachricht von ihm erhielt.

Wendelin. Vielleicht längst todt, und dann bedaure ich Euch herzlich.

Johanne. Auch ich würde ihm häufige Thränen weihen, er ist ein edler Jüngling.

Wendelin. Dem Euer Herz ewige Liebe gelobte?

Johanne. Ja, doch wars mehr um meinen Vater zu willfahren, der ihn als meinen Gatten zu sehen wünschte, erst im einsamen Kloster, da mir die Oede des Ortes so sehr mißhagte, sehnte ich mich herzlich nach ihm.

Wendelin. Also nicht aus wahrem Antriebe des Herzens, nicht aus echtem Liebesgefühle erwähltet Ihr ihn zum Verlobten?

Johanne. Ich war damahls noch allzu jung zu dieser Empfindung.

Wendelin. Dann würde wohl Euer Schmerz nicht unendlich seyn, nicht an Verzweiflung grenzen, wenn Euch die Nachricht seines Todes würde?

Johanne. Ich würde ihn, als einen guten Menschen, sehr beweinen.

Wendelin. Aber Euch doch wieder trösten, neuer Liebe Raum in Eurem Herzen geben?

Johanne. Ich weiß nicht, was Ihr mit dieser Frage wollt?

Wendelin. Wenn ich nun müßte, daß es einen Mann gäbe, der Euch innig liebt, für Euch gerne Leib und Leben opfern wollt, den Euer Vater, seiner Geburt und Macht wegen ehren müßte, werdet Ihr da wohl Euren Verlobten vergessen können?

Johanne. Ritter, ich verstehe Euch nicht.

Wendelin. Ich vermags nicht mehr zu schweigen — Johanne, Eure Reize sind unwi-

derſtehlich, tief bringt Euer Auge ins Herz, ver=
wundet es, und iſt doch auch nur allein vermö=
gend, es wieder zu heilen. — Edles Mädchen,
hier zu Euren Füſſen liegt der Mann, der Euch
liebt, der ſein gröſtes Glück in Euch findet.

Johanne. Wendelin! Ihr überraſcht mich,
ich weiß Euch nicht zu antworten.

Wendelin. Tauſcht Euren vielleicht ſchon
todten Wendelin mit den um, der vor Euch kniet,
und um einen huldreichen Blick fleht, (ihre Hand
an ſeinen Mund drückend) o dieſe Hand kann der
Wonne ſo viel gewähren.

Johanne. Ich bitte, ich beſchwöre Euch,
laßt mich, denkt, daß ich des Ritters von Linſee
Verlobte bin.

Wendelin. Wenn er aber bereits in fer=
nen Orient modert?

Johanne (ſchweigt und tändelt mit dem
Graſe) —

Wendelin. Wenn Euch mein Herz durch
ewige Liebe Erſatz für dieſe Aufopferung geben
könnte! o Johanne, nur dieß einzige Geſtändniß
ſchenket mir, daß ich auch nach langer Zeit auf
Eure Gunſt rechnen könnte.

Johanne. Wendelin — ach was fordert
Ihr — mein Herz — Ihr — o ich weiß nicht
was ich ſpreche.

Wendelin. Darf, darf ich mir dieß Stam=
meln als das Gefühl der Liebe, als die Wirkung
des kämpfenden Herzens deuten? o theure Jo=

hanne, englisches Mädchen, (er schlingt seinen Arm um ihren Leib.) Darf, darf ich hoffen?

Johanne. Hoffen? genügt Euch Hoffnung?

Wendelin. O sie genügt mir — Gott, wenn Ihr fühltet, wie der Blick, mit dem Ihr dieß aussprecht, mein Herz neu belebte — o diese Stunde ist eine der seligsten meines Lebens. Johanne, Johanne, Hoffnung macht glücklich und kühn, der, der hoffen darf, wünscht zu erlangen, wenigstens Vorgeschmack seines Glückes zu fühlen. — Niemand belauscht uns, niemand ist Zeuge des Bündnisses unseres Herzens, laß es uns durch einen heißen Kuß auf immer besiegeln.

(Er drückt sie an sich, und küßt sie innig.)

Johanne. Wendelin — o daß nur auch unser Bund — —

Wendelin (sie abermahl küssend.) Ewig, ewig wird er dauern.

Johanne. Ha! welcher Gedanke, welcher Schauer befällt mich — Mensch, was denkst du von mir. Willst du zur Buhlerinn mich herabwürdigen. Johannens Liebe kann nur dem Manne werden, der ihr am Altare Treue schwört — kannst du das? ist nicht jene Priska von Schiffenberg dein angetrautes Weib.

Wendelin (zurückbebend, für sich.) Priska, Priska, dein Nahme ist mir jetzt Höllenqual, ich haßte dich, als ich die schöne Herzoginn liebte — o was ist diese Alise gegen Johannen. Und immer hinderst du meine Absichten — o verdammt, daß ichs nicht ändern kann, wie sie so wild mich anstarrte, die es so liebvoll an meiner Seite saß, — o welche Seligkeit erwartete mich in ihren Armen.

Johanne. Vermögt Ihr Euch noch zu entschuldigen?

Wendelin. Jetzt, oder nie mehr, allzu reizender Gewinn erwartet mich (laut.) Ja, ich vermags — (langsam) Priska! (blickt zärtlich auf Johannen, hingerissen.) Ihr allein könnt sie mir ersetzen (wild ihre Hand an sein Herz drückend) hier lebt nur Euer Bild, Priska ist todt!

Johanne. Wie, sprecht Ihr Wahrheit?

Wendelin (düster.) Todt — todt! Ach nur Johanne ersetzt.

Johanne. Armer Mann, die Erinnerung an sie macht Euch düster und traurig!

Wendelin. O ja wohl — ja wohl! —

Johanne. So verzeiht mir, daß ich Euch verkannte. Ein so gefühlvolles Herz kann nicht anders als zärtlich lieben.

Wendelin. Mit innigster Heftigkeit liebt es Euch.

Johanne. Es verdient Belohnung!

Wendelin (zu ihren Füßen sinkend.) Hofft sie von Euch.

Johanne (ihn umarmend.) Soll nicht vergebens gehofft haben.

Arme Johanne! wie schrecklich warst du getäuscht, wie leicht glaubtest du, wie sinnreich weiß das Laster die unbefangene Unschuld zu betäuben. Johanne glaubte nun sich unbefangen

ihrer

ihrer Neigung überlassen zu können, schon ehemahl war ihr der schöne Wendelin nicht gleichgültig, sie erschrack zwar, als sie ihn wieder sah, in ihm den verführten Satan glaubte, war aber herzlich froh, daß sie hierin sich täuschte, und kämpfte nur schwach wider ihr Herz, das nie sonderlich dem Ritter von Linsee gewogen war, ihn nur dazumahl im Kloster so sehnlich wünschte, weil sie gerne der Einsamkeit entrissen gewesen wäre, dieses durch ihn nur hoffen konnte.

Noch lange sprachen und kosten die Liebenden mitsammen, bis der Schlaf sich nahte, und Wendelin sich abseits von Johannen an einen Baumstamm hinlagerte. Er fühlte keinen Schlaf, ging, so bald er nur bemerkte, daß Johanne sanft ruhe, zu den Knechten, in deren Mitte sich Walluf gelagert hatte. Dieser kam ihm sogleich entgegen: Nun Freund, sprach er, wie steht's mit deiner Liebe?

Wendelin. O vortrefflich, Johanne ist besiegt, aber hier, hier will sich's nicht geben (deutend.)

Walluf. Du liebst allzuheftig, und vergißt des Sprichwortes, daß die Zeit die Trauben reife.

Wendelin. Ach du verstehst mich nicht, selbst die Sehnsucht zu Johannen kann die Stimme des Gewissens nicht betäuben, die nun um so stärker ist, seit ich mir vornahm, tugendhaft zu werden.

Walluf (lachend.) Ha des starken Vorsatzes.

Wend. v. Höll.   N

Wendelin. Verdammter Spötter — du spottest über dein eigenes Werk.

Walluf. Handelte ich nicht immer nach deinem Wunsche —

Wendelin. Aber wer erregte sie? diese Wünsche.

Walluf. Deine Begierden.

Wendelin. Du fachtest sie zu dieser Größe an.

Walluf. Was ist der Mensch ohne Leidenschaft, ein Schollen starren Eises — die Leidenschaften erst erwärmen das Herz, geben ihm Kraft und Leben.

Wendelin. O der schändlichen Moral — die Leidenschaften sind unsere größten Feinde, sie soll den Tugendhaften stets am Zügel leiten.

Walluf (kalt.) So leite sie.

Wendelin. Kann ich Elender noch auf diese Stärke hoffen.

Walluf. Wenn du's nicht kannst, so unterwirf dich ihnen.

Wendelin. O ich fühle ihre Herrschaft und meine Schwäche — o Walluf — Walluf, sprich doch ein Mahl als wahrer Freund, wird's immer so fortwähren, immer diese Sehnsucht, dieser Durst — diese Angst mich foltern?

Walluf. Nein, Johanne kann dir alles was du littest, ersetzen — in ihr liegt der Keim, der dir Ruhe und Freude geben sollte —

Wendelin. O das fühle ich ohne dieß — und doch — doch — ach wo ließ ich mich hinreiffen — was soll mir diese Liebe zu ihr frommen, da meine Gattinn, Priska, mich an meinem höchsten Glücke hindert.

Walluf. Freylich ein harter Punct — aber sieh nur hin, Wendelin, wie sie so sanft dort schlummert (mit ihm näher tretend.) Wahrhaftig, sie ist ein Meisterstück der Natur, sieh nur wie nachlässig die dunkeln Locken um sie her wallen, wie die Wange so hoch geröthet, das Auge zwar geschlossen ist, aber doch den holdesten Anblick unter den regelmässigen gerundeten Augenbraunen gewährt, sieh nur, sieh, wie dieser Mund, halb geöffnet, zu lispeln scheint: o Wendelin, ich liebe dich.

Wendelin. Ha, was willst du mit dem allen. —

Walluf. Jetzt verbreitet sich Lächeln auf ihrem Gesichte, ihr Athem wird schneller — o wie hinreissend.

Wendelin (düster.) O Priska, Priska —

Walluf. Sie träumt wahrscheinlich von dir, glaubt dich an ihrer Seite, glaubt deinen Mund fest an den ihrigen geheftet.

Wendelin (wild.) Priska — Priska!

Walluf (seine Hand fassend, und ernsthaft.) Du kannst schnell Witwer werden, wenn du willst.

Wendelin (zurückschaudernd.) Ha!

Walluf. In hundert, in funfzig Jahren ist es schon einerley, ob sie früher oder später geendet hat. —

Wendellu (bedeckt sein Gesicht.) O laß ab, laß ab! —

Walluf. Drey Jahre lebtest du mit ihr, ohne Sprossen deiner Liebe. — Ha, wenn diese Johanne dir entgegen tragen würde der Liebe Pfand.

Wendelin (zu Boden sinkend.) Ach, ich vermags nicht zu ertragen.

Johanne (schlummernd.) O mein theurer Wendelin.

Walluf. Hörst du?

Wendelin (für sich hinstarrend.) Sie träumt von ihren ehemahligen Geliebten.

Johanne (schlummernd.) Gerne, gerne vergesse ich bey dir meinen Verlobten.

Walluf. Träumt sie noch nicht von dir?

Wendelin (auffspringend.) Es beutelt mich wie Fieberschauer — Luft, Luft diesem Herzen — es unterliegt der Zentnerlast die es drückt.

Johanne (wie oben.) Der Tod Priskas macht mich glücklich.

Wendelin. Ha! Wie dreht sich alles mit mir im Kreise. Verbirg mich vor mir selbst, Schatten der Nacht, flieht mich Ungeheuer des Waldes, ich bin fürchterlicher, verheerender als Ihr — o es ist mir nicht anders, als obs diese Brust zersprengen wollte — (reißt sein Wams auf.) Ich schmachte nach Luft — heraus mit diesem tobenden Herzen — es brennt wie siedendes Metall, heraus damit, und einen Schollen starres

Eis in diese Brust, damit ich kalt bleibe bey den Reizen Johannens.

Walluf. Es kostet dich doch nur ein einziges Wort.

Wendelin. O ein Wort, das bis zum jüngsten Gerichte fürchterlich ertönen wird.

Walluf (lächelnd.) Da werden noch mehrere ertönen, als die, welche du aussprachst!

Wendelin. Aber auch noch mehr für ihre Thaten Verdammniß ernten.

Walluf (lächelnd.) Können ja nicht alle gleichen Lohn erhalten —

Wendelin. Ha lächle, Satan, lächle, und sieh, wie dein Verführter da steht, und eine glühende Thräne über seine Backen rollt.

Walluf. Lasse sie als die letzte für deine Gattinn herabrollen.

Wendelin. Sie brennt auf meiner Seele.

Walluf (auf Johannen deutend.) Hier ist Labung in Fülle.

Wendelin (nach einer Pause.) Was stehst du noch da? bist du schon wieder rückgekehrt? hat — hat sie vollendet?

Walluf (hastig.) Soll ich eilen?

Wendelin. Verdammter Schwätzer, du klemmst das Herz zwischen glühenden Zangen, und frägst noch, ob du wieder loslassen sollst.

Walluf. Gib mir deinen Siegelring, damit der Vogt meiner Sendung glaube. — Ich will sagen, du lassest sie zu dir hohlen, da geht sie leichtern Herzens mit, unter Wegs gehts leichter —

Wendelin. Häufe die Laster, bis zur Rie= sengröße, du leitest mich mit Macht, wenns zur Rechnung kommt, will ich auf dich die Last wälzen —

Walluf. Nicht so, ich liebe Johannen nicht!

Wendelin (stürzte zu ihren Füßen.) O so will ich sie vor mich stellen, wenn ich Rechen= schaft geben soll.

Walluf. Das magst du versuchen — lebe wohl, und tröste dich.

Schnell floh er sausend durch die Lüfte, und wildes Hohnlachen erscholl schrecklich in der öden Gegend; des Waldes Bäume rauschten, ein Sturmwind heulte durch die Lüfte so kläglich, wie die wimmernde Braut am Sterblager des Verlobten. Johanne fuhr auf, sie sah todtenähn= lich den Ritter vor sich liegen, ihr lauter Schrey rief die Knechte wach, sie starrten in die Wetter= nacht hin, da sie bey heiterem Himmel einschlie= fen, rechts und links flohen bläulichte Blitze her= ab, und zerschmetterten das Haupt der hohen Bäume, Donner und Sturm brüllten. — Sie eilten erschrocken zu ihren Herrn, ein naher Blitz= strahl muß ihn betäubt haben, sprachen sie, Jo= hanne war ängstlich um ihn bemüht, sie liebte ihn zärtlich, in ihren Armen erwachte er, wie liebevoll lächelte ihr Auge auf ihn herab — er hörte des Sturmes Toben nicht, da sie alle seine Besinnungskraft erfüllte. Immer heftiger war das Wetter, Johanne schmiegte sich ängstlich an

ihn an, litt es willig, daß Wendelin im Ange-
sicht seiner Knechte seinen Arm um sie schlang, sie
an sich drückte. Er tröstete sie, daß mit dem
kommenden Tage wohl das Gewitter aufhören
werde. Die Knechte forschten, wo denn der
fremde Ritter hingekommen sey, sein eigenes Gefolge schien unruhig darüber zu seyn, eilte ihn
aufzusuchen, verlor sich im Dunkel des Waldes,
und kam nicht wieder zum Vorschein.

Als das Gewitter sich legte, der Tag heran-
dämmerte, bath Johanne den Ritter schleunig, sie
bald aus dem Forste zu bringen, denn es graute
ihr, noch lange in dieser Dunkelheit zu bleiben.
Einige Knechte Wendelins wollten den fremden
Ritter sammt seinem Gefolge suchen; Wendelin,
der wohl wußte, daß sie ihn nicht antreffen würden, gestattete es ihnen willig, aber sie kamen
bald mit der Nachricht zurück, daß nirgends eine
Spur von ihnen zu finden sey. Man tröstete sich
also mit der Hoffnung, daß sie sich wohl wieder
finden würden, und ritt vorwärts.

Bald wurde die Gegend freyer, man sah bereits die Zinnen der Burgveste Rheinbolden, welche Wendelin gekauft, und wohin er Johannen
zu bringen beschlossen hatte. Als sie der Thurmwächter erkannte, da ließ er freudig die Zugbrücke nieder, und die Knechte eilten freudenvoll ihrem Herrn entgegen. Hier fand Johanne Gemäch-
lichkeit genug auszuruhen, Gelegenheit genug,
oft um Wendelin zu seyn, und seine Liebe zu
prüfen. Sein verwildertes Herz tobte nur der

schönen Dirne, so oft er sie sah, war jede Gewis=
sensrüge weg, fühlte er nur die Seligkeit ihres
Anblickes, freylich durfte er nicht allein seyn, da
ängstigten ihn fürchterliche Bilder, um dieses zu
vermeiden, suchte er daher jede Minute zu gewin=
nen, um in Johannens Nähe weilen zu können,
welches sie ebenfalls der heftigen Liebe zu ihr zu=
schrieb.

Auch ihr Herz hing ganz an dem schönen
Ritter, sie ließ sich nur allzuleicht von einen Tag
auf den andern mit der Hoffnung trösten, zu ih=
ren Vater zurück gebracht zu werden, versprach
endlich gar, als ihre Herzen sich immer enger ver=
ketteten, jede Stunde allein ihnen unerträglicher
war, auf Rheinbolden zu bleiben, wenn Wende=
lin Bothen nach ihren Vater senden; und ihn ih=
re gegenseitige Liebe kund thun, auch um ihre
Hand werben würde, dann sprach sie, will ich dir
meine Hand liebevoll reichen, da dir mein Herz
bereits in vollem Maße ward, muß sie dir aber
troz meiner Liebe strenge versagen, wenn mein
Vater seine Einwilligung zur Verbindung zwi=
schen mir und dir nicht geben sollte. O Wende=
lin, suche ihn dahin zu vermögen, hoffe aber
nicht, aus allzugroßer Liebe mich zu täuschen,
mein Vater selbst, oder ein ächtes Schreiben von
ihm, mit seinem nur mir bekannten heimlichen
Siegel bekräftiget, muß mich von der Wahrheit
seiner Einwilligung überzeugen. Wendelin ver=
sprach willig Folge zu leisten, und sann, so bald

er allein war, auf Mittel, wie er dieß alles be=
werkstelligen könne.

Während alles dieses sich ereignete, war die
arme Priska stets im einsamen düstern Gemache
enge versperrt, gleich einer Verbrecherinn, und
weinte ihres traurigen Schicksals. Die ärmste,
die ihren Wendelin trotz seines grausamen Be=
tragens, trotz seiner wankenden Liebe herzlich
liebte, ahndete nicht, daß er ihr Kerkermeister
sey, sie ins Unglück gestürzt habe. Als er mit
ihr auf das Landhaus bey Worms zog, da hat=
te sie gehofft, sein Herz habe sich geändert, suche
die Einsamkeit, und werde zu seiner verlassenen
Pflicht zurückkehren, die Ankunft Wallufs zer=
trümmerte diese ihre süße Hoffnung, doch ahnde=
te sie nicht, daß er auf Befehl Wendelins kom=
me, ja sie sah ihren Gatten sich ihn wiedersetzen,
diesen unter Wallufs Streichen sinken, und glaub=
te Rache der verschmähten Liebe habe den bösen
Geist zu dieser That entflammt. Daher weinte
sie bitterlich um sich und ihren Gatten zu gleich,
und tröstete sich bloß mit der Hoffnung, daß
Gott sich ihrer Leiden erbarmen, sie noch aus
den Klauen des Satans lösen werde. Freylich
bangte ihr, als sie sich in die Veste versperrt sah,
wußte, daß dieß eben eine von ihres Gatten
Burgen sey, aber doch sprach ihn ihr Herz von
jedem Verdacht frey, würde so gar gerne gedul=
det haben, wenn sie nur gewußt hätte, daß er
noch lebe, einst in ihre Arme rückkehren werde.
Ein ahndendes Gefühl, daß sie Mutter geworden

sey, vermehrte diese Sehnsucht um ein großes, vermehrte aber auch ihre Thränen und Angst, als ein Tag um den andern verfloß, ohne daß die gehoffte Rettung erschien, die Burgknechte sie nur als wahnsinnig verspotteten, wenn sie sich Wendelins Gattinn nannte.

Einst in diesen Stunden der Trauer, als sie inbrünstig zu Gott gefleht hatte, sich wo nicht ihrer, wenn sie's nicht verdient habe, doch des werdenden Geschöpfes zu erbarmen, hörte sie ihr Gemach aufsperren, und sah bald darauf den Vogt eintreten. Rüstet Euch schnell, sprach dieser mit wildem Tone, und folgt mir.

Priska. Gerechter Gott, wo wollt Ihr mich hinführen?

Vogt. Ein fremder Mann brachte mir zum Zeichen, daß er vom Ritter Wendelin, meinen Herrn gesandt sey, seinen Siegelring mit. Er will Euch nach einer fernen Veste bringen lassen, dort wird er wohl handeln mit Euch, wies ihm welse dünkt.

Priska. Rettung! Rettung — o ists möglich! (ihre Hände gegen Himmel faltend.) Allmächtiger — du hast mein Flehen erhört (auf ihre Knie sinkend.) O dir vorerst meinen Dank, sein Herz ist erweicht — er ruft mich wieder zu sich, (freudig.) Nun trocknet euch, meine Thränen, rinnt nur, von Freude erpreßt — o Mann, wenn du fühlen könntest, wie wohl die Hoffnung nach Rettung meinem leidenden Herzen thut.

Vogt. Glaubs wohl — macht nur, daß

Ihr mit Eurem Anzuge zu Stande kommt (für
sich.) Wird einem gar wunderlich ums Herz, wenn
man sie so sprechen hört, sie vermöchte einen aus
Pflicht und Treue zu reden, darum hüthete ich
mich selber sorgfältig, sie zu sehen.

Priska. Zu ihm — zu ihm — meinem
Mann — o mein Kummer ist getilgt — ich wills
vergessen, mein Wendelln, daß du mir treulos
warst — will mit Liebe und Treue mich wieder
an dich ketten.

Vogt. Es wird schon wieder nicht richtig
bey ihr, sie nennt sich schon wieder seine Gattinn.

Priska. Treue und Tugend sind die Waffen, womit das Weib den wankenden Mann zu
seiner Pflicht bringen kann, Sanftmuth ist eine
Tugend des Himmels, sie findet sichern Lohn,
wenn nicht hier, doch sicher dort.

Vogt. Nun bey Gott, wenn das wahnsinnig gesprochen ist —

Priska. O ja, ich will stets tugendhaft
bleiben — dann wird mirs Gott lohnen, will
vergessen und verzeihen — auch denen, die mich
selber so hart hielten, mich verspotteten. —

Vogt. Jetzt wirds zu viel — ich muß ab-
brechen — geht, geht liebe Frau.

Priska. O wie süß ist die Hoffnung zur
Freyheit, wie geschwätzig macht sie — du brach-
test sie mir — Segen soll dir dafür werden, du
hast mir nach langer Trauer die erste Freude
gemacht, sollst auch in deinem treuen Weibe in
deinem Kinde Freude erleben.

Vogt (trocknet sich eine Thräne ab.) Da

haben wirs, so weit hat sie's gebracht — bist doch ein närrischer Kerl, muß doch gleich das Herz überlaufen — aber sie legts auch einem so nahe ans Herz.

Priska. Du bist gerührt, lieber Mann —

Vogt. Wenn ich ihr nicht noch zu Füssen sinken, und sie um Verzeihung bitten soll, so heißt's fort — Geht, geht, ich hohle euch bald ab — zieht Euch an — (an der Thüre.) Wenns doch Wendelins Gattinn wäre — der Teufel — geh, geh alter Narr, laß dir das nicht vorschwätzen — du handelst nach Pflicht —

Priska. Auf was besinnst du dich?

Vogt. Daß Ihr Euch fördern sollt — (für sich.) Es ist mein Seel höchste Zeit (er läuft fort.)

Schnell wollte sich Priska ankleiden, aber die Freude lähmte ihre Glieder, gleich einem Kinde eilte sie hin und her, war geschäftig, und brachte nichts zu Stande. Als der Vogt sie abermahl mit noch einem Knechte, aus Behuthsamkeit, abhohlte, faßte sie sich, und warf ihren Schleyer um sich. Sie folgte mit bebenden Schritten die Treppe hinab, als sie in den Vorhof kamen, Gottes freye Luft sie anwehte, der blaue Himmel, dessen Anblick sie schon lange entbehrt hatte, weil ihr Gemach in einen öden Gang führte, ihr so freundlich ins Auge lachte, da blickte sie so schmerzhaft und süß lächelnd zu ihm hinauf, und labte sich an der Reine der freyen Luft. Die Rosse standen bereitet. Der Vogt und sieben Knechte begleiteten sie, unter ihnen stand auch der Mann, der von Wendelin gesandt war. Walluf, in der Kleidung eines Reiterknechtes, düster hingen ihm die dunkeln Locken ins Antlitz, das ein großer Knebelbart noch mehr entstellte. Er mied sorgfältig den Anblick Priskas, ritt, als diese ihr Roß bestiegen hatte, am ersten zum Thore hinaus, und führte den Zug an. Schweigend ritt Priska in der Knechte Mitte, und freuete sich des Wiedersehens ihres Gatten, ach und ahndete nicht, wohin Walluf ihren Zug lenkte.

Nach Verlauf von beynahe zwey Tagen ritten sie in einen dunkeln Forst ein. Schauerlich stieg düstre Wildniß von allen Seiten vor ihren Blicken empor, Priska schauderte, ohne sich die Ursache ihrer traurigen Ahndung erklären zu können. Der Zug ging immer in tiefere Wildniß, bald sahen sie nichts als wüstes Gesträuppe und kahle Felsenmassen vor sich stehen. Der Vogt schüttelte bedenklich den Kopf, meinte, so lange er lebe, noch in keiner so grausen Gegend gewesen zu seyn. Jetzt hörten sie von weiten ein lautes Rauschen, und sahen, als sie näher kamen, einen wilden Wasserstrom vor sich, der sich zwischen hohen steilen Felsen fortwälzte, in steten Wirbeln drehte, und Steine und losgerissene Bäume mit sich fort trieb. Hoch oben führte eine breite Brücke von einer Felsenwand zur andern. Es war ein gräulicher Anblick, nach der Höhe hinauf. Schnell hielt der Vogt sein Roß an, als er sah, daß sein Führer den Weg nach der Brücke einschlug.

Vogt. He, Landsmann, wo aus da —
wollt uns ja nicht gegen Himmel hinaufführen.

Walluf. Weißt du einen andern Weg?

Vogt. Danks Euch der, Gott sey bey uns
— daß Ihr uns in dieses verdammte Nest führe=
tet. Ist ja nicht anders, als ob wir am Ende
der Welt wären.

Walluf. Euer Herr sehnt sich nach dem
Anblicke der Dame, und befahl mir strenge, den
kürzesten Weg zu wählen.

Priska. Er sehnt sich nach mir — o so
laßt uns fortziehen, jede Stunde ist mir Verlust.

Vogt. Aber bedenkt doch nur den Teufels
Weg, da hinauf, es muß ja nicht anders seyn,
als ob wir in Lüften hingen — Gott mit uns,
wenn da einer herab stürzte. —

Walluf. Sorgt Euch nur nicht, zogen
schon viele hunderte da, denen nichts geschah.

Vogt. Ja Raben und Fledermäuse, für
die ist solch ein Weg nur ein Spaß, aber für
Roß und Mann.

Priska. Fürchtet Euch nicht, Gott waltet
über uns.

Vogt. Nun ins Himmelsnahmen. Will
Zeitlebens auf diesen Zug gedenken,

Sie ritten nun Bergauf, daß kaum die
Pferde auf dem schmalen Pfade fortkommen konn=
ten, wirklich war kein anderer Weg, aus dem
Felsenthale zu kommen.

Als sie oben an der Brücke waren, schnaub=
ten die Rosse wild, und wollten nicht von der

Stelle, Walluf war schon auf der Brücke, und munterte sie auf, seinem Beyspiele zu folgen, sprengte vor ihren Augen hinüber und herüber.

Vogt. Der Kerl hat den Bösen im Leib, reitet da oben herum, als ob er auf ebener Heerstraße wäre. Nun Knechte, folgt mir nach, drückt die Augen zu, und blickt mir keiner in den Strudel da unten hinab, sonst dreht er euch mit sammt dem Rosse in die Tiefe.

Die Knechte folgten. Walluf wartete schon am andern Berg ihrer. Jetzt hatte der Vogt beynahe den gefährlichen Weg zurück gelegt, da schmetterte und krachte es in die Tiefe hinab, die Brücke stürzte zusammen, riß Roß und Reiter mit sich, daß die Felsen hundertfach von ihren Geschrey ertönten.

Walluf stand am Felsen, sein wildes Lachen mengte sich ins Geheul der Unglücklichen. Ha, welch ein labender Anblick für mich, rief er, auf deine Seele fällt er, Wendelin, du hast mir's befohlen. Seine Augen glühten, Feuerflammen fuhren aus dem zum Lachen geöffneten Munde — Er labte sich an dem Anblicke, wie die Armen mit den Wogen vergebens kämpften, umsonst sich bemühten, an den schroffen Wänden sich zu erhalten. Auf Priska war nur sein Auge gerichtet — sie rang aus den Wellen ihre Hände, arbeitete vergebens wider des Stromes Macht, der sie, wie ihre Begleiter mit sich im Wirbel fortriß. Eben wollte Walluf seinen Durst sättigen, sie sammt ihren Gefährten, da sie einer Riesen

Schlucht unterm Waſſer nahe kamen, unterſin=
ken ſehen, als der rufende Ton von Wendelins
Glocke in ſein Ohr drang. Gerne hätte er noch
verweilt, aber er vermochts nicht, ſtampfte wild
den Boden, daß ihm der letzte labende Anblick
geraubt war, und floh aus der Gegend.

Funfzehntes Kapitel.
Schlag auf Schlag.

Schon öffnete der Tod ſeinen Arm über die
Schwimmenden, ſchon zuckte das Waſſer die ar=
me Priska unter ſich hinab, da braußten die Wel=
len, hoben ſich nun aufwärts und ronnen nicht
weiter. Mit Glanz umgeben, ſtieg Adelmann
aus der Felſenſchlucht hervor, fing die betäubte
Priska in ſeinen Armen auf, und trug ſie ans
Ufer.

Als Priska die Augen aufſchlug, da ſah ſie
den Ritter in Silberrüſtung vor ſich ſtehen, deſ=
ſen weißer Mantel lang hinter ihm herſchleppte,
das Geſchmeide an ſeiner Bruſt blendete ihre Au=
gen, ſie blickte abwärts, und ſah den Vogt mit
ſeinen Gefährten am Felſengeſtade dahin liegen.
Wo bin ich? wo bin ich? rief ſie bebend und
ängſtlich.

Adelmann. In Freundes Arm, auf den
Weg

Weg zur Ruhe — Gott sandte Rettung den Unschuldigen, Hilfe den Edeln. Komm theuere Priska, die Tage der Ruhe nahen sich, nach ihnen werden die Tage der Freude kommen.

Priska. Allmächtiger Gott — gerettet — gerettet! Und diese hier? (auf die Knechte deutend.)

Adelmann. Sind gerettet wie du, werden wieder erwachen, wieder leben. O Priska, Gott erbarmt sich jedes Unglücklichen, auch des Bösen erbarmt er sich, läßt ihm noch immer Zeit zur Reue, er ist gütig, unendlich. Komm theuere Leidende, folge mir ungescheut, Ruhe winkt, Ruhe bedarfst du —

Er umhüllte die zagende Priska mit seinem Mantel, es war ihr so leicht und wohl, sie schwebte sanft wie von den Lüften getragen, auf den Boden hin, doch ist es uns nicht vergönnt, ihren Weg zu folgen — bis die Zukunft den Vorhang zieht, uns wieder in die Gesellschaft der Edlen leitet.

Zurück nun zum Bösen, doch solls nicht lange mehr währen; bald wird das Laster erliegen, weichen der Tugend, in den Abgrund der Hölle sich stürzen.

Was befiehlst du? rief Walluf, und brauste fürchterlich durchs offene Fenster in Wendelins Gemach.

Wendelin. Lange sah ich dich nicht, wo welltest du?

Walluf. Hatte vollauf in deinen Geschäften zu thun.

Wend. u. Höf.

Wendelin. Freund, bald solls ruhiger wer=
den, o nur zu einem Schritte leite mich, und
dann, dann werde ich wenige bedürfen.

Walluf (für sich.) Glaubs selbst, denn
dieser Schritt noch, und es ist aus mit dir, bald
werden deine Thaten genug seyn, nur noch einen
Schritt, und es ist aus mit dir, ha wie sehnlich
harre ich dieses Augenblickes, und dann hinab
mit dir, wohin ich ewig verbannt bin.

Wendelin. Was murmelst du unter den
Zähnen.

Walluf. Dein immer dürstendes Herz läßt
mich nicht ruhen noch rasten, wenn kaum eine
Arbeit vollendet ist, beginnt bereits eine neue.

Wendelin. Freund — du warst sonst im=
mer so willig.

Walluf (für sich.) Bis ich nahe ans Ende
meiner Arbeit kam — doch sag an — sag an,
was willst du?

Wendelin. Johanne liebt mich, o fasse
die Seligkeit, die diese Worte in sich halten —
sie, sie liebt mich.

Walluf. Und dieß mußte ich so eilig
wissen?

Wendelin. Höre mich, sie gestand mir
Liebe, aber ach, sie betheuerte zugleich, nie —
nie meine Gattinn zu werden, bis nicht ihr Va=
ter um diese Liebe wisse, sie billige, und dieß
mit Schrift und Siegel bestättige.

Walluf. Das wird er nie, weil er dem
von Kinsee, der wirklich in Palästina als Sclave
noch lebt, sein Wort gab.

Wendelin. O so rathe mir, was soll ich thun.

Walluf. Laß dir einen falschen Brief schreiben.

Wendelin. Sein Siegel hat ein geheimes Zeichen, und wie kann ich das nachahmen.

Walluf. Immer trägt ers an seiner Brust.

Wendelin. O so ist alles verloren.

Walluf. Laß mich sorgen, ich eile nach der Stellerburg.

Wenbelin. Und — —

Walluf. Seine Schrift ahme ich nach, wenn er schläft, so brucke ich sein Siegel auf meinen Brief.

Wendelin. Wenn du das vermöchtest.

Walluf. Leicht, laß indeß alles zur Hochzeit rüsten.

Wendelin (ihn umarmend.) O Walluf, wie leicht hebst du jede Schwierigkeit.

Walluf. Die Sache ist so unbedeutend, daß du mich nicht so eilig hättest abrufen dürfen. Du entzogst mir einen labenden Anblick.

Wendelin. Verzeih mirs, darf ich fragen welchen?

Walluf. Ich kam von deinem sterbenden Weibe.

Wendelin. O schweig — schweig.

Walluf. Der Vogt und sieben Knechte begleiteten sie, ich mußte diese auch zum Schweigen bringen, und stürzte sie in den Fluß. Ha, wie die Pursche in den Strom sich herum trieben, schrien und heulten.

Wendelin. Grausamer! o daß du mir diese verfluchte That noch erzählen mußt.

Walluf. Ha wenn du das nur gesehen hät= test, und eben wollte ich auch sie sinken sehen, als du mich rieffst.

Wendelin (schreyend.) Auch sie stürztest du in den Strom —

Walluf. Nun ja doch —

Wendelin. O weh — weh mir — so schrecklich! so fürchterlich mußte sie sterben.

Walluf. Sie glaubte zu dir zu ziehen, und freute sich schon deiner Reue. Mein Wende= lin, schrie sie noch in den Wellen.

Wendelin (sinkt auf seinen Stuhl zurück.)

Walluf. Und dann — nun Wendelin — hörst du mich nicht — he Wendelin! ich glaube gar er ist todt. — Nein, Betäubung befiel ihn — auch gut, nun fort von hier, bald, bald Wal= luf ist alles geendet.

Walluf floh nach der Stellerburg, er langte gegen Abend dort an, harrte bis alles im tiefen Schlaf lag, und eilte dann in das Gemach des Burgherrn, leise öffnete er die wohl versperrte Thür, blickte um sich beym Schein der düstern Lampe, ob niemand wache, und ging dann zum Lager des alten Grafen Gottfried von Steller= burg, Johannens Vater. Im sanften Schlummer lag der alte ehrwürdige Ritter, seine weißen Haare, sein langer grauer Bart gaben ihm ein ehrwürdiges Ansehen. Neben dem Lager saß Gottfrieds alter treuer Diener Bold, der mit ihm in Paläſtina war, Gefahr und Noth mit ihm getheilt hatte. Bold kam nie von des Ritters Seite, jetzt, da der Greis der Ankunft seiner Tochter sehnlich entgegen sah, ihren Rand noch nicht ahndete, mußte ihm der alte Diener die langen Stunden durch vertrauliches Gespräch verkürzen.

Walluf forschte, ob auch dieser nicht wache, sah ihn aber in den Armen des Schlafes liegen. Da ers nicht für nöthig befunden hatte, sich zu verstellen, hatte er seine gewöhnliche Feuerrüstung anbehalten, sie leuchtete hell im Gemache, als er den schwarzen Mantel zurückschlug. Ha, sprach er, wie sanft Gottfried schläft, das Bild der Tugend in seinen Zügen, o! sein Anblick ist mir verhaßt — daß ich auch ihn, auch ihn mit zur Hölle schleppen dürfte, daß ich mich zeigen dürfte jeden, und ihn bestricken, aber das harte Wort des Allmächtigen, habe nur Macht gegen den, der freywillig dich rufet, und dir freywillig enthängt, dieß bindet mich schrecklich, und quält mich, doch Geduld, vielleicht bringt die Verzweiflung auch diesen Alten noch zu mir. Ha ein schöner Brief den ich schrieb (ihn hervor ziehend) sein Inhalt gefällt mir, kann mich recht satt daran lesen. (Er liest.) ,,Liebe Tochter Johanne! Mit Freuden erfuhr ich deine Liebe zum Ritter Wendelin von Höllerstein, ich billige sie, und wenns mir möglich, so werde ich deiner Verbindung beywohnen, doch harre meiner nicht, leicht können mich meine allzuhäufigen Geschäfte daran hindern. Ich werde dich auch nach deiner Verlobung als meine stets liebe Tochter umarmen. Vergiß deinen Verlobten von Linsee, wer weiß ob er noch lebt, und wenn auch, so bin ich und du nicht zu verargen. Du kannst seinetwegen nicht veralten, und ich sehne mich nach Enkeln. Doch genug, bis ich dich wieder sehe. Grüße mir meinen lieben Eydam im Nahmen deines Vaters Graf Gottfrieds von Stellerburg."

Walluf (lachend.) Ha, wenn aber der Alte erfahren wird, daß sein Eydam Mordbrenner und Mörder ist, sein Weib tödten ließ, um seiner Tochter Hand zu erlangen, dann wirds ihn wohl wurmen. Dann sprich bey mir ein, alter Gottfried, will dir schon helfen, wie ich zu helfen gewohnt bin. Nun hurtig, das Siegel darauf gedrückt, die Schrift ist nachgeahmt, daß ein Tropfen Wasser dem andern nicht ähnlicher ist. Schnell hatte er das Siegel, das an Gottfrieds Brust hing, darauf gedrückt, und eilte aus dem Gemache. Jetzt aber sprang der alte Bold vom Lager auf, er hatte nicht geschlummert, Schrecken, als er den glühenden Geist erscheinen sah, hatte ihn betäubt, doch hörte er jedes seiner Worte. Als diese Betäubung nachließ, da fuhr er empor, und rüttelte seinen Herrn, Schrecken herrschte in seinen Mienen, Gottfried forschte nach der Ursache, und erfuhr alles, was Bold gehört hatte. Anfangs wollte es Gottfried nicht glauben, hielts für einen bösen Traum, aber Bold schwur auf Leib und Seele, und er schwur selten, noch war das Siegel warm, das Walluf berührt hatte. Ha, warum wecktest du mich nicht, schrie Gottfried, Bold zitterte, ihm hatte für ihn und seinen Herrn gebangt, Gottfrieds Angst wuchs, ging in Wuth über. Mein Kind, mein Kind, schrie er wild — o Himmel rette, rette es von Verderben. Wie vermag ichs, dem schrecklichen Schicksal, das ihr durch Macht des Satans droht, vorzubeugen? He Knechte — Knechte, auf — auf, jede Minute ist Verlust.

Die Knechte stürzen herein.

Gottfried. Kennt ihr einen Ritter Wendelin von Höllenstein?

Ein Knecht. Ja, diente ehemahl bey ihn, hat seine Veste am Murrfluß, zehn Tage von hier.

Gottfried. O zehn Ewigkeiten, doch Gott wird meine Bitte erhören, mir beystehen, mein Kind zu retten.

Knecht. Ist ein mächtiger Herr, hat Gold, so viel, als obs der Böse ihm brächte, und war doch ehemahl arm wie eine Maus im Gemache eines Geizigen.

Gottfried. Auf, auf (heimlich zu Bold.) Du weißt, ich bin Freygraf und Stuhlherr des Vehmgerichts, noch nicht lange begehrt es zu richten, kann ich nicht retten, will ich doch rächen. Auf Knechte, waffnet Euch, wir müssen eilig fort.

Nach einer Viertelstunde sprengte Gottfried mit den Seinigen aus dem Thore der Veste fort, fort, so schnell wie der brausende Sturmwind.

Als er bald in einen tiefen Forst kam, da traf er acht Reiter an, die in der Wildniß umher irrten. — Sie flehten ihn um Erbarmen an, hatten gehungert und gedurstet, und fanden erst jetzt den Ausweg aus dem Walde. Gottfried hielt sein Roß an, forschte, und erfuhr, daß es der Vogt mit seinen Knechten sey, welche Walluf in den Strom gestürzt, und Adelmann gerettet hatte, er erfuhr Dinge, die ihm helleres Licht gaben — bey Graf Hubert von Schiffenberg erwartet mich, rief Gottfried, ich bedarf Euer als Kläger und Zeugen, er warf ihnen Geld zu, und sprengte weiter fort. Als er abermahl einen Tag geritten war, sah er einen Zug Reiter mit einer Dame daher kommen, sie führten einen zinnernen Sarg mit sich, die Dame war in Trauer gekleidet. Seyd Ihr der edle Graf Gottfried von Stellerburg? forschte die Dame.

Gottfried. Ja, der bin ich, aber ich bitt Euch, befördert Euer Anbringen, ich habe Eile.

Die Dame. Gottes Engel rettete mich aus den Klauen der Bosheit, sank mit mir unter die Erde, und brachte mich hierher in diesen Forst, wo ich meine zerstreuten Leute wieder fand. Harret hier, sprach der übernatürliche Ritter; ein Ritter, Gottfried von Stellerburg, wird bald hier vorbey ziehen, der wird Euch in Schutz nehmen wider die Anschläge Wendellns von Höllenstein, und sicheres Geleit nach Italien verschaffen, bis dahin will ich sorgen, daß Euch niemand gewahre.

Gottfried. Ha der verdammte Wendelin, auch an Euch that er Uebels?

Die Dame. Er erschlug meinen Gatten, und wollte mich zur Buhldirne machen.

Gottfried. Gerechter Gott, stärke mich in deiner Rache, aber wahrhaftig ich staune, sollten die Edlen des Landes nicht vermögend seyn, diesen Bösewicht zu strafen.

Die Dame. Ach die Edlen sind uneins unter sich selbst, Heinrich ist im Begriff, Mainz zu belagern, seine Streitigkeit mit dem Erzbischof Adalbert gönnt ihm keine Zeit, den entflohenen Bösewicht aufzusuchen und zu strafen.

Gottfried. O seine Strafe darf nicht ausbleiben, edle Dame, sicher will ich Euch nach Italien bringen, doch gestattet mir vorher meine Bitte, mir zu folgen, ich gelobe Euch Schutz, ich bedarf Euer, um die Zahl seiner Ankläger zu mehren. Darf ich Euren Nahmen wissen?

Die Dame. Alise, Herzoginn von Malpano, ach die unglücklichste Gattinn — o erbarmt Euch meiner, ich folge Euch, aber ich heische nicht Rache, nur Schutz bis nach meinen Gütern.

Gottfried gelobte ihr diesen noch einmahl, sie zogen nun vereint auf einer Straße fort, denn Gottfried bath sie, ihm zu folgen, weil er ihrer Aussage bey Wendelins Gericht bedürfe; er erfuhr von ihr die ganze Begebenheit von dem Tode ihres unglücklichen Gatten. Da Gottfried Eile hatte, ermahnte er Alisen, ihre Knechte mit den Sarg nach Italien ziehen zu lassen, und ihnen einen Ort zu bestimmen, wo sie ihrer warten sollten. Alise thats ungerne, aber Gottfried stellte ihr die Ursache seiner Eile vor, und sie ließ vier Knechte bey den Sarg zurück, und zog mit den übrigen schnell vorwärts, während die Knechte den Rückweg nach Italien nahmen.

Als sie abermahl einen Tag geritten waren, langte Gottfried mit seinem Zuge auf einer großen Brandstätte an, mehrere Menschen waren bemüht aus den Ruinen eine kleine Capelle aufzubauen, und sie mit einem kleinen neu aufgebauten Kloster zu verbinden. Wahrscheinlich mag dieses Kloster hier ehemahl abgebrannt seyn, sprach Gottfried, welches nun neben der Brandstatt so dürftig dasteht, und wird mit seinen weißen Mauern gegen die verbrannten Ruinen absticht. Ach ja wohl, seufzte ein alter Mann, der neben den Ritter stand, war gar ein ansehnliches Kloster, und vermögen es die armen Nonnen nicht den hundertsten Theil so schön aufzuführen, als es ehemahl dastand.

Gottfried. He da, Alter, dich kenne ich ja — richtig, richtig, dieß traurige Stätte hier führte mich irre, hier stand ja das Kloster, wo ich meine Tochter erziehen ließ.

Der Alte. Ach Herr Gott, seyd Ihr denn nicht Ritter Gottfried von Stellerburg?

Gottfried. Bins, bins. — alter Vogt — o sag an, wo ist meine Johanne, ich ließ sie erst vor Kurzem hier abhohlen — hörte keine Nachricht von ihr.

Vogt. Sie war mit den ehrwürdigen Frauen nach den nahen Kloster, zwey Stunden von hier, gebracht, wo sie auch vor mehreren Tagen Eure Reiter abhohlten. — Ach die arme Johanne, Ihr wißt doch welche Versuchung der Böse, Gott sey bey uns, unter dem Nahmen des Ritters Wendelin von Höllenstein, an ihr übte.

Der Vogt erzählte nun die Geschichte, mit seiner ihm eigenen Geschwätzigkeit, und vergaß nicht, den Brand des Klosters durch Satans Macht recht schauerlich zu schildern.

Die Knechte kreuzigten sich, Gottfried knirschte mit den Zähnen. Hab ich weit nach dem Höllenstein? fragte er, der Vogt sagte ihm, daß er noch drey Tagreisen davon entfernt sey. Gut, rief Gottfried, so will ich meinen Zug födern, du aber, redlicher Vogt folge mir, auch deiner bedarf ich.

Der Vogt erhielt leicht die Erlaubniß zur Folge, und eilte den Zug nach, traf unterwegs die acht Reiter, die in den Fluß gestürzt und hinter Gottfrieds Zug zurückgeblieben waren, und nahm sie mit sich. Indessen war Gottfried weit voraus, kam eben aus einem großen Forst heraus, als er einen Greisen an der Straße liegen sah, in Lumpen gehüllt, zwey Kinder lagen neben ihn auf den Boden und weinten. Gottfried hielt sein Roß an, des Greisen Armuth rührte ihn, er reichte ihm eine milde Gabe, sah die zwey weinenden Kinder aufmerksam an, und bemerkte Zü-

ge in ihnen, die mehr als gemeine Geburt ver-
riethen.

Sind das deine Kinder, fragte Ritter Gottfried.

Greis. Nein, edler Herr, sind arme unglückliche Waisen.

Der jüngere Knabe. Mein Vater war
ein großer reicher Mann, trug auch ein eisernes
Kleid wie du.

Der ältere. Er war ein Graf, und nannte
sich Gerard von Wiedersberg.

Gottfried. Mann, wie kommst du zu
diesen Kindern?

Greis. Ach Herr, auf eine traurige Art.
Ich bin aus Helvetien, ein armer Mann, der
selbst von Betteln lebt, unterstützte mich mit
dem, was milde Leute ihm schenkten.

Gottfried. Bey Gott, eine edle Seele.

Greis. Schwerer Jugendsünden wegen
zog er nach Palästina, ach wie schmerzlich harrte
ich seiner, sah ihn aber nicht wieder. Vor vielen
Tagen, als ich recht krank und elend war, o
Gott, da erschien mir sein Geist. Du Armer, sprach
er, Gott hat sich deiner erbarmt, nimm deinen Stab
und ziehe nach Schwaben, dort wirst du auf
der Straße zwey arme Kinder antreffen, sie sind
gräflichen Stammes, aber eine Feuersbrunst hat
ihre kleine Beste verheert, und die armen Würmer
sind ohne Pflege, irren im Forste ohne Hilfe umher,
nimm sie mit dir, lagere dich mit ihnen an die Heerstraße, die gegen das Murrthal führt, da wird

ein edler Graf, Gottfried von Stellerburg mit Nahmen, kommen, der wird ihr Vater und dein Ernährer werden.

Gottfried (seine Hände faltend). Allmächtiger Gott — o dank dir, daß du mich würdigst, der Vater von Unglücklichen zu werden.

Greis. Seyd Ihr Graf Gottfried? ach schon zwey Tage harre ich hier — erbarmt Euch — —

Gottfried. Schweig, schweig, ich bin Mensch, habe ein fühlendes Herz, darf es aber jetzt nicht bis zu Thränen kommen lassen, da ich hartes Gericht vor mir habe. Greis, ich ahnde mehr in deiner Erscheinung, soll ich vielleicht auch hier Rächer seyn — sprach der Geist deines Freundes nicht noch mehr?

Greis. O ja — ich wurde gemordet sprach er, um den Vater der Kinder vom Wahnsinne zu befreyen, den ihm ein Ritter Wendelin von Höllenstein durch Hülfe des Satans in einen zauberischen Trank bereitete. Da Wendelins Geliebte auch davon trank, und nur Menschenblut den Zauber lösen konnte, mußte ich heimlich sterben.

Gottfried. Ach, wie vermags die Erde ein solches Ungeheuer zu tragen. Wenn ich noch mehr solche Thaten höre, so gerathe ich in Zweifel, ob es wirklich einen Satan gebe, denn er kann doch nicht größer als dieser Wendelin seyn.

Der ältere Knabe. Ach mein Vater sprach oft vom bösen Wendelin, wurde auch gemordet von ihm.

Gottfried. Von ihm?

Der ältere Knabe. Man sagt, Satan habe diesen Nahmen angenommen, und meinen Vater sammt zehn Knechten erwürgt.

Der jüngere Knabe. O ich fürchte mich, ich fürchte mich.

Gottfried (stürmisch). Genug, genug, auf Greis, folge mir mit den Kindern, das soll ein Gericht geben, schrecklich und einzig in seiner Art.

Greis und Kinder folgten dem Zuge hin nach dem Höllensteine, um daraus den Satan zu vertreiben.

Sechzehntes Kapitel.

Die Lebensuhr verrinnet.

Wendelin lebte indeß auf seiner Veste Rheinbolden ganz der Liebe zur schönen Johanne. Er war dem Herzen der Jungfrau nicht gleichgültig geworden, denn sie ahndete seine Thaten nicht, überließ sich allgemach der wachsenden Liebe. Wendelin harrte ängstlich seines Wallufs, bis er mit dem Briefe Gottfriebs komme, er sehnte sich nach der Verbindung mit Johannen, weil er da seine Unruhe zu betäuben hoffte, die ihn in einsamen

Stunden fürchterlich quälte. Eben faß er eins=
mahlen bey ihr, in vertraulichem Gespräche, lab=
te sich an ihren Reitzen und der Hoffnung der
frohen Zukunft, als der Thurmwächter in sein
Horn blies, und die Ankunft eines Fremden mel=
dete. Bevor noch Wendelin Zeit hatte zu for=
schen, wer Einlaß fordere, öffnete sich schon die
hohe Saalthür und ein gerüsteter Mann trat
mit ernsten Schritten ein, er hatte schon dem
Burgherrn die Hand zum Gruße dargereicht, als
er aber Johannen neben ihm sitzen sah, da zog
er sie zurück, sah sie und ihn lange und staunend
an. Endlich faßte er sich aber doch. Wie geht's
Wendelin, sprach er, sah Euch schon lange nicht,
und vermuthete Euch nicht in so schöner Gesell=
schaft. Er nahm hierauf den Helm ab, Wen=
delin erkannte den alten Graf Hubert, und er
bleichte mächtig, war nicht im Stande ihm auf
seine Worte zu antworten.

Graf Hubert. Warum seyd Ihr von
Worms abgezogen, Wendelin, und kommt nicht
nach meiner Burg zurück?

Wendelin (schnell.) Wart Ihr schon in
Worms?

Hubert. Nein, war bey einem meiner
Freunde, wollte eben von da aus hinziehen, um
Euch zu sehen, als ich hier an der Veste vorbey=
ritt, da ausruhen wollte, und mit Staunen ei=
nen Eurer Leute erkannte, von ihm erfuhr, daß
Ihr sie an Euch gekauft habt.

Wendelin (gefaßter.) Ihrer Lage wegen

gefiel sie mir sehr gut — wollt Ihr Euch be=
mühen, sie genauer zu betrachten, so werde ich
Euren Beyfall erhalten. He Knappen, bringt die
Schlüssel und öffnet die Gemächer.

Hubert. Laßt das Wendelin, will erst ei=
nen Becher mit Euch leeren, aber sendet immer
Eure Knappen fort — sie sollen Euer Weib her=
hohlen, dem Vater verlangt nach den Umarmun=
gen seiner lang entfernten Tochter.

Johanne (mit höchsten Staunen.) Euer
Weib Wendelin?

Hubert Nun? sie wird doch nicht gar er=
krankt seyn? laßt mich schnell zu ihr führen.

Johanne (Wendelins Hand ergreifend, mit
durchdringendem Tone.) Euer Weib?

Hubert. Sonderbar, warum redet Ihr
nicht? Wendelin, was soll dieß bedeuten?
(Ein Knappe tritt ein und ruft Wendelin abseits.)

Knappe (leise.) Herr, hart an Eurer
Burg ziehen vier Knechte mit Fackeln vorüber,
sie führen ein ehernen Sarg mit sich, es sieht so
schauerlich, sie lassen um Nahrung und Obdach
diese Nacht bitten.

Wendelin. Ha, wie gerufen, o Walluf,
wenn dieß dein Werk wäre — Knappe, laße sie
durchs hintre Pförtlein einziehen, wenn sie in der
Burg sind, werfe sie schnell in einen Thurm, und
verwahrt sie wohl, den Sarg bringt so eilig als
es seyn kann, in die Burg Capelle, forsche nicht,
und vollziehe schnell was ich befehle.

(Der Knappe eilt fort.)

Hu=

Hubert, Ritter — jetzt vermag ich's nicht mehr länger in schrecklicher Ungewißheit zu harren — Wo ist mein Kind, Mann, fühlst du nicht, wie's dem Vater bangen muß, wenn er sich von seinem Kinde getrennt weiß, die Hoffnung verlieren soll, sie bald wieder zu sehen. Sprich, ich beschwöre dich, sprich, wo ist mein Kind?

Wendelin. Ach die arme Priska — o setzt Euch Graf, erhohlt Euch erst von Eurer Reise, ich bitte Euch.

Hubert. Du bist mein Sohn nicht, kannst mein Kind nicht mehr lieben, wenn du glaubst, daß man des Gedankens an sie so leicht entbehren kann — o geh mit deiner freundlichen Miene, du marterst mich durch dein Schweigen mehr als mir deine Freundlichkeit lieb ist.

Wendelin. Graf!

Hubert. Ritter — ha! es ist doch unerhört, wie der Mensch mich auf die Folterbank schleppen, und mit tödtender Angst martern will — Mann, zum letzenmahl sprich wo ist mein Kind — oder ich laufe alle Gemächer durch, reiffe alle Schlösser und Riegeln auf, und suche sie — Priska! Priska — (ihn rüttelnd) Hörst du mich nicht, kalter, unempfindlicher Mensch (geht unruhig auf und ab) Mir ahndet nichts gutes — Wer ist diese Jungfrau? warum sitzest du bey ihr und nicht bey deinem Weibe. — ich fordere Rechenschaft.

Wendelin. Ihr?

Hubert. Ich — (zieht sein Schwert und stößt es in den Boden) Hier fordere ich Rechenschaft — und frage dich, Mann was hast du mit deinem Weibe gemacht! und wenn ich dich auf unrechter That belange, ha bey Gott —

Wendelin. Schwört nicht — Was wollt Ihr mit Eurem Schwerte — mich schrecken? Eurem Vatergefühle halte ich Eure Hiße zu guten — schonen wollte ich Eurer, jetzt darf ichs nicht mehr — Priska ist todt.

Hubert (zusammenbebend.) Ha! — todt? — todt meine Priska (seine Hände faltend) o so verlor ich die Freude meines Alters (geht auf und ab) todt also — (schnell sich faffend) und wie starb sie?

Wendelin. Eine heftige Krankheit befiel sie, da ich mit ihr nach Eurer Beste ziehen wollte, ich mußte hier einkehren, sie war schwach, in drey Tagen hatte sie vollendet.

Hubert. So? so? und wann geschah dann dieß?

Wendelin. Kaum sind noch zwey Tage vorüber.

Hubert (wild lachend.) Ha; darum trägst du ein rothsamtnes Trauerkleid — und diese hier — (auf Johannen deutend) Diese war wohl eine von ihren Leichengängerinnen — o — o es wüthet und tobt in mir. Wendelin du bist ein Bösewicht.

Wendelin. Graf, wie kommt Ihr zu dieser Beschuldigung.

Hubert. Wendelin du bist ein Bösewicht!

Wendelin. Ich traure um sie — gibt die

Trauer des Herzens nicht mehr, als das schwarze Kleid?

Hubert (hastig.) Wo ist ihre Leiche?

Wendelin (mit verstellter Trauer.) Ach eine Speise der Würmer, vielleicht längst schon verweset.

Hubert. Seit zwey Tagen? Mensch, bist du träumend. —

Wendelin (sich fassend.) Kaum war sie todt, so mußte sie des schädlichen Geruches wegen schon begraben werden.

Hubert. Wo liegt sie?

Wendelin. Die Arme sehnte sich noch nach Euch, ich sandte Bothen, sie müssen den Weg verfehlt haben.

Hubert. Wo liegt sie?

Wendelin. Hier im Schlosse.

Hubert (öffnet schnell die Thür.) Ihr Knechte, Knechte!

(Einige Knechte treten ein.)

Hubert. Bringt mich zum Grabmahle Eurer gebliebenen Frau.

Die Knechte (verwundernd unter sich.) Zum Grabmahle unserer Frau?

Hubert (sieht die Knechte und Wendelin forschend an.)

Wendelin. Erlaubt daß ich spreche.

Hubert (steht in Gedanken.)

Wendelin. Die meisten Knechte sind erst in meinem Dienste seit gestern, wenige wissen das

von — — ich ließ sie im Stillen beerdigen — —
Graf Hubert!

Hubert (auffahrend.) Was? — Nun?
nun, weiß denn keiner, wo Priska liegt? (sein
Schwert anfassend) führt mich hin, oder ich will
Euch zeigen, daß ich noch Mark in den Knochen
habe.

Wendeln (zu einigen.) Führt den Ritter
nach der Capelle.

Hubert. Ha, also doch! — — Nun
kommt Wendeln.

Wendeln. Wohin, Graf?

Hubert. Werdet ja nicht den Vater allein
bey dem Grabe seines Kindes weinen lassen.
Kommt, sag ich; bey Gott Ihr müßt mir
folgen.

Wendeln (zu Johanne, die indeß ganz
betäubt da stand.) Seyd ruhig Johanne, wenn
ich wiederkehre soll Euch alles klar werden.

Hubert. Laßt nur die Jungfrau jetzt, sie
hat noch Zeit genug Euch zu trösten, (spöttisch)
Euch zu entschädigen.

Johanne (weinend.) O Gott, Gott, was
soll doch aus mir werden!

Hubert zog Wendeln mit Gewalt mit sich
fort — Sie gingen nach der Capelle, schon hatten seine Vertrauten die fremden Knechte in den
Thurm geworfen, den Sarg nach der Capelle gebracht. Hubert eilte voran, er stürzte sich über
den Sarg hin, blieb lange schweigend liegen,
weinte laut, und schlug sich oft im heftigen

Schmerz das graue Haupt — Wendelin stand schweigend neben ihm, in seinem Innern wüthte und tobte es heftig. Er ermahnte den Alten, den grausen Ort zu verlassen, ha, sprach Hubert, und seine Miene, auf der der heftigste Schmerz kennbar war, verzerrte sich in schauriges Lächeln, Ha, sprach er, niemand, niemand ist um mich, der die Last meines Kummers mir tragen hälfe, o Priska, Priska wenn du starbst — so wurdest du durch Wendelin gemordet.

(Wendelin taumelte bestürzt zurück.)

Hubert. Und in diesem Sarge, so schlecht, so elend ruht meine Tochter? nicht einmahl einen Grabstein hast du ihr gegönnt — und warum ist dieser Sarg mit Schlössern behängt, so stark geformt, als ob die Leiche Meilenweit geführt werden müßte — Wendelin, Wendelin, mir kommt alles dieses nicht richtig vor — dein Schweigen — deine Betroffenheit — laß mir den Sarg öffnen, oder bey Gott, ich fodere Rechenschaft über alles von dir, vor der die bangen soll.

Wendelin widersprach heftig, aber je mehr er widersprach, je heftiger drang Hubert in ihm, er ergriff endlich selbst sein starkes Schwert, und schlug die Schlösser weg — Jetzt riß er den Deckel auf, und Leichengeruch erfüllte die Capelle. Hubert riß ein Licht vom Altare, er leuchtete hin nach dem Leichname, und schlug ein Gelächter auf, so schaurig und laut, daß die Wände widerhallten. Dieß ist Priska, schrie er, und rief Wendelin zu sich, er blickte in den Sarg, erkannte des Herzogs von Malpano halb verwesende Leiche, und stürzte mit einem lauten Schrey zu Boden. Elender! schrie Hubert fürchterlich, Verbrechen liegen auf deiner Seele, ich kann sie noch nicht ergründen, aber Gott wird sie aufde=cken, vor ihm will ich mein Kind wieder fordern, ein schrecklicher Rächer seyn, wenn du sie gemor=det hast. — O Priska, Priska rief er, stürzte aus der Capelle, und bestieg sein Roß. Meldet Eurem Herrn, rief er den Knechten zu, daß es mich nicht länger mehr in dieser Mörderhöhle dul=det, daß ich aber nicht rasten noch ruhen will, bis ich das Schicksal Priskas entdeckt und ge=rochen habe. Er sprengte in wildem Hast fort, und heftiges Staunen blieb bey allen zurück.

Man hatte Wendelin nach seinem Lager ge=bracht, das erste was er sah, als er zu sich kam, war Walluf, der neben seinem Bette stand.

Walluf. Schöne Dinge erfahre ich, du Unvorsichtiger, welches Unheil hast du dir berei=tet — konntest du in deiner Verlegenheit nicht mich ruffen?

Wendelin. Ach der Alte ließ mich nicht aus den Augen. Alles, alles ist verloren.

Walluf. Glaubs nicht, verbinde dich nur erst mit Johannen, dann will ich schon weiter sorgen.

Wendelin. Wie kann ich mich bey ihr entschuldigen, da sie alles hörte.

Walluf. Mit deiner heftigen Liebe, sage

der Tod deiner siechenden Gattinn war gewiß. Daher täuschtest du sie, um ihr Herz früher zu gewinnen, es sey jetzt einerley, mahle Priska mit schwarzen Farben, deine Liebe mit glühenden, und Johanne müßte dich nicht so heftig lieben, wenn sie dir nicht alles verziehe — hier hast du den Brief ihres Vaters.

Wendelin. Mordetest du abermahl?

Walluf. Du befahlst mirs nicht, hätte es sonst gerne gethan. Doch jetzt eile, denn wenn Gotifried den Verlust seines Kindes erfährt, kann er eilen, und sie dir rauben, wenn sie deine Gattinn ist, kann er dieß nicht mehr.

Wendelin eilte zu Johanne, er fand sie in höchster Bestürzung, wandte alle seine Bered- samkeit an, und das liebende Mädchen glaubte bald dem geliebten Verführer. Sie durchforsch- te genau den Brief ihres Vaters, es kam ihr freylich sonderbar vor, daß dieser so leicht sein Wort, das er den von Linsee gegeben hatte, sollte gebrochen haben, aber die Schrift war allzu genau nachgeahmt, das Siegel enthielt das geheime Zeichen, und kein Zweifel blieb ihr übrig. Jetzt überließ sie sich ganz ihrer Neigung, willigte gerne ein, als Wendelin schon am fol- genden Tage das Hochzeitfest zu feyern beschloß. So bald er allein war, rief er seinen Freund zu sich. Walluf, sprach er, jetzt bedarf ich deines Schutzes — ich achte mich hier nicht mehr sicher genug, will all meine Habe zurück lassen, und mit Johannen nach einem fernen Lande ziehen, wo mich niemand kennt, dort will ich in Ruhe und Frieden mit ihr hausen.

Walluf. Ein guter Gedanke, aber was forderst du?

Wendelin. Was hinlänglich ist, um mir neue Burgen und Ländereyen anzuschaffen, ein Leben zu führen, wie ich zeither gewohnt war.

Walluf. Für dich sind die Schätze eines Königs zu wenig. Du hast in kurzer Zeitfrist eine Summe verschlagen, womit tausend und tausend hätten gut leben können. Jeder Geist, der Gute und der Böse, hat seine Grenzen. Ich muß dirs gestehen, mein Schatz ist bis auf hundert Goldgulden geschmolzen.

Wendelin. Ha, damit habe ich kaum genug, Johannen auszustatten. — Du versprachst mir doch immer Hilfe.

Walluf. Ja, aber nicht aus meiner Habe, die war nicht unerschöpflich.

Wendelin. Und wie willst du sie denn leisten?

Walluf. Ich will in deinem Nahmen rauben wo zu viel ist — gnügt das nicht, will ich auch den Bettler seinen Lumpenrock, den Wittwen und Waisen ihr Brot stehlen, um dirs zu bringen.

Wendelin. O verdammt!

Walluf. Was liegt dir da daran, wenn du nur schwelgen kannst. — Gleich im nächsten Münster liegt ein Schatz, mit dem du Jahrelang

ausfommen fannst, er liegt dort todt, du kannst
ihn genießen.

Wendelin. So geh und schaffe ihn her,
jetzt ists schon einerley.

Walluf (lachend für sich.) Ha also auch
zum Raube hab ich ihn verletzet — so häufet er
stets seine Verbrechen und erleichtert mir meinen
Sieg.

Er verschwand, Wendelin eilte mit Tagesanbruch zu Johanne, er fand sie schwach und
entkräftet, eine heftige Mattigkeit hatte sie diese
Nacht befallen, sie beschwor ihn, die Verbindung
nur noch auf einen Tag aufzuschieben. Ungerne
willigte Wendelin ein, er mußte nachgeben, kam
den ganzen Tag nicht vom Lager der Erblichten.

Als es Nacht war, und er traurig in sein
Kämmerlein schlich, das er diese Nacht nicht mehr
allein zu betreten gehofft hatte, da legte er sich
ans Fenster, und sah in das tiefe Nachtdunkel
hinaus, verlor sich in Gedanken — Da sah er
längs dem Forste den Schein einer Fackel nahen,
er wurde aufmerksam, immer kams näher, er
hörte den Hufschlag von Rossen und schauderte
zusammen, ohne zu wissen warum. Das Gewissen des Bösen ist immer wach, zittert und
schmerzt, wo der Redliche kaltblütig bleibt.
Drey Männer nahten sich, nun der Beste, sie
waren in schwarze Rüstungen gehüllt, ihre Pferde
waren mit schwarzen Decken behangen. Sie ritten
dem Thore der Beste näher, jetzt zog der eine sein
Schwert hervor, und hieb drey Spänne aus dem

Thore, Wendelin, Wendelin, rief er, wir laden dich im Nahmen der heiligen Vehme, Mörder, Mordbrenner und Giftmischer, daß wir richten können über dich, erscheine, erscheine, erscheine! Fort sprengten die Reiter, fürchterlich scholl ihre Stimme in den Ohren des Ritters. Er hörte bald darauf pochen am Gemache, sein Knappe trat ein mit den Spuren des Schreckens in allen seinen Mienen. O Herr, Herr, rief er, die heilige Vehme hat Euch geladen, habt Ihrs nicht gehört? Unten am Thore hieben sie drey Spänne aus — o wie fürchterlich, Gott Gnade Eurer Seele.

Wendelin. Was kümmern mich die Schurken im Verborgenen, die erst seit Kurzem ihr Wesen treiben, ein Thor fürchtet sie, ich will wohl erscheinen, und sie aus ihrem Neste vertilgen. Hörte noch jemand die Ladung?

Knappe. Nein!

Wendelin. So verschweige sie sorgfältig, und zage nicht, ich will mich schon verantworten.

Der Knappe ging, und Wendelins Unruhe mehrte sich, er scheute das heimliche Gericht, und beschloß sogleich nach der Verlobung heimlich abzuziehen.

Am folgenden Tag war Johanne noch nicht besser, daher mußte er sich abermahl gedulden, aber sie sagte ihm ihre Hand am kommenden Morgen sicher zu. Wendelin betrank sich diesen Abend, um die Ladung nicht abermahl zu hören, er hörte sie auch nicht, aber sein Knappe und

mehrere Knechte um so lauter: Diese rafften ihre
Reisebündel zusammen, und zogen mit Tagesanbruch schaudernd von bannen.

Am folgenden Tag war Johannen noch
schlechter, Wendelin mußte abermahl, so sehr er
in sie drang, die Verlobung auf den folgenden
erschieben, sie versprach ihm, sich auch im Bette
trauen zu lassen.

Als Wendelin diese Nacht ebenfalls zu ver-
senken hoffte, unruhig ward, daß seine Knechte
bereits um die Hälfte geschmolzen waren, kam
Walluf zu ihm. Er warf ihm Gold und Silber
in großer Menge hin. Da hast du den Raub,
sprach er, aber ich sage dir aufrichtig, wenn du
mir nicht schnell folgst, so nützt er dir nichts,
und alles ist verloren.

Wendelin (ängstlich.) O Walluf, Wal-
luf, was soll ich thun, hilf, rathe, rette mich!

Walluf. Hättest du dich nur durch Johannens Krankheit nicht täuschen lassen, hättest sie
erblickt, und mit dir fortgeführt — sie ist nicht
krank, ich will dirs anders erklären, Adelmann
schlich ihr jede Nacht, und ermahnte sie bey
ihrem Seelenheil die Verbindung zu verzögern,
dadurch gewann er Zeit, Graf Gottfried ist in
der Nähe, er ist Stuhlherr der Vehme, und rettet dich, Hubert hat sich mit ihm verbunden —
u bist diese Nacht noch verloren.

Wendelin (jammernd.) Ich Elender — ich
nglücklicher — (rauft sich das Haar aus dem
Scheitel.) Verloren — verloren — — o Wal-

Thore, Wendelin, Wendelin, rief er, wir laben dich im Nahmen der heiligen Vehme, Mörder, Mordbrenner und Giftmischer, daß wir richten können über dich, erscheine, erscheine, erscheine! fort sprengten die Reiter, fürchterlich scholl ihre Stimme in den Ohren des Ritters. Er hörte bald darauf pochen am Gemache, sein Knappe trat ein mit den Spuren des Schreckens in allen seinen Mienen. O Herr, Herr, rief er, die heilige Vehme hat Euch geladen, habt Ihrs nicht gehört? Unten am Thore blieben sie drey Spänne aus — o wie fürchterlich, Gott Gnade Eurer Seele.

Wendelin. Was kümmern mich die Schurken im Verborgenen, die erst seit Kurzem ihr Wesen treiben, ein Thor fürchtet sie, ich will wohl erscheinen, und sie aus ihrem Neste vertilgen. Hörte noch jemand die Ladung?

Knappe. Nein!

Wendelin. So verschweige sie sorgfältig, und sage nicht, ich will mich schon verantworten.

Der Knappe ging, und Wendelins Unruhe mehrte sich, er scheute das heimliche Gericht, und beschloß sogleich nach der Verlobung heimlich abzuziehen.

Am folgenden Tag war Johanne noch nicht besser, daher mußte er sich abermahl gedulden, aber sie sagte ihm ihre Hand am kommenden Morgen sicher zu. Wendelin betrank sich diesen Abend, um die Ladung nicht abermahl zu hören, er hörte sie auch nicht, aber sein Knappe und mehrere Knechte um so lauter: Diese rafften ihre Reisebündel zusammen, und zogen mit Tages Anbruch schaudernd von dannen.

Am folgenden Tag war Johannen noch schlechter. Wendelin mußte abermahl, so sehr er in sie drang, die Verlobung auf den folgenden verschieben, sie versprach ihm, sich auch im Bette trauen zu lassen.

Als Wendelin diese Nacht ebenfalls zu vertrinken hoffte, unruhig ward, daß seine Knechte bereits um die Hälfte geschmolzen waren, kam Walluf zu ihm. Er warf ihm Gold und Silber in großer Menge hin. Da hast du den Raub, sprach er, aber ich sage dir aufrichtig, wenn du mir nicht schnell folgst, so nützt er dir nichts, und alles ist verloren.

Wendelin (ängstlich.) O Walluf, Walluf, was soll ich thun, hilf, rathe, rette mich!

Walluf. Hättest du dich nur durch Johannens Krankheit nicht täuschen lassen, hättest sie geehlicht, und mit dir fortgeführt — sie ist nicht krank, ich will dirs anders erklären, Adelmann erschien ihr jede Nacht, und ermahnte sie bey ihrem Seelenheil die Verbindung zu verzögern, dadurch gewann er Zeit, Graf Gottfried ist in der Nähe, er ist Stuhlherr der Vehme, und ladet dich, Hubert hat sich mit ihm verbunden — du bist diese Nacht noch verloren.

Wendelin (jammernd.) Ich Elender — ich Unglücklicher — (rauft sich das Haar aus dem Scheitel.) Verloren — verloren — — o Wal luf (finkt weinend zu seinen Füßen.) Erbarme dich — hilf und rathe mir.

Walluf. Es ist zu spät.

Wendelin (heulend.) O Erbarmen — Erbarmen!

Walluf. Höre mich, ein einziges Mittel ist noch übrig, thust du das nicht, so wird morgen dein Körper am Rade liegen, die Geyer dein Herz aus dem Leibe fressen.

Wendelin. O Erbarmen, Erbarmen, sprich — hilf.

Walluf. Gleich außer der Burg in einer Höhle ist Adelmann, geh hinaus mit diesem Dolch bewaffnet.

Wendelin. Was soll ich dort — du Thörichter, willst du mich nicht etwa gar überreden, daß ich einen Geist morden könnte?

Walluf. Der Dolch hat zauberische Kräfte — Adelmann kann ihm nicht widerstehen — stoße ihm nieder, und reiß ihm das glänzende Geschmeide von seiner Brust, hast du das, so steht Reichthum dir zu Geboth, so viel nur deine kühnsten Wünsche fordern, du kannst unsichtbar und unverletzt mitten durch feindliche Schwerter gehen, hast Macht, den Erdball zu erschüttern, dieß allein kann dich retten, dir ein Leben fristen, voll Wonne und Ueberfluß bis ins späteste Alter — aber wisse, daß, wie du diesen Dolch ergreifest, du mir anheim gefallen bist, ich in deiner letzten Stunde an deinem Sterbelager stehen werde, deinen scheidenden Geist mit mir schleppe, er wandeln muß wie ich, leiden wie ich, wähle nun. — Leiden mußt du immer, daher ist es besser, du genießest noch bevor, als daß du an der Schwelle des Genußes schon ins Verderben stürzest. —

Wendelin (jammernd.) Ha, also dahin hast du mich gebracht!

Walluf. Machs anders, wenn du kannst.

Wendelin (bald nach dem Dolche langend.) O ich bin verloren auf immer — es ist keine Rettung mehr — gib her — wenigstens darf ich jetzt noch nicht verzweifeln.

Er langte nach dem Dolch, Walluf reichte ihm den glühenden Stahl, betäubt ergriff ihn Wendelin, er brannte in seiner Faust, Feuerflammen umzischten ihn, alle seine Nerven bebten.

Walluf. Jetzt bist du mein auf immer, nun aber eile, die Zeit ist kostbar. Du wirst Edelmann im Gebethe treffen, wenn er gleich ein Geist ist, so hat doch dieser glühende Dolch auch Macht genug, Geister in ihrer Wirkung zu hemmen. Geh getrost, laß dich nicht abhalten, wenn schreckliche Scenen dir aufstoßen sollten, ich harre deiner mit Sehnsucht.

Wendelin war ganz betäubt, das Hochgericht schwebte immer vor seiner Seele, er eilte aus der Veste. Fürchterliche Nacht umgab ihn — das fürchterlichste Gewitter tobte, kaum daß der Sturm ihn weiter gehen ließ. Er eilte in die Wildniß, und Grausen und Entsetzen umgab ihn, die Bäume rauschten gleich dem für-

menden Meere, der Donner praſſelte, rechts und
links ſchlugen fürchterliche Blitze ein, und zer=
ſchmetterten das Haupt der hohen Bäume —
halt, halt — rief eine ſchreckliche Stimme aus
des Forſtes Dunkel, Wendelin ſtand, ſeine Haare
ſträubten ſich empor, ſeine Augen kreiſten wild
umher — jetzt wollte er weiter ſchreiten, da
wars, als ob kalter Todesſchauer ſeine Glie=
der hinabrieſelte, es rauſchte vor und hinter ihm,
er hob den glühenden Dolch empor, der ihm auf
dem Wege leuchtete, und heller ward deſſen Fla=
me, hellrothes Blut floß aus dem Stahle zu
Wendelins Füßen, befleckte deſſen Kleider. Kaum
vermochte ſeine zitternde Hand mehr ihn zu halten.
— Halt — halt, rief abermahl eine fürchterliche
Stimme aus dem Dunkel, ein lichter Schatten
ſtreifte hart neben ihm vorüber, er erkannte den
Geiſt des Pilgers, den er morden ließ, er war
mit Blut bedeckt, bleich ſeine Miene, im Fluge
drohte er dem Bebenden ſchrecklich mit dem Finger.
Wendelin ſtieß einen lauten Schrey aus, er wollte
zurückkehren — da ſcholls in ſeine Ohren, als ob
die Vehmfrohnen die Spänne aus dem Thor ſeiner
Veſte hieben, dreyfaches Weh über ihn ausriefen.
Rad und Rabenſtein drängte ſich vor ſeine Seele,
und er ſchritt weiter. Halt — halt, ſchrie es aber=
mahl, er hörte ſeufzen und wehklagen, die Stim=
me Gerards — die Stimme ſeiner Pelska, die
Klagen Allſens ſchollen in ſeine Ohren, Grauſen
erfüllte ihn, und er ſchritt weiter.

Jetzt kam er an die Höhle, wo Adelmann

war, aus der ihm heller Schimmer entgegen
leuchtete, er blickte zagend hinein und sah ihn
auf den Knien liegen und bethen. Wendellin stand
unentschlossen; da war's als ob der ziehende Ton
verstopfter Posaunen in seine Ohren dränge, als
ob die Vehmrichter sich nahten ihn zu fangen. —
Voll Entsetzen stürzte er in die Kapelle. Jetzt
glaubte er Adelmannen niederzustoßen, als ein
plötzlicher Donner die Höhle erschütterte, Adel=
mann verschwunden war, und ein Todtengerippe
mit Sense und Stundenglas vor ihm stand.
Fürchterlich grinzend, hielt es ihm die ausgelau=
fene Sanduhr hin, es öffnete den knöchernen
Mund, und sprach mit schmetternder Stimme.
Deine Zeit ist verlossen, dein Körper wird mir
gleich; die Seele nach ihren Thaten gerichtet. —
Flieh — flieh, Eienber — noch eine Stunde
wandelst du frey — bereuest du nicht — wehe —
wehe dir — die Macht der Glocke ist verschwun=
ten und ich erscheine, daß du werdest, wie ich!

Rauch umgab das Gerippe. — Wendellin
stürzte aus der Höhle — es peitschte ihn vor=
wärts, wie mit glühenden Geißeln — seine Sin=
ne waren zerrüttet, wie hätte er Besinnung zur
Reue sammeln können — er stürzte fort über
Berg und Thal, und immer braußte es wild hin=
ter ihm her, schnaubte und rauschte, wie der
Lauf eines wüthenden Rosses. Deine Zeit ist
aus, deine Zeit ist aus, schrie es immer hinter
ihm her.

So lief er eine ganze Stunde fort im Irr=

finne, ohne zu wissen wohin, Kleid und Glieder waren an dem Dornwerk verrissen — jetzt wollte er entkräftet zu Boden stürzen, als er plötzlich hinter und vor ihm Fackelschein sah, schwarze Gestalten ihn mit grausen Jubel umringten, — es waren die Vermummten des Vehmgerichtes, — fürchterlich blickten beym Schein der Fackeln aus den schwarzen Kleidern ihre Todtenlarven hervor — unter ihnen war Gottfried und Hubert — sie rissen den halb todten Wendelin empor: Zu Gerichte, riefen sie. Zu Gerichte, zu Gerichte schrien alle, daß das Echo laut nachhallte. Vergebens rang und flehte er. Erbarmt, erbarmt Euch, schrie er. — Nein, riefen sie ihm laut entgegen, auch du hast dich der Unschuld nicht erbarmt. Laßt mich loß — laßt mich vertheidigen.

Jetzt lachten sie laut und wild auf, der Kreis stellte sich, Fackeln traten näher, und die Herzoginn von Malpano, der Vogt mit den Knechten, die in den Strom stürzten, der Klostervogt, der Greis mit den Kindern Gerards trat hervor — ihr Zettergeschrey scholl bis an den Himmel. — Wendelin raufte sich das Haar aus dem Scheitel und stürzte wimmernd zu Boden.

Er ist gerichtet, riefen nun alle, sie rissen ihn empor, und schleppten ihn zu einem ledigen Rosse, darauf schnallten sie ihn, legten ihm schwere Fessel an die Hände und an den Hals, und jagten mit ihm Waldeinwärts.

Mitten im Walde, wo die Gegend am schrecklichsten war, da stand ein altes fester Thurm, er gehörte dem Ritter Gottfried, war nun der verborgene Aufenthalt der Vehme, die sich nächtlicher Weile hier sammelten, auf seinen Gipfel hausten nur Eulen und Raubvögel, und erfüllten mit ihrem wilden Geschrey die fürchterliche Gegend. Dahin schleppten sie den verzweifelnden Wendelin, führten ihn ungerührt bey seinem Geheul tief unter die Erde hinab in ein finstres Gewölbe. Schneller Tod, sprachen die Männer, wäre zu gelind für dich, du bedarfest Zeit zur Reue, hast in Wohlleben und Ueberfluß Lasterthaten verübt, nun büße und leide Mangel, täglich wird weniger Nahrung dir gereicht, bis nie gesättigter Hunger, nie gestillter Durst dich dem ewigen Richter überliefert.

Sie stießen ihn nun ins dunkle Gewölbe, verwahrten es außen mit Schloß und Riegel. Wendelin raste und tobte — heulte und wimmerte, aber er fand kein Mitleid, keine Sättigung, keinen Trost, laut und stürmisch hörte man ihn oft mit der Glocke läuten, aber Abelmann und Walluf erschienen nicht mehr, nach und nach wurde das Läuten schwächer, hörte ganz auf, und man wußte daß er ausgerungen habe, der schändliche Mörder. Jedermann schlich nun mit Grauen an dem Orte vorbey, wo er moderte, und fleht inbrünstig zu Gott, er möge sich seiner Seele erbarmen, retten jeden Menschen, daß er nicht so werde, wie der Gerichtete gewesen war.

———

                    Q

Siebzehntes Kapitel.

Erbarmniß.

Als Wendelin in dem schrecklichen Hungerthurm geworfen wurde, da drang vergebens seine flehende Stimme in das Ohr der Wächter, welche Gottfried, als Stuhlherr der heiligen Vehme, dort aufgestellt hatte. Er selbst war mit seiner Tochter nach Stellerburg gezogen, wo er mit väterlicher Liebe und Sorgfalt das wunde Herz der sanften Jungfrau zu heilen suchte. Nach Jahresfrist kam Wendelin von Linsee aus dem Orient zurück, und wurde ihr Gatte, genoß Entschädigung für seine lange Sclaverey in den Armen des treuen Weibes. Wendelin, der arme Wendelin würde ich gerne sagen, denn er war doch immer Mensch, aber freylich ein äußerst boshafter Mensch, freylich aber auch durch des Satans Einfluß zuerst zu kleinen Vergehen, dann immer weiter, und oft gar in die Nothwendigkeit gebracht, Verbrechen begehen zu müssen, doch weihen wir ihm unser Mitleid nicht, sehen wir also sein jetziges Elend als wohl verdiente Strafe an, und harren geduldig, wie sich noch alles enden wird. Wendelin stürzte voll Verzweiflung auf dem feuchten Boden seines fin-

stern Gewölbes hin, ach da ruhte sichs freylich
so sanft nicht, wie auf dem weichlichen Lager,
dessen er ehmahl gewohnt war, da war kein
Freund und Schmeichler, der ihn aufgeheitert,
keine goldene Becher die ihn mit berauschenden
Weine sein Unglück vergessen gemacht hätten,
Hunger und Durst stellten sich in gräßlicher Gestalt ein, und peinigten den Körper, die Seele
folterte Verzweiflung und Gewissensängst. Die
schnelle Verwandlung des alten Adelmanns in
das Bild des Todes, der ihm mit fürchterlichen
Grinzen das abgelaufene Stundenglas hin hielt,
schrecklich ihm zurief, deine Zeit ist verloffen,
dein Körper wird mir gleich, die Seele nach ihren Thaten gerichtet, schwebte hell und deutlich
vor seinen Sinnen, klang schauerlich in seinen
Ohren, preßte durch die Erinnerung, an Gericht
und Zukunft jenseits, das Herz mit Macht zusammen, ängstigte es wie mit glühender Geißel mit
der Gewißheit, daß der Tod unvermeidlich, ewige Verdammniß nur allzugewiß sey. Er glich
jetzt einen Fisch, den das Meer ans Ufer trug,
abließ, und liegen ließ am trockenen Strahde,
Anfangs arbeitet er mit Kräften, vom Trocknen
zu kommen, wird aber allmählig schwächer und
schmachtet langsam dahin.

Am ersten Tage ließ man ihn an einem Stricke einen Krug Wassers, und ein Stück Brot hinab — das war seine Nahrung, der Gedanke ver-
bittert sie ihm, am folgenden Tage wirst du weniger bekommen, am folgenden noch weniger, und

so wirds fortgehen bis der Hungertod dich aufgerieben hat. Eine schreckliche Vorstellung, wenn keine Hoffnung zur Rettung vorhanden ist. Die ersten vier Tage schmachtete er in Wehmuth dahin, Trostlosigkeit folgte dem fünften, wo seine Nahrung aufhörte, Verzweiflung ergriff ihn am sechsten, wo das Bedürfniß nach Nahrung bereits aufs Höchste gestiegen war.

Er suchte nun Rettung in übernatürlicher Hilfe, er zog seine Glocke, läutete unaufhörlich, aber kein übernatürlicher Retter erschien. Verzweiflungsvoll warf er auch dieses Rettungsmittel von sich, und überließ sich ganz seiner Wehmuth. Ach ich Unglücklicher! Ich Unglücklicher! jammerte er, für mich ist jede Rettung verloren — der Tod ist mir gewiß, schon nagt er in meinen Eingeweiden, schon kann ich kaum die dürre Zunge, die seit mehreren Tagen kein Tropfen Wasser netzte, im ausgetrockneten Gaume bewegen. O Wendelin, Wendelin, wie fürchterlich mußt du nun enden — und keine Hilfe? kein Erbarmen? keine Rettung? — o! — o! wie unglücklich bin ich.

Aber auch unverschuldet? O fürchterlicher Richter, schon harrest du meiner, schon ist der Arm gehoben, der mich in den Abgrund des Verderbens stürzen wird — Ach er ist Allgütig und Allerbarmend — aber du — du bist sein Kind nicht mehr, hast dich losgerissen von ihm, selbst in das Verderben gestürzt — Du bist mein Kind nicht, wird er rufen, ich hab mein Aug von dir abge=

wandt, meine Hand dir entzogen, die ich so oft,
da du fielst, dir reichte, und Verderben soll dein
Loos seyn. — Kann ich Elender denn auf seine
Gnade hoffen? Mehr als andern gab er mir Gutes, gab mir einen treuen Freund, der mich stets
zum Guten leitete — o wie wohl war mir da,
als ich oft in der kleinen Pilgerruhe an meiner
Veste mit meinem Wenigen die Armen labte —
Reichthum hat mich geblendet, er ist die Quelle
alles Uebels — ich täuschte mein eigenes Herz, gelobte ihn zum Besten der Dürftigen anzuwenden
— aber wo sind den die Capellen, die ich zu bauen,
die Stiftungen, die ich zu besorgen gelobte? ich
stieß meinen Freund von mir, ward weichlich,
eidbrüchig, wollüstig, mordete aus Nothwendigkeit, bald aus Hang zum Laster — so stieg ich
aufwärts. Nichts rührte mich in meinen bösen
Thaten — ach, ach, wie setzt alles sich vor meine
Sinne drängt — o da liegt Gerard mit seinen
Knechten, hier der getödtete Herzog, dort brennt
das Kloster, da steigt Priskas Schatten empor,
der Vogt und die Knechte folgen ihr, der Pilger
führt sie an — schreckliche Bilder, sie drohen —
sie bluten, bluten durch mich (wild.) Ha und du
willst noch Gnade hoffen — du — ba zurück vom
Wege der Hoffnung, unten hauset Verderben in
unergründlicher Tiefe — da hinab, hinab mit dir
— Fluch schallt dir nach, Blut rieselt nach, und
meine Thränen sind nicht stark genug es abzuwa-
schen, mein Heulen übertönt das Zettergeschrey
der Gemordeten nicht — Ist noch jemand, der da

helfen könnte? (wehmüthig) Gott, Gott ver=
mags, er kann verzeihen, aber darf ichs hoffen?
O er sieht wohl in mein Herz — es leidet schreck=
lich — ha, wie wohl mir bey dem Gedanken wür=
de — er wird dir verzeihen! verzeihen nicht, nein,
nur retten vom Tode, damit ich nicht in meinen
Sünden hinab sinke. — O nur das — nur leben
noch um zu büssen. — Jammer und Noth, Thrä=
nen und Reue würden meine Sünden nicht tilgen,
aber doch mindern, o nur ein Jahr Frist, daß ich
büssen kann — Adelmann — ach Todtengerippe,
meine Stunde ist verloffen. So jammerte er,
und nur die Felsenwände hörten seine Klagen,
blieben ungerührt, wie er es gegen die Stimme
des Gewissens gewesen war. In jeder Stunde,
in jeder Minute wuchs seine Todesangst — seine
Verzweiflung, seine Marter. Als der neunte, zehn=
te Tag verstrichen war, da hatte er kaum Kraft
genug, das Haupt emporzuheben — da lag er oft
Stundenlange mit verloschenen Augen in Betäu=
bung hin, ermannte sich nur, wenn der heftige
Hunger in seinem Eingeweide nagte — dann raffte
er seine Kräfte zusammen — sprang auf — Hülfe —
Hülfe, schrie er, klammerte sich an die Steinwände
an, und suchte sie auseinander zu reissen. Erschöpft
sank er dann zusammen, Hunger, Verzweiflung
und Tod ist mein Loos, schrie er fürchterlich. Bald
ließ auch diese Wuth nach, er war ganz erschöpft
— mit stieren Augen sah er nach der Oeffnung em=
por, wie oder ihn die Felsen gespalten und ver=
gittert waren, er sah, daß eben die Sonne sinke,

daß das Ende des eilften Tages herannahte, und brach in Wehmuth aus — Die Sonne neigt sich, stöhnte er, sie sinkt, wie ich nun sinken werde — — ach — ach, glanzvoll sinkt sie, wird morgen wieder zum neuen Lichte erwachen, ich sterbe in Verzweiflung, mich werden die Schmerzen der Hölle wieder erwecken — o fürchterlicher Richter — schon wartest du meiner (stemmt sich empor.) Da bin ich, richte mich (wild) richte mich — (schaudernd) ach und verdamme mich — o — o sie warten meiner, die Schauergestalten — ich sinke, ich sinke auf ewig —

Er sank zurück, das Herz konnte nicht mehr pochen — die Augen verloschen — Erbarmen — Erbarmen stöhnte er noch, und sank betäubt auf den Boden zurück.

Eine schauerliche, schreckliche Scene!

Sieh! Licht erfüllte schnell das Gewölbe, Wohlgeruch umgab ihn, sanfte Harmonie tönte in Wendelins Ohren, weckte ihn wieder auf, er sah gleich einen Lebenslosen Bilde vor sich hin, jede seiner Muskeln war gespannt, sein Herz getraute sich nicht zu pochen, sein Mund nicht zu athmen. Jetzt schwieg die Harmonie, eine Rauchwolke stieg im Gewölbe empor, und aus dieser Rauchwolke formte sich — Adelmann — — Hell schimmerte seine silberne Rüstung, laut rauschte sein weißer Mantel, ernst war seine Miene auf Wendeln gerichtet, so stand er vor ihn, der ihn mit matten leblosen Augen anstarrte, und hielt

ihm die Sanduhr vor, die bis auf wenige Körn=
chen abgelaufen war.

Abelmann (mit ernster Stimme.) Wen=
delin! Wendelin! Wendelin!

Wendelin. Ich sehe und höre dich — du
hohlst mich zum Tode, ach sanfter als mir ge=
bührt — o Abelmann, Abelmann. Einst wolltest
du mir sehr wohl, bey deiner ehemahligen Liebe,
zu mir, gewähre mir meine letzte innigste Bitte.
Ich sehe es, und wenn jedes Körnchen in deiner
Uhr eine Stunde bedeutete, so ist diese Zeit auch
bald vorüber — schwer wie ein Berg liegt die
Last meiner Sünden auf mir — ich kann nicht
bethen, nicht ruhig um Erbarmen flehen, Ver=
zweiflung ängstigt mich hier und da — o hilf mir
in meiner letzten Stunde, das Gebeth des Auser=
wählten vermag viel — nur Stärke erfleh mir,
daß ich nicht verzweifelnd sterbe — Bethe Abel=
mann, mein Ohr wirds hören, mein Herz mit=
sprechen — Gnade, Gnade im letzten Augenblicke.

Abelmann. Schon flehte ich im heißen
Gebethe für dich.

Wendelin (voll Thränen.) Für mich? O
tausend, tausend Segen dir von Gott — Abel=
mann, Abelmann bethe noch einmahl, bethe bey
mir — O wie wird mir so wohl und weh — so
schwach — so schwach werde ich — meine Glieder
beben — um Gotteswillen, kaum sieben Körn=
chen haben noch zu rinnen — der Tod naht —
ach — ach der Richter winkt — die Strafe ——
(er sinkt betäubt zusammen.)

Adelmann. Blick auf mich, Wendelin.

Wendelin (noch einmahl die Augen öffnend) Ach — es ist vorüber — Adelmann — Gott! Gott!

Adelmann (schnell die Uhr umwendend.) Die Körnchen fließen, das Leben beginnt wieder, wach auf — wach auf!

Wendelin (sich wie aus einen schweren Traume erhohlend.) Wie ist mir — was fühle ich — Leben ergießt sich im Körper, mein Blut wallt — Allmächtiger — die Lebensuhr rinnt aufs neue.

Adelmann (hebt mit feyerlichen Blick die Uhr gegen Himmel.) Der Allerbarmer hat sie gewendet — er hat deine Klagen gehört — dein Herz gesehen — er wird sich deiner erbarmen.

Wendelin. Erbarmen meiner — meiner — (händeringend.) O Adelmann, Adelmann, ich verdiens nicht!

Adelmann. Nein, du verdienest es nicht, strenges Recht gebührt dir, der ewige Richter hat die Strafe aus der Wagschaale genommen, und seine Erbarmniß hineingelegt. — O Wendelin — wie viel Uebles thatst du!

Wendelin. Ach ich weiß es, mit zerknirschten reumüthigen Herzen blick ich auf meine Thaten zurück.

Adelmann. Wird auch deine Reue echt seyn?

Wendelin. Sie ists, sie wirds — o wenn mir nur auch durch meine Reue Minderung meiner Thaten wird.

Abelmann. Wenn der Lasterhafte zur Tugend kehrt, wenn er büßt, bereut und sich ändert, dann jubeln die Seligen, daß ihnen ein Mitgenosse war, den sie schon als verloren betrauerten.

Wendelin. Ach wie labst du mein Herz, Abelmann, Abelmann, ich kann, darf Verzeihung hoffen?

Abelmann. Du darfst — sollst sie hoffen.

Wendelin (bricht in Thränen aus, und sieht gegen Himmel, er lächelt auf Abelmann und spricht mit sanftem Tone.) Ich darf sie hoffen?

Abelmann. Du darfst sie hoffen, wenn du sie erringest.

Wendelin (schnell.) O wie soll ich das — wie kann ich das —

Abelmann. Durch Buße und gute Handlungen — dazu ward dir dein Leben noch gefristet.

Wendelin. So will ich büssen und bereuen nach meinen Kräften — will meinem Haupte die Ruhe, meinem Körper auch die nöthigste Nahrung versagen, will nur zum Gebethe meinen Mund öffnen.

Abelmann. Wendelin, du gehst wieder in die Welt, ich werde dich aus diesem Gewölbe führen — wie willst du beginnen?

Wendelin. Führe mich weg von den Gegenden, wo ich Böses that, meinen Leib will ich mit einem Pilgerkleide bedecken, in Noth und Armuth will ich wallfahrten ins heilige Land, als Büsser dort Gutes üben, so viel ich vermag.

Abelmann. Mit deinem Leben kehren alle deine Leidenschaften zurück, stets warst du schwach im Kampfe gegen sie, wirst du nun stärker seyn?

Wendelin Wenn Gott mein Herz unterstützt — wenn du Freund —

Abelmann. Du hast Stab und Glocke, angefügt ist die weiße Seite der Schwarzen, du kannst dich deffen bedienen wie du willst. Wirst du Wallufen rufen, wenn du in Gefahr kommst, wird er schnell dich retten, aber bedenk, welche Folgen seine Rettung immer hatte, wohin sie dich führte.

Wendelin. O daß ich dich rufen dürfte.

Abelmann. Du kannst es. Trösten, zur Standhaftigkeit werde ich dich ermahnen, wenn Elend dich drückt, helfen kann ich dir nicht, du bist der Hilfe noch nicht würdig, sie wird dir werden, wenn du durch Reue und Dulden gereinigt bist — Wendelin, du mußt strenge büssen, wenn du Verzeihung erhalten sollst — sey weiser, und erinnere dich stets, daß alles wohlverdiente Strafe ist, verzweifle nicht, wenn du in Jahre langen Leiden schmachtest, du thatst Jahre lang Uebles, kannst durch drey Mahl so langes Leiden nicht gut machen, was du in einem Zeitraum von vier Jahren verübtest!

Wendelin. Der nahe Tod hat mich die Schrecken kennen gelernt, die den Bösen am Richterstuhle erwarten, ich will stets meiner Thaten gedenken, auch wenn das höchste Elend mir droht, nicht wanken, hoffen, daß auch dann mir Erbarmen noch werden wird.

Adelmann. Wohl dir, wenn du so bleibest, jetzt Wendelin, folge mir, damit mit deinem neuen Leben auch die Zeit deiner Buße beginne.

Wendelin. Leite mich, ich folge, ich folge.

Eine Stimme. Und ganz, ganz vergißt du meiner?

Wendelin (schaudernd.) Welche Stimme war dieß?

Adelmann. Die Stimme des Bösen, er sucht dich abermahl abzulocken vom Pfade der Tugend.

Die Stimme. Erbarme dich meiner, Wendelin, denk wie oft ich dir Gutes that — rette mich aus Dankbarkeit.

Wendelin (zu Adelmann.) O verbirg mich, das ist Walufs Stimme.

Adelmann. Es ists, aber zage nicht, du sollst ihn sehen, den, der dich ins Verderben stürzte, was für eine Strafe ihm zu Theil ward.

Adelmann winkte mit der Hand, schnell stürzte die Felsenmauer im Gewölbe zusammen, Wendelin bebte erschrocken zurück, schmiegte sich an Adelmann fester an — sein Aug blickte in einen unermeßlichen Feuerpfuhl, laut brausend fuhren Flammen auf Flammen empor, trieben glühenden Rauch aufwärts, mitten stand Waluf in seiner fürchterlichen Gestalt, das Feuer schien seinen Körper ganz zu durchglühen, mit starken glühenden Ket-

ten war er an ein Felsenstück geschmiedet, rüttelte fürchterlich seine Fessel, und heulte in das Klirren des Eisens, das Brausen des Feuers. Wendelin zitterte — O laß mich diesen Anblick nicht
länger sehen, rief er bebend aus.

Adelmann. Dieß ist der Lohn des Lasters,
mit Feuersgluth nagen Schmerz und Verzweiflung unaufhörlich an ihn.

Wendelin. O auch ich — auch ich fühlte
bereits das Feuer der Verzweiflung.

Walluf. Wendelin, erbarme dich meiner,
berühre mit dem Stabe die Glocke und rette
mich.

Wendelin. Damit neues Verderben mir
würde?

Walluf. Nein, ich will dir lohnen.

Wendelin. Dein Lohn ist schrecklich.

Walluf. Rette mich.

Adelmann. Schweig Elender, du selbst
hast dich verdorben, du thatst mehr als dir erlaubt war, häuftest Menschenmord auf Wendelins
Seele, die ohne dir nie so weit ausgeartet wäre.
Doch ist dein Wille frey, Wendelin, denk aber,
daß es dir nicht frommen kann, dem gerechten Richter vorzugreifen, daß er schnell dich mit neuer
Bosheit umlagern würde.

Wendelin. Ich beuge mich unter deinen
Willen, es wäre Verbrechen, wenn ich darwider
handeln wollte, nur der Gedanke an Reue und
Buße darf mich ferner beleben.

Walluf. Elend wird dein Loos seyn.

so wirds fortgehen bis der Hungertod dich aufgerieben hat. Eine schreckliche Vorstellung, wenn keine Hoffnung zur Rettung vorhanden ist. Die ersten vier Tage schmachtete er in Wehmuth dahin, Trostlosigkeit folgte dem fünften, wo seine Nahrung aufhörte, Verzweiflung ergriff ihn am sechsten, wo das Bedürfniß nach Nahrung bereits aufs Höchste gestiegen war.

Er suchte nun Rettung in übernatürlicher Hilfe, er zog seine Glocke, läutete unaufhörlich, aber kein übernatürlicher Retter erschien. Verzweiflungsvoll warf er auch dieses Rettungsmittel von sich, und überließ sich ganz seiner Wehmuth. Ach ich Unglücklicher! Ich Unglücklicher! jammerte er, für mich ist jede Rettung verloren — der Tod ist mir gewiß, schon nagt er in meinen Eingeweiden, schon kann ich kaum die dürre Zunge, die seit mehreren Tagen kein Tropfen Wasser netzte, im ausgetrockneten Gaume bewegen. O Wendelin, Wendelin, wie fürchterlich mußt du nun enden — und keine Hilfe? kein Erbarmen? keine Rettung? — o! — o! wie unglücklich bin ich.

Aber auch unverschuldet? O fürchterlicher Richter, schon harrest du meiner, schon ist der Arm gehoben, der mich in den Abgrund des Verderbens stürzen wird — Ach er ist Allgütig und Allerbarmend — aber du — du bist sein Kind nicht mehr, hast dich losgerissen von ihm, selbst in das Verderben gestürzt — Du bist mein Kind nicht, wird er rufen, ich hab mein Aug von dir abgewandt, meine Hand dir entzogen, die ich so oft, da du fielſt, dir reichte, und Verderben ſoll dein Loos ſeyn. — Kann ich Elender denn auf ſeine Gnade hoffen? Mehr als andern gab er mir Gutes, gab mir einen treuen Freund, der mich ſtets zum Guten leitete — o wie wohl war mir da, als ich oft in der kleinen Pilgerruhe an meiner Veſte mit meinem Wenigen die Armen labte — Reichthum hat mich geblendet, er iſt die Quelle alles Uebels — ich täuſchte mein eigenes Herz, gelobte ihn zum Beſten der Dürftigen anzuwenden — aber wo ſind den die Capellen, die ich zu bauen, die Stiftungen, die ich zu beſorgen gelobte? ich ſtieß meinen Freund von mir, ward weichlich, eidbrüchig, wollüſtig, mordete aus Nothwendigkeit, bald aus Hang zum Laſter — ſo ſtieg ich aufwärts. Nichts rührte mich in meinen böſen Thaten — ach, ach, wie jetzt alles ſich vor meine Sinne drängt — o da liegt Gerard mit ſeinen Knechten, hier der getödtete Herzog, dort brennt das Kloſter, da ſteigt Priskas Schatten empor, der Vogt und die Knechte folgen ihr, der Pilger führt ſie an — ſchreckliche Bilder, ſie drohen — ſie bluten, bluten durch mich (wild.) Ha und du willſt noch Gnade hoffen — du — ha zurück vom Wege der Hoffnung, unten hauſet Verderben in unergründlicher Tiefe — da hinab, hinab mit dir — Fluch ſchallt dir nach, Blut rieſelt nach, und meine Thränen ſind nicht ſtark genug es abzuwaſchen, mein Heulen übertönt das Zettergeſchrey der Gemordeten nicht — Iſt noch jemand, der da

helfen könnte? (weichmüthig) Gott, Gott ver=
mags, er kann verzeihen, aber darf ichs hoffen?
O er sieht wohl in mein Herz — es leidet schreck=
lich — ha, wie wohl mir bey dem Gedanken wür=
be — er wird dir verzeihen! verzeihen nicht, nein,
nur retten vom Tode, damit ich nicht in meinen
Sünden hinab sinke. — O nur das — nur leben
noch um zu büssen. — Jammer und Noth, Thrä=
nen und Reue würden meine Sünden nicht tilgen,
aber doch mindern, o nur ein Jahr Frist, daß ich
büssen kann — Adelmann — ach Todtengerippe,
meine Stunde ist verloffen. So jammerte er,
und nur die Felsenwände hörten seine Klagen,
blieben ungerührt, wie er es gegen die Stimme
des Gewissens gewesen war. In jeder Stunde,
in jeder Minute wuchs seine Todesangst — seine
Verzweiflung, seine Marter. Als der neunte, zehn=
te Tag verstrichen war, da hatte er kaum Kraft
genug, das Haupt emporzuheben — da lag er oft
Stundenlange mit verloschenen Augen in Betäu=
bung hin, ermannte sich nur, wenn der heftige
Hunger in seinem Eingeweide nagte — dann raffte
er seine Kräfte zusammen — sprang auf — Hilfe —
Hilfe, schrie er, klammerte sich an die Steinwände
an, und suchte sie auseinander zu reissen. Erschöpft
sank er dann zusammen, Hunger, Verzweiflung
und Tod ist mein Loos, schrie er fürchterlich. Bald
ließ auch diese Wuth nach, er war ganz erschöpft
— mit stieren Augen sah er nach der Oeffnung em=
por, wie ober ihn die Felsen gespalten und ver=
gittert waren, er sah, daß eben die Sonne sinke,

daß das Ende des eilften Tages herannahte, und brach in Wehmuth aus — Die Sonne neigt sich, stöhnte er, sie sinkt, wie ich nun sinken werde — — ach — ach, glanzvoll sinkt sie, wird morgen wieder zum neuen Lichte erwachen, ich sterbe in Verzweiflung, mich werden die Schmerzen der Hölle wieder erwecken — o fürchterlicher Richter — schon wartest du meiner (stemmt sich empor.) Da bin ich, richte mich (wild) richte mich — (schau= dernd) ach und verdamme mich — o — o sie war= ten meiner, die Schauergestalten — ich sinke, ich sinke auf ewig —

Er sank zurück, das Herz konnte nicht mehr pochen — die Augen verloschen — Erbarmen — Erbarmen stöhnte er noch, und sank betäubt auf den Boden zurück.

Eine schauerliche, schreckliche Scene!

Sieh! Licht erfüllte schnell das Gewölbe, Wohlgeruch umgab ihn, sanfte Harmonie tönte in Wendelins Ohren, weckte ihn wieder auf, er sah gleich einen Lebenslosen Bilde vor sich hin, jede seiner Muskeln war gespannt, sein Herz ge= traute sich nicht zu pochen, sein Mund nicht zu athmen. Jetzt schwieg die Harmonie, eine Rauch= wolke stieg im Gewölbe empor, und aus dieser Rauchwolke formte sich — Adelmann — — Hell schimmerte seine silberne Rüstung, laut rauschte sein weißer Mantel, ernst war seine Miene auf Wendelin gerichtet, so stand er vor ihn, der ihn mit matten leblosen Augen anstarrte, und hielt ihm die Sanduhr vor, die bis auf wenige Körnchen abgelaufen war.

Adelmann (mit ernster Stimme.) Wendelin! Wendelin! Wendelin!

Wendelin. Ich sehe und höre dich — du bohlst mich zum Tode, ach sanfter als mir gebührt — o Adelmann, Adelmann. Einst wolltest du mir sehr wohl, bey deiner ehemahligen Liebe, zu mir, gewähre mir meine letzte innigste Bitte. Ich sehe es, und wenn jedes Körnchen in deiner Uhr eine Stunde bedeutete, so ist diese Zeit auch bald vorüber — schwer wie ein Berg liegt die Last meiner Sünden auf mir — ich kann nicht bethen, nicht ruhig um Erbarmen flehen, Verzweiflung ängstigt mich hier und da — o hilf mir in meiner letzten Stunde, das Gebeth des Auserwählten vermag viel — nur Stärke erfleh mir, daß ich nicht verzweifelnd sterbe — Bethe Adelmann, mein Ohr wirds hören, mein Herz mitsprechen —Gnade, Gnade im letzten Augenblicke.

Adelmann. Schon flehte ich im heißen Gebethe für dich.

Wendelin (voll Thränen.) Für mich? O tausend, tausend Segen dir von Gott — Adelmann, Adelmann bethe noch einmahl, bethe bey mir — O wie wird mir so wohl und weh — so schwach — so schwach werde ich — meine Glieder beben — um Gotteswillen, kaum sieben Körnchen haben noch zu rinnen — der Tod naht — ach — ach der Richter winkt — die Strafe —— (er sinkt betäubt zusammen.)

Abelmann. Blick auf mich, Wendelin.

Wendelin (noch einmahl die Augen öffnend) Ach — es ist vorüber — Abelmann — Gott!
Gott!

Abelmann (schnell die Uhr umwendend.)
Die Körnchen fließen, das Leben beginnt wieder,
wach auf — wach auf!

Wendelin (sich wie aus einen schweren
Traume erhohlend.) Wie ist mir — was fühle ich —
Leben ergießt sich im Körper, mein Blut wallt —
Allmächtiger — die Lebensuhr rinnt aufs neue.

Abelmann (hebt mit feyerlichen Blick die
Uhr gegen Himmel.) Der Allerbarmer hat sie ge-
wendet — er hat deine Klagen gehört — dein
Herz gesehen — er wird sich deiner erbarmen.

Wendelin. Erbarmen meiner — meiner —
(händeringend.) O Abelmann, Abelmann, ich
verdiens nicht!

Abelmann. Nein, du verdientest es nicht,
strenges Recht gebührt dir, der ewige Richter hat
die Strafe aus der Wagschaale genommen, und
seine Erbarmniß hineingelegt. — O Wendelin
— wie viel Uebles thatst du!

Wendelin. Ach ich weiß es, mit zerknirschten reumüthigen Herzen blick ich auf meine Thaten zurück.

Abelmann. Wird auch deine Reue echt
seyn?

Wendelin. Sie ists, sie wirds — o wenn
mir nur auch durch meine Reue Minderung meiner Thaten wird.

Abelmann. Wenn der Lasterhafte zur Tugend kehrt, wenn er büßt, bereut und sich ändert, dann jubeln die Seligen, daß ihnen ein Mitgenosse war, den sie schon als verloren betrauerten.

Wendelin. Ach wie labst du mein Herz, Abelmann, Abelmann, ich kann, darf Verzeihung hoffen?

Abelmann. Du darfst — sollst sie hoffen.

Wendelin (bricht in Thränen aus, und sieht gegen Himmel, er lächelt auf Abelmann und spricht mit sanftem Tone.) Ich darf sie hoffen?

Abelmann. Du darfst sie hoffen, wenn du sie erringest.

Wendelin (schnell.) O wie soll ich das — wie kann ich das —

Abelmann. Durch Buße und gute Handlungen — dazu ward dir dein Leben noch gefristet.

Wendelin. So will ich büssen und bereuen nach meinen Kräften — will meinem Haupte die Ruhe, meinem Körper auch die nöthigste Nahrung versagen, will nur zum Gebethe meinen Mund öffnen.

Abelmann. Wendelin, du gehst wieder in die Welt, ich werde dich aus diesem Gewölbe führen — wie willst du beginnen?

Wendelin. Führe mich weg von den Gegenden, wo ich Böses that, meinen Leib will ich mit einem Pilgerkleide bedecken, in Noth und Armuth will ich wallfahrten ins heilige Land, als Büsser dort Gutes üben, so viel ich vermag.

Adelmann. Mit deinem Leben kehren alle deine Leidenschaften zurück, stets warst du schwach im Kampfe gegen sie, wirst du nun stärker seyn?

Wendelin. Wenn Gott mein Herz unterstützt — wenn du Freund —

Adelmann. Du hast Stab und Glocke, angefügt ist die weiße Seite der Schwarzen, du kannst dich dessen bedienen wie du willst. Wirst du Wallufen rufen, wenn du in Gefahr kommst, wird er schnell dich retten, aber bedenk, welche Folgen seine Rettung immer hatte, wohin sie dich führte.

Wendelin. O daß ich dich rufen dürfte.

Adelmann. Du kannst es. Trösten, zur Standhaftigkeit werde ich dich ermahnen, wenn Elend dich drückt, helfen kann ich dir nicht, du bist der Hilfe noch nicht würdig, sie wird dir werden, wenn du durch Reue und Dulden gereinigt bist — Wendelin, du mußt strenge büssen, wenn du Verzeihung erhalten sollst — sey weiser, und erinnere dich stets, daß alles wohlverdiente Strafe ist, verzweifle nicht, wenn du in Jahre langen Leiden schmachtest, du thatst Jahre lang Uebles, kannst durch drey Mahl so langes Leiden nicht gut machen, was du in einem Zeitraum von vier Jahren verübtest!

Wendelin. Der nahe Tod hat mich die Schrecken kennen gelernt, die den Bösen am Richterstuhle erwarten, ich will stets meiner Thaten gedenken, auch wenn das höchste Elend mir droht, nicht wanken, hoffen, daß auch dann mir Erbarmen noch werden wird.

Abelmann. Wohl dir, wenn du so bleibest, jetzt Wendelin, folge mir, damit mit deinem neuen Leben auch die Zeit deiner Buße beginne.

Wendelin. Leite mich, ich folge, ich folge.

Eine Stimme. Und ganz, ganz vergißt du meiner?

Wendelin (schaudernd.) Welche Stimme war dieß?

Abelmann. Die Stimme des Bösen, er sucht dich abermahl abzulocken vom Pfade der Tugend.

Die Stimme. Erbarme dich meiner, Wendelin, denk wie oft ich dir Gutes that — rette mich aus Dankbarkeit.

Wendelin (zu Abelmann.) O verbirg mich, das ist Walluffs Stimme.

Abelmann. Es ists, aber zage nicht, du sollst ihn sehen, den, der dich ins Verderben stürzte, was für eine Strafe ihm zu Theil ward.

Abelmann winkte mit der Hand, schnell stürzte die Felsenmauer im Gewölbe zusammen, Wendelin bebte erschrocken zurück, schmiegte sich an Abelmann fester an — sein Aug blickte in einen unermeßlichen Feuerpfuhl, laut brausend fuhren Flammen auf Flammen empor, trieben glühenden Rauch aufwärts, mitten stand Walluf in seiner fürchterlichen Gestalt, das Feuer schien seinen Körper ganz zu durchglühen, mit starken glühenden Ket-

ten war er an ein Felsenstück geschmiedet, rüttel=
te fürchterlich seine Fessel, und heulte in das Klir=
ren des Eisens, das Brausen des Feuers. Wen=
delin zitterte — O laß mich diesen Anblick nicht
länger sehen, rief er bebend aus.

Adelmann. Dieß ist der Lohn des Lasters,
mit Feuersgluth nagen Schmerz und Verzweif=
lung unaufhörlich an ihn.

Wendelin. O auch ich — auch ich fühlte
bereits das Feuer der Verzweiflung.

Walluf. Wendelin, erbarme dich meiner,
berühre mit dem Stabe die Glocke und rette
mich.

Wendelin. Damit neues Verderben mir
würde?

Walluf. Nein, ich will dir lohnen.

Wendelin. Dein Lohn ist schrecklich.

Walluf. Rette mich.

Adelmann. Schweig Elender, du selbst
hast dich verdorben, du thatst mehr als dir er=
laubt war, häuftest Menschenmord auf Wendelins
Seele, die ohne dir nie so weit ausgeartet wäre.
Doch ist dein Wille frey, Wendelin, denk aber,
daß es dir nicht frommen kann, dem gerechten Rich=
ter vorzugreifen, daß er schnell dich mit neuer
Bosheit umlagern würde.

Wendelin. Ich beuge mich unter deinen
Willen, es wäre Verbrechen, wenn ich darwider
handeln wollte, nur der Gedanke an Reue und
Buße darf mich ferner beleben.

Walluf. Elend wird dein Loos seyn.

Wendelin. Verdientes Elend, gemildert durch süßes Bewußtseyn der Tugend — deine Wohlthaten sind hassenswerth, denn sie führen erst das wahre Elend mit sich.

Walluf. O daß ich diese Fessel um dein Haupt winden und dich erwürgen könnte.

Walluf stemmte sich mit Wuth gegen den Felsen, er warf seine Ketten in die Höhe, sie sprühten Feuerfunken zu Wendelins Füßen — dieser sank erbleicht zusammen, aber Abelmann deckte ihn mit seinem Mantel, winkte, und weg war der gräßliche Anblick, Dunkelheit umgab sie wieder. Jetzt richtete er den bebenden Wendelin auf, ermahnte ihn zur Folge, und befahl ihm, stets diesen Anblick der Strafe seiner Seele einzuprägen.

Achtzehntes Kapitel.

Der reuvolle Pilger.

Abelmann führte den Wankenden nach der Thür des Thurms, — streifte mit flacher Hand darüber, und Schloß und Riegel sprangen, sie traten ins Freye, die Wache, welche vor der Thür war, lag in festem Schlaf. Wendelin athmete tief als die freye Luft seine Brust erfüllte, er blickte nach dem Licht der Sterne, dessen Anblick er lange entbehrt, der ihn noch länger schon nicht mehr rei=

gend war — sein Aug füllte sich mit Thränen, er
sank abermahl zu Adelmanns Füssen, aber dieser
hob ihn liebreich auf, ermahnte ihn zur Folge,
und führte ihn schnell und schweigend auf dem
schmalen Pfade fort.

Als sie beynahe eine Stunde gegangen waren, Wendelin matt und entkräftet nicht mehr
weiter vermochte, da sank er ins hohe Gras hin,
und lechzte nach Labung, nach einen erquickenden
Trank. Adelmann reichte ihm einen goldenen Be-
er, aber er war lerr.

Wendelin. Ach Adelmann, was soll mir
das Gefäß ohne Trank, es mehrt nur meine Sehnsucht zum Genuße.

Adelmann. Wann wirst du einmahl beginnen, festes Vertrauen zu fassen? bin ich fähig,
deiner Leiden zu spotten, laß den Rand des Be-
chers deinen Mund berühren, und sieh zu, ob du
nicht gestärkt wirst.

Wendelin thats, geistiger Trank füllte schnell
den Becher, er trank ihn mit hastiger Begierde
aus, fühlte Wärme durch alle Adern wallen,
empfand, daß abermahl neues Leben in ihn auf-
keimte.

Adelmann. Bist du gestärkt.

Wendelin. Lohn dirs Gott, und du verzeih mir diese letzte Aeußerung von Mißtrauen.

Adelmann. Wohl dir, wenns die letzte
ist, laß dir diesen Becher zur Warnung seyn, hoffe
kühn auf Rettung wenn du geduldet hast, und
verzweifle nicht, wenn nicht allemahl gleich dein

schwaches Auge die Rettung nahen sieht. Ha
Wendelin, der Morgen graut, der Tag deines
neuen Lebens beginnt, ich scheide, wandle getrost
fort — leide, kämpfe und hoffe.

Unter ihm sank Adelmann in den Boden hinab, sanfte Harmonie begleitete ihn, ward immer
schwächer, und schien sich in den fernern Bergen
zu verlieren. Die Lichte, die ihn umgeben hatte, war
verschwunden, Mond und Sterne hinabgesunken —
Dunkelheit lag ringsum ausgebreitet. Wendelin
hatte seine Arme gegen den entschwindenden Geist
gewendet, er blieb lange in dieser Stellung, sank
endlich in tiefes trauriges Nachdenken hin.

Bald darauf graute der Morgen heran,
Wendelin fuhr auf, er zagte, daß ihn nicht hier
seine Verfolger ereilen möchten. Gleich einem
aufgescheuchten Rehe eilte er durchs Gebüsch fort,
betrat die Heerstraße nicht, sondern ging immer
seitwärts im Dickicht, damit ja niemand ihn sehe.
Er hatte dieß nicht zu fürchten. Man ahndete
sein Leben, seine Flucht nicht mehr, glaubte ihn
bereits im Hungerthurme in den Armen der Ver-
wesung.

Als er eine gute Strecke fortgewandert war
— da drang der Ton von menschlichen Stimmen
in sein Ohr, scheu fuhr er zusammen, barg sich
unters Gesträuch. Die Sprechenden kamen näher. Er sah einen alten Mann in einen armseligen Kittel daher kommen, der einen Knaben
an der Hand führte; froh hüpfte der Knabe neben ihm her, liebevoll besprach sich der Alte mit
ihm,

ihm, sie hatten Wendelin gesehen, ehe er sich noch hatte ganz verbergen können, er trat also, da er keine weitere Gefahr ahndete, hervor, um seinen Weg weiter fortzusetzen. Der Alte grüßte ihn freundlich. Habt wohl große Eile, weil ihr so schnell vorüber läuft, rief er ihm zu.

Wendelin. Ja so ziemlich.

Der Alte. Nun Gott segne Euer Unternehmen.

Wendelin. Auch Euch, lieber Mann —

Der Alte trillerte ein Lied, und Wendelin kehrte zurück.

Wendelin. Lieber Mann, komme ich da bald an eine Ritterburg?

Der Alte. Da vorwärts vor vier Tagen nicht, — rückwärts mögt Ihr in einigen Stunden eine erreichen.

Wendelin (für sich.) So kann ich vier Tage sicher wandeln.

Der Alte. Ihr seht so finster drein — da doch Gott uns einen schönen Tag zur Freude gab — drückt Euch Kummer. Habt Ihr wohl schon lange gehungert oder gedurstet, hier könnt Ihr wohl in der Wildniß gar verirrt seyn — geh Knabe — führe ihn zu der Quelle dort, wo wir erst das liebe reine Wasser getrunken haben (in den Sack langend.) Da habt Ihr ein Stück Brot mit auf den Weg.

Der Knabe. So kommt lieber Mann — aber Vater warte auf mich.

Der Alte. Warte wohl, bin lange genug von Dir getrennt gewesen.

Wendeln. Soll es nun nicht werden, will die Quelle schon selbst finden —

Der Alte. Nun so nehmt das Stück Brot, kann Euch kein anders Allmosen geben.

Wendeln (für sich.) Vor kurzen nahm ich kein Allmosen — lebte in Ueberfluße — doch so ists recht, ich habs verdient, (das Brot nehmend.) Dank Euch herzlich.

Der Alte. That mir auch wohl auf meiner Pilgerfahrt, wenn ich an einer Thür bettelte, und ein Stück Brot bekam — auch stießen mich die Knechte der Reichen oft mit Verachtung weg, wenn ich um Allmosen bath — der Arme gab mir immer willig.

Wendeln. Er ist bekannter mit der Noth.

Der Alte. Ja ja — Reichthum verdirbt leicht — kann zu allen Uebeln leiten.

Wendeln. O hätte ich das Anfangs bedacht (spricht.) Also wart Ihr auf einer Wallfahrt?

Der Alte (lächelnd.) Ziemlich weit, im heiligen Lande — O Herr, mich drückte schwere Schuld, ich hatte nicht Rast noch Ruhe — da ließ ich mein Kind daheim in Gottes Schutz, litt Hunger und Elend, that Buße, und nun ist mir so leicht ums Herz, ich blicke wieder heiter zum Himmel — schon ein Mahl gelobte ich diese Pilgerschaft, vergaß mein Gelübde, und mancher Kummer ward mir dafür zu Theil.

Wendelin (für sich.) O Gott, meine Geschichte sagt es mir!

Der Alte. Wenn ich darbte, rief ich mir auf der Reise stets zu, du hasts verdient, Gott sieht dein Leiden und wird dich auch trösten, wenn du gebüßt hast — da seht her, er hats gethan, ließ mich den Goldknaben wieder finden, und schenkte mir ein ruhiges Herz. Nun zieh ich zu einen meiner Freunde, da will ich zwar arm, aber in Ruhe und Friede hausen. Wünsche, daß jeder der pilgert, so heiter werde, wie ich es unter diesem Kleide war.

Wendelin. Ist das Euer Pilgerrock, den ihr da untern Arm tragt.

Der Alte. Ja, ich wollte ihn mir zum Andenken aufbewahren, aber da kam mir in den Sinn, wenn ich einen Armen nur halb bekleideten auf der Straße sehen werde, will ich ihm solchen schenken, im Herzen wird dann der Rock ein besseres Andenken haben.

Wendelin. Auch ich pilgere nach dem heiligen Lande, und hoffe — —

Der Alte. Ihr? aber doch nicht so? werbet doch erst zu Euren Freunden gehen, Euch anders bekleiden, Euer Wams, das wohl ehemahls sehr schön mag gewesen seyn, ist doch halb verfault.

Wendelin. Ich habe keine Freunde mehr.

Der Alte. Nicht? Ha da, mein Rock ist angebracht, da nehmt, nehmt ihn.

Wendelin (mit Thränen.) Daß ich ihm

lohnen könnte! (In den Taschen suchend.) Ha zwey Goldstücke — lieber Alter, für das will ich dir ihn ablösen.

Der Alte. Nun ja, wäre ein schöner Kauf für diesen groben Kittel.

Wendelin. Ich bitte dich. Doch nein, nein, das ist Sündengeld, mit dem darf ich nicht beginnen, fort damit, mit dem unrechten Gut. (Er schleudert das Gold in die Luft, das es laut schwirrte.)

Der Alte schüttelte nun freudig seine Hand, und gab ihm den Rock. Wendelin nahm ihn. — Segne Euch Gott, rief ihn dieser nach, mögt Ihr doch auch, wenn Ihr wiederkehrt, ein liebes Weib und solches Kind wieder finden. Er verlor sich mit dem Knaben unter dem Gesträuche. Wendelin seufzte, er dachte mit schwerem Herzen an seine Priska, jetzt wollte er ihm nacheilen, er hatte ein goldenes Käpslein im Rocke gefunden, aber weg war der Alte und der Knabe, keine Spur mehr von beyden zu finden. Staunend betrachtete Wendelin das Käpslein, seine Neugierde ward rege, aber er bemühte sich vergebens es zu öffnen, als er alle Mühe ohne Nutzen angewandt hatte, hing ers um den Hals, denn es war an einer Schnur befestigt, zog den groben Kittel an, und warf sein Kleid unters Gesträuch. Es war von feinsten Samt und reich gestickt gewesen, er erinnerte sich dabey auf die vorigen Tage, sah auf den groben abgetragenen Rock, der ihn jetzt bekleidete — blickte dann gegen Him=

mel und freute sich dieser Bußkleidung — ich habs
verdient, rief er, und zog vorwärts.

Neunzehntes Kapitel.
Ritter Klaus von Roggenburg.

Da er lange keine Nahrung genossen hatte, die
Beschwerlichkeit der Reise seine Begierde nach
Nahrung noch um ein ansehnliches mehrte, stellte
sich bald Mangel aller Art ein, ohne daß er vermögend gewesen wäre, auch nur das geringste
Bedürfniß sich zu befriedigen. Oft stand er schon
der Schwelle eines Mayerhofes nahe, hatte oft
schon die Hand aufgehoben, um anzupochen, und
um Nahrung zu flehen, aber stets wars, als ob
ihn etwas mit Gewalt wieder davon zurückzöge,
er, der ehemahl fürstlich lebte, sollte nun auf ein
Mahl so ganz seine Natur bezwingen können?
seit seiner Kindheit wenigstens im Mittelstande
erzogen, nun auf einmahl um Brot betteln! Er
litt lieber Hunger, suchte im Walde die wilden
Baumfrüchte und sättigte sich damit. Wenn er
dann kummervoll einschlief, da stellten sich ihm
stets die Bilder der Vergangenheit vor; er sah
sich an wohlbesetzter Tafel, umgeben von Freunden und Gästen, Trompeten und Pauken wirbel-
ten, wenn er den goldenen Becher empor hob,

die geschmackvollsten Speisen dampften Wohlgerüche umher. Oder er war in seinem Gemache,
ordnete große Geldhaufen, hatte ringsum reich-
gestickte Kleider und Rüstungen ausgebreitet, sah
seine Vorzimmer von zahlreicher Dienerschaft
wimmeln. Noch kann dir alles dieß werden, du
hast ein Mittel in deiner Hand, deinen Freund
zu rufen, so rief es ihm allemahl zu, er wachte
auf, blickte um sich und fühlte seine Lage, aber
schaudernd zog er die Hand aus der Tasche die
er bereits im Schlafe nach Stab und Glöcklein
ausgestreckt hatte. Es ist alles wohlverdiente
Strafe, rief ihm sein Gewissen zu, und er wan-
derte wieder gelassen fort.

Einst, als es ihm nicht mehr möglich war,
ohne Nahrung weiter zu wandern, das heftigste
Bedürfniß ihn antrieb seinen Stolz zu bezähmen,
beschloß er fest, bey der nächsten Burg um eine
milde Gabe anzusprechen. Aber er mußte den
ganzen Tag vorwärts ziehen, eh' er die Spitzen
einer Veste erblickte, und so sehr er seine Schritte
verdoppelte, langte er doch erst spät gegen Abend
dort an. Hell schimmerten die Lichter aus den
beleuchteten Gemächern herab, lauter Jubel und
Trompeten und Paukenton scholl in seine Ohren,
er sah die Brücke herabgelassen, mit Pechpfannen
erleuchtet, und blickte in den Vorhof, in dem
alles von Pferden und Knechten wimmelte. Wendelin sah nachdenkend auf diesen Anblick hin, auch
bey mir gings ehmahl so zu, sprach er, wenn
ich ein glänzendes Fest gab, auch bey mir wim-

melte alles von Gästen und Dienern, scholl lauter Jubel weit in der Gegend umher, jetzt stehe
ich hungernd und dürstend ausser der Burg, und
soll betteln um ein Strohlager, und Brod und
etwas schlechten Wein. Er schauderte — schritt
die Veste vorbey, es war ihm als ob lautes
Rauschen ihn umgebe. — Rufe mich, schries ihm
ins Ohr — ich führe dich wieder zum Glücke,
deine Feinde sind entfernt von deiner Habe,
Fremdlinge schwelgen in deinen Gütern, ich ver-
stelle sie dir, und Fröhlichkeit und Pracht sollen
wieder dein Antheil werden. — Wendelin horchte
der Stimme, er starrte nach der erleuchteten Burg
hin. — So könntest du leben, sprach er — könntest ja dennoch tugendhaft bleiben, und gutes
thun. Er zog die Glocke herfür — seine Hand zitterte — kalter Schauer rieselte über seine Glieder,
er dachte an Walluf, wie er ihn angeschmiedet
sah, dachte an das Bild des Todes, und warf
beydes wieder in seine Tasche zurück. Aber Hunger
und Durst quälten ihn stärker, mit beklommnen
Herzen trat er den Rückweg an, und schritt ans
Thor der Veste. Da lehnte er sich an den Pfei-
ler, sah lange dem Gewühle der hin und herei-
lenden Dienerschaft zu, der Geruch der auf und
abgetragenen Speisen war anlockend; aber er
hatte den Muth nicht; einen der Knechte zu rufen.
Endlich bemerkte man ihn. Was will der Bettler da am Thore? fragten einige Knechte.

  Wendelin. Nur etwas Brod und ein
trocknes Lager.

Knechte. Ha ha ha. Wart wir wollen die unsers Herrn Lager bereiten — wart wir wollen dich an seine Tafel führen.

Anderer. Thut das letztere, Ritter Klaus von Roggenburg sehnte sich nach einen Schalksnarren — kannst du Scherze und Schwänke vorbringen?

Wendelin. Ich trage nicht das Kleid eines Narren. Die Armuth verdient Mitleid, und nicht Spott.

Knecht. Ist schon so gewöhnlich, du Weisheitsprediger, man gibt nur um Vortheile davon zu haben, und wenns auch nur die wären, um einige Augenblicke das Zwergfell erschüttern zu können. Mit deinem trüben Gesichte magst du weiter wandern, bey uns sind nur Scherz und Frohsinn zu Hause.

Wendelin. O Gott, auch ich fütterte Narren und Possenreisser an meiner Tafel, und ließ die Armen fortwandern, das ist verdienter Lohn.

Knecht. He warte noch ein wenig, wir wollen dir doch ein Stück Brod geben.

Wendelin. Gott wirds Euch lohnen.

Der Burgvogt (tritt herzu.) Was habt Ihr da vor — wer ist der Mann.

Knecht. Ein schmutziger Bettler — er will ein Nachtlager.

Vogt (ihn genau betrachtend.) Er soll warten.

Der Vogt ging, und Wendelin blieb traurig am Thore stehen, nach einer Weile kam er wieder, folge mir, sprach er, ich habe dich bey dem Burgherrn gemeldet.

Wendelin. Ach das habe ich ja nicht verlangt.

Vogt. So geh nur, laß dichs nicht schrecken, daß du gegen die Pracht, die ihn umgibt, wie ein Mäuschen daherschleichen mußt — denk, daß nicht alle Menschen gleich seyn können, Armuth ist oft wohlverdienter Lohn, darum erträgs willig.

Er führte halb mit Gewalt den Pilger in den Saal, wo zahlreiche Gesellschaft bey der Tafel saß, der Burgherr hieß ihn niedersetzen, und für ihn auftischen, aber Speis und Trank gingen vor ihm vorüber, ohne daß man seiner dabey gedachte.

Wendelin harrte lange, endlich stand er aber auf. Wenn Ihr mich nicht sättigen wollt, sprach er, warum habt Ihr mich hieher geführt.

Ritter Klaus von Roggenburg vergaß deiner ganz und gar, glaubte, der Geruch würde dir gnügen, warum sißst du auch so traurig da — glaubst du, daß man unverdient jedem seine Gabe spende — hättest du uns durch ein Liedlein oder einen Schwank aufmerksam gemacht auf dich, so —

Wendelin. Ich ließ mich nicht melden als einen Schalksnarren, sondern bath um etwas Nahrung, — auch ich war einst reich und angesehn, seyd daher versichert, mich schmerzt es, betteln zu müssen, aber Spott habe ich nicht verlangt, mag's Euch aber auch nicht vergelten, darum lebt wohl — und laßt Euch nicht förder stören.

Klaus. Schändlicher, lange genug habe ich dich angehört, dich darum hierher führen lassen, um deine Züge genau zu erforschen, jetzt habe ich Gewißheit — He Knechte, ergreift ihn schnell.

Wendelin. Was habt Ihr mit mir vor?

Klaus. Soll's bald erfahren. — Ha dir soll's nicht gelingen, was du im Sinne führst — ich will dich wohl zu deinen Gesellen bringen, aber mit Banden belegt wie sie.

Wendelin. Ritter, Ihr verkennt mich?

Klaus. Dich? Räuber — Knechte ergreift ihn, werft ihn in den Hundestall, morgen will ich über ihn und seine Gesellen, die ich gefangen habe, Gericht halten.

Wendelin Räuber? ich?

Klaus. Habt Ihr nicht im nächsten Münster geraubt?

Wendelin (für sich.) O Gott, durch Wallufen ließ ich's thun.

Die Knechte (jubelnd.) Ha, er fühlt sich verrathen, seht wie er erbleicht.

Klaus Fort mit ihm.

Knechte. Fort mit ihm, fort.

Die Knechte zerrten ihn nun ungestüm aus dem Saale, schleppten ihn nach dem Stall, und begleiteten ihre Drohungen mit Mißhandlungen. Da lag nun der arme mißhandelte Wendelin traurig und kummervoll, er hätte zwar Macht gehabt, um die bübische Behandlung des Burgherrn nach Verdienst vergelten zu können. Stab und Glocke trug er bey sich, er kannte der Rache Süßigkeit, und hier hätte er so leicht Gelegenheit finden können, sie zu befriedigen. Aber schnell erinnerte er sich, daß auch er sich der Armuth nicht erbarmt, es geduldet hatte, wenn seine Knechte die Dürftigen von seiner Schwelle jagten, sie oft mißhandelten, und der Gedanke: Felde, du hasts verdient, beruhigte ihn.

Eben sann er hin und her, wie er aus dem Stalle kommen, durch schnelle Flucht sich von der noch bevorstehenden Mißhandlung retten könne, als ein plötzlicher Lärm im Schlosse in seine Ohren drang, er hörte hin- und her laufen, wüstes Geschrey von allen Seiten. Bald überzeugte ihn der helle Schein, der zu ihm drang, daß Feuer in der Feste ausgebrochen seyn müsse, er sah schon das Dach des Stalles davon ergriffen, die Funken sprühten zu ihm herab, jetzt stemmte sich Wendelin mit Macht an die Thür, der Riegel sprang auf, und helle Glut leuchtete ihm entgegen. — Er eilte fort und kam in den Hof, wo alles unordentlich untereinander lief, mehr die Löschenden hinderte, als das Feuer dämpfen half. Man war am meisten bemüht den Theil des Schlosses zu retten, wo die reichen Gemächer waren, bemerkte nicht, daß eben da, wo die Brunst am heftigsten wüthete, Ritter Klaus selbst von Flammen umgeben aus einem Fenster erbärmlich um

Hilfe schrie. Als man endlich seiner gewahrte, da eilte alles unordentlich hin, ihn zu helfen, aber wie sollte man ihn retten, die hölzerne Treppe, die zu diesem Theile des Gebäudes führte, war bereits abgebrannt, unter dem Fenster stand ein hölzernes Gebäude, das in hellen Flammen war, und jeden hinderte hinauf zu kommen. Wendelin sah, das alles zagte und aus allzugroßen Schrecken nichts zu seiner Rettung beytrug, er besann sich nicht lange, warf den Pilgerkittel in einen Winkel, und eilte, bloß in das leinene Wams gehüllt, unter die Knechte. — Man kannte ihn nicht, wich ihm aus, als er mit Macht sich durcharbeitete, er ergriff eine Leiter, und suchte ans Fenster zu kommen. Alles schrie, rette, rette, und keiner half mit. Wendelin klemmte durch Rauch und Flammen empor, er kam bis in die Höhe, und streckte schon seine Hand nach dem Ritter aus, als ein brennender Balken von oben herabstürzte, die Leiter traf und zerschmetterte; noch erhielt sich Wendelin am Fenster, er rief um eine neue Leiter, achtete es nicht, daß schon das Feuer sein Wams versengte, hob den Burgherrn heraus, und kletterte mit ihm die schon angebrannte Leiter herab. Mit Jubelgeschrey drängten sich die Knechte her. Ritter Klaus war beynahe ohne Bewußtseyn, er reichte seinen Retter bloß seinen Ring hin, den er am Finger getragen hatte, und sank betäubt zusammen. Man drängte sich näher, und Wendelin eilte weg, da er nichts mehr weiter thun konnte, such=

te seinen Pilgerrock, zog ihn wieder an, und woll=
te dann eben forschen, wie's mit den Burgherrn
stände, ihm seinen Ring wieder zurückstellen, als,
auf einmahl Alle ein lautes Geschrey erhuben.
Da ist der Mordbrenner, fangt ihn, fangt ihn,
riefen sie, und drangen auf Wendelin ein. Vor=
her hatte man seiner in der Verwirrung nicht ge=
dacht, als er im leinenen Wams war, ihn nicht
gekannt, für einen Knecht der Gäste gehalten,
jetzt aber sah man ihn in der wohlbekannten
Tracht, ergriff ihn, und rieß ihn zu Boden.
Man meldete den Burgherrn, der sich wieder er=
hohlt hatte, daß man den Pilger entdeckt habe,
der wahrscheinlich, da das Feuer in der Gegend
des Stalles ausgebrochen ist, aus Rache, es
gelegt habe. Ohne ihn zu sehen, rief er, man
soll ihn schnell ins Burgverließ werfen, und wohl
verwahren.

So wurde Wendelin statt des Danks aber=
mahl in einem Kerker geworfen, man hörte seine
Stimme nicht, und stieß ihn unbarmherzig ins
feuchte Gewölbe. Gerechter Gott, rief Wendelin,
nun habe ich den sichern Tod zu erwarten, als
Mordbrenner werde ich sicher bestraft werden, und
bin doch so schuldlos — wie, schuldlos sprach er?
war ich nicht schon ein Mahl Mordbrenner, muß
ich diese Straffe nicht als gerecht erkennen? wird
nicht dadurch ein längst verflossenes Verbrechen be=
straft? So dachte er die ganze Nacht durch, als
mit Anbruch des Tages die Ankunft einiger Knech=
te ihm störte, der Vogt führte sie an. Wir ha=

ben Befehl, sprachen sie, von dir mit aller Strenge zu erforschen, warum du das Feuer angelegt hast.

Wendelin. Gott ist mein Zeuge, daß ichs nicht that.

Vogt. Schwöre nicht falsch, du Elender, schon deine Ankunft und dein Benehmen bey der Tafel ist verdachtvoll.

Wendelin. Mit nichten, zu meiner Ankunft zwang mich die Noth, mein Benehmen war durch empörtes Gefühl geleitet.

Vogt. Du lügst, du bist ein Räuber, bist von der Bande, welche mein Herr erst ohnlängst züchtigte und verfolgte, durch den Brand der Burg wolltest du deine gefangenen Gesellen rächen.

Knecht. Scheint uns selbst so, ist gar nicht zu zweifeln, daß er von der Rotte sey, die erst ohnlängst, um rauben zu können, das nahe Frauenkloster in Brand steckten, und vermummt unter Satansgestalt Raub ausübten.

Wendelin (tief seufzend.) O jeder Umstand vermehrt meine schreckliche Rückerinnerung.

Vogt. Was murmelst du da?

Knecht. Fragt nicht er sieht daß er erkannt ist, und denkt sich, was nun seiner wartet.

Wendelin. Ihr irt Euch, bey Gott! ich bin schuldlos am Brande.

Vogt. Bekenne, wo deine Gesellen sind, oder die Folter wird dichs lehren.

Wendelin. Erbarmt Euch meiner, wie wollt Ihr durch die Folter erzwingen, was ich nicht weiß.

Vogt. Werdens bald hören, führt ihn nur mit.

Sie schleppten den Pilger nun mit sich in die nahe Folterkammer, schon war die Leiter bereitet wo sie ihn aufziehen wollten, die Eisen glühten zur Marter im Kohlenfeuer — Wendelin schauderte, er fühlte das Glöcklein in der Tasche, konnte sichere Rettung hoffen, wenn er Wallusen rufen würde, aber noch war sein Muth fest — er hatte beschlossen, tugendhaft zu bleiben, und diesen Entschluß auch mit dem Tode zu besiegeln. Als er diesen Entschluß abermahl fest vor seine Seele rückte, bey sich betheuerte, auch in der größten Marter Wallusen nicht zu rufen, da befiel ihn auf einmahl Rückerinnerung an den Ring, den ihm der Burgherr gegeben hatte, als er ihn vom Brande rettete. Er bath die Knechte, noch einzuhalten, nur so lange bis der Burgherr diesen Ring gesehen und darauf einen Entschluß gefaßt habe. Der Vogt ließ sich erbitten, er nahm den Ring und eilte zum Ritter Klaus. — Als dieser seinen geheimen Siegelring sah, sich erinnerte, daß er ihn im Taumel seinen Retter dargereicht habe, da eilte er schnell selbst vom Lager auf, und ließ Wendelin heraufbringen. Man führte ihn ins Gemach.

Ritter Klaus. Wie kamst du zu dem Ringe?

Wendelin. Durch Euch, als ich Euch rettete.

Klaus. Kannst du es beweisen.

Wendelin (wirft den Pilgerrock weg.) Mit diesem verbrannten Arme.

Klaus. Bey Gott, er ists — du? du rette= test mich? von dir kann das Feuer nicht ange= legt seyn.

Wendelin. So wahr Gott sich meiner erbarmen möge, nein!

Klaus. Aber daß du — du mich rettetest.

Wendelin. Warum könnt Ihrs nicht glauben.

Klaus. Für das Ueble das ich dir that?

Wendelin. Gott vergilt gute Thaten, Eu= rer Bösen dachte ich nicht mehr, da ich Euch in Gefahr sah.

Klaus. Und warum wolltest du dich aus der Veste schleichen?

Wendelin Weil ich keinen Lohn wollte, mein Herz mich lohnte.

Klaus. Lohn, Lohn hast du verdient, du Edler, o verzeih, verzeihe mirs, was ich dir übels that, und thun wollte.

Wendelin. Willig und gerne.

Klaus. Ich will, deiner pflegen und war= ten, dich lohnen nach meinen Kräften.

Wendelin. Ein Becher Wein, ein Stück Brot, mehr bath ich anfangs nicht, mehr werde ich nie nehmen.

Klaus. Das sollst du wohl nicht — o wie unrecht handelte ich.

Wendelin. Merkts Euch, auch der Bett= ler an der Straße kann oft in den Fall kommen,

uns

uns Gutes zu thun — darum seyd künftig minder hart gegen Arme, laßt Euer Herz von ihren Bitten erweichen — dann habe ich den vollwichtigsten Lohn.

Ritter Klaus gelobte dieß mit Herz und Mund, er ließ dem geretteten Wendelin schnell Speis und Trank reichen, der Arzt verband seinen Arm, und die Knechte, die seiner spotteten, begegneten ihn mit Achtung, weil ihr Herr ihn schätzte. Dieß merkt Euch, Ihr Großen, nicht allein Ihr sündiget, wenn Ihr unerbittlich gegen Dürftige seyd, wenn Ihr Wollüste und Schwelgerey als den Zweck Eures Daseyns anseht, auch auf Eure Diener hat Euer Leben Einfluß, sie nehmen allzu gern die Sitten der Herrschaft an, und die Hälfte ihrer Laster kömmt auf Eure Rechnung, sie würden besser seyn, wenn der Herr ihnen mit besserm Beyspiele vorginge.

Die Pflege that den armen büssenden Wendelin wohl, er ließ sich Speise und Trank schmecken, ruhte sanft im wohlbereiteten Lager. Durch den Vorfall, daß man ihn als den Mordbrenner ansah, wurde seine Standhaftigkeit geprüft, Rettung war ihm bestimmt, aber wenn sein Herz weniger Entschlossenheit gehabt hätte, würde er an Rettung verzweifelt, Walluf gerufen, und neue Laster würden seine Seele befallen haben, dann abermahl ein Schritt zum Bösen, und er wäre wieder fortgewandelt in Lastern wie ehmahl.

Am folgenden Tage, als Wendelin fühlte daß das weichliche Leben ihm besser behagte, daß er bereits mit Wiederwillen daran dachte, die beschwerliche Pilgerschaft abermahl fortzusetzen, da sammelte er alle seine Standhaftigkeit, um der süßen Lockung zu entgehen, und schwur daß er diesen Tag noch die Veste verlassen wolle. Er eilte zum Burgherrn, sobald dieser wach war, und beurlaubte sich, Ritter Klaus wollte ihn noch nicht von sich lassen, aber Wendelin bestand hartnäckig auf seinem Abzuge — Um Eurer Rettung willen, sprach er, bitte ich Euch, hindert mich in meinem Gelübde nicht, je später ichs beginne, je länger werde ich von der Ruhe entfernt, die ich nach dessen Vollendung hoffe. Klaus gab seinen Bitten nach, aber es that ihm weh, daß Wendelin eben so hartnäckig jedes angebothene Geschenk ausschlug. Ich habe Armuth gelobt, sprach er, wenn Ihr aber schon etwas für mich thun wollt, damit ich nicht ganz alles Anerbiethen ausschlage, so laßt mir meinen Reisesack mit Nahrung füllen, dadurch werde ich des Bettelns auf einige Zeit enthoben, und kann ungehindert weiter ziehen. Klaus ließ mit dem Besten was er hatte, den Sack anstopfen, und Wendelin schied dankbar, und leistete willig das Versprechen, wenn er aus Palästina rückkehre, abermahl bey ihm einzusprechen.

Mit frohen Herzen verließ er die Veste, und schritt auf der Straße weiter fort. So bald er das Bedürfniß des Hungers fühlte, es war bereits gegen Abend, ließ er sich unter einem Baume, an einem Bache nieder, dessen reines Wasfer seinen Durst löschte — er durchsuchte seinen Vorrath, und zog mit Staunen einen großen Beutel voll Gold hervor. Ritter Klaus hatte ihm selben mit einpacken lassen, da er sah, daß er so kein Geschenk annehme.

Wendelin wußte nicht, wie er sich benehmen sollte. Er war allzuweit entfernt, um damit nach der Veste Roggenburg rückzukehren, auch war wirklich das Gefühl, dadurch der höchsten Noth enthoben zu seyn, allzu anlockend, doch beschloß er seines Schatzes auch zum Besten der leidenden Menschheit sich zu bedienen.

Nun setzte er ungehindert seine Reise fort, bettelte nicht mehr, aber lebte nicht im Ueberflusse, gab nur so viel von seinem Vermögen weg, als zur Befriedigung der höchsten Bedürfnisse nothwendig war.

Zwanzigstes Kapitel.

Ein heller Spiegel ehmahliger Verbrechen.

Ganz Helvetien war er nun beynahe durchreiset, als er sich einsmahlen schon gegen der Grenze von Savoyen in den Gebirgsketten verirrte, keinen Ausweg fand, wohin sein Auge blickte; sah er überall nur tiefe Wälder und unersteigliche Gebirge. Das stette hin und herirren hatte ihn ermattet, er hatte schon zwey Tage sich mit wilden Waldfrüchten gelabt, weil er weder Hütte noch Burg fand, wo er stärkendere Nahrung hätte bekommen können. Traurig sah er auch den zweyten Abend sinken, ohne noch einen Fußsteig gefunden zu haben, er schlug unter einem hohen Baume sein Lager auf, konnte lange nicht schlafen, und überdachte seine bisherige Wallfahrt, er sah daß er für die großen Verbrechen die er begangen hatte, noch sehr wenig Strafe erduldet habe, und bangte für der Zukunft, wo all das verdiente Uebel über seinem Haupte ausbrechen sollte, er sehnte sich nach Trost, hätte so gerne mit Adelmann gesprochen, ihn um Stärkung, Aufmunterung für die harte Zukunft gebethen, aber kein Adelmann erschien. Tief seufzend lehnte er sein Haupt an den Baum zurück, entschlummerte, und Adelmann stand vor ihm, er sprach mit liebreicher Miene mit ihm. Noch hast du es nicht verdient, sagte er, daß ich als Tröster an deiner Seite erscheine, daher benütze ich die Stunde des Schlafes, wo nur deine Seele wacht, um sie zur Standhaftigkeit zu ermahnen, hoffe aber immer auf mich, denn immer war ich dir zur Seite und leitete dich, laß dich aber durch diese Hoffnung nicht zu kühn machen, denn jede That, die du verübtest wird dir im strengen Maße vergolten werden.

Ach wie werde ich da bestehen und nicht unterliegen, rief Wendelin kleinmüthig aus — und

Adelmann antwortete: Du wirst es, durch Vertrauen und Standhaftigkeit in der Tugend.

Weise Lehren gab er ihm, besprach sich, bis der Morgen graute, da wachte Wendelin auf, und Adelmann war verschwunden. Getröstet ergriff er nun seinen Stab, und suchte einen Ausweg, kam aber immer tiefer ins Gebüsch, und blieb endlich ganz erschrocken stehen, als er einen Körper voll Blut auf den Boden liegen sah. Es war ein junger Mann in ritterlicher Kleidung, ein Jagdhorn hing um seine Schultern, in seiner Brust steckte ein Dolch, der ihm das Leben raubte.

Wendelin faßte Muth, er suchte den Unglücklichen, wo möglich noch zu retten, zog den Dolch aus der Wunde und ein Strom Blut folgte nach, der seine Kleider ganz besprißte. Eben bog sich Wendelin hinab, zu vernehmen, ob noch ein leiser Athem von einer Lebensspur sich zeige, als es laut rauschte neben ihm, und eine Schaar Bewaffneter aus dem Gebüsche hervoreilte. Ein Mann in ritterlicher Kleidung eilte voran, er prallte zurück, als er die Leiche sah, blickte mit wilden starren Augen nach den Pilger hin.

O ich Unglücklicher, rief er, so — so mußte ich meinen Bruder wieder finden! Ha und noch ist sein Mörder bey ihm, Knechte — Knechte ergreift den Mörder Eures geliebten Herrn, ich will auf Rache sinnen, die den Gemordeten gewiß versöhnen soll.

Die Knechte stürzten über Wendelin, vergebens betheuerte dieser seine Unschuld, man hatte ihn bey der Leiche gefunden, er war ganz mit Blut besprizt, hatte neben sich den blutigen Dolch liegen. Voll Wuth wollten ihn die Knechte mit ihren Schwertern durchbohren, aber der Ritter hielt sie ab. — Zu gelinde würde diese Strafe für ihn seyn, rief er, er hat eine grausamere verdient. Die Knechte schnürten nun mit Stricken seine Hände enge zusammen, der Ritter hatte sich jammernd über den Leichnam hingeworfen, er klagte laut, riß sich das Haar aus den Scheitel, glich ganz einem Rasenden. Mittelbig hoben ihn die Knechte von der Leiche auf, wickelten sie in einen Mantel, und zogen nun mit dem gebundenen Wendelin durch den Forst nach einer festen Burg, die am Abhange eines Felsens lag. Als sie dort anlangten, und man den Zug erkannte, da wurde die Zugbrücke niedergelassen, eine junge Dame stürzte mit zerrauften Haaren heraus, stieß die Knechte auf die Seite, und fiel über die Leiche hin, seufzte und klagte weinend — Ach mein Gemahl, mein Gemahl, rief sie — er ist todt, todt — auf der Jagd haben ihn Menchelmörder getödtet. Mehr konnte sie nicht sprechen, sie sank von Schmerzen zu Boden gedrückt, ohnmächtig dahin. Wendelin stand todtenbleich und zitternd, das Bild Allsens, als sie sich über den Leichnam ihres Gatten, den er erschlagen ließ, stürzte, drängte sich vor seine Seele, er fühlte nun den Schmerz, den damahls Allse empfunden haben mag, in seiner ganzen Größe, und konnte sich kaum aufrecht erhalten. Der Ritter, der seine innere Angst bemerkte, zeigte ihn dem Burggesinde als den Mörder des Unglücklichen, man ergriff ihn, und schleppte ihn unter lauten Fluchen in ein finstres Gewölbe, hier hatte er nun Muße genug, die schauerliche Scene zu überdenken, die Stimme des Gewissens zu fühlen, das ihm unablässig zurief: Auch du hast einen ähnlichen Mord begangen. Als er lange seinem Kummer sich überlassen hatte, hörte er die Stimme zweyer Sprechenden, in einem nahen Gewölbe. Wendelins ganze Neugierde war rege geworden, schon seiner selbstwillen wünschte er Aufschluß der Begebenheit zu erhalten, um, wo möglich, sich von der drohenden Gefahr retten zu können, er sehnte sich also etwas von dem Gespräche zu hören, vielleicht, dachte er sich, erhalte ich da Licht in der verworrenen Sache.

Da er durch das Fenster, welches in seinem Gewölbe war, einen matten Lampenschimmer sah, vermuthete er, daß dort die Sprechenden wären, er raffte sich also vom Boden auf, und klimmte an dem hier und da abgebrochenen Steinwerk hinauf, konnte deutlich ins nahe Gewölbe hinabsehen. Er sah den Ritter, der ihn gefangen genommen hatte, auf einem Steine sitzen, sein Haupt nachdenkend auf beyde Arme gestützt, neben ihm stand ein Mann in gemeiner Kleidung, er schien einer der Reisigen aus der Burg zu seyn. Lange schwiegen beyde, endlich hob der Ritter sein Haupt empor. O Dietrich, sprach er, all mein Bemühen ist nun vergebens.

Dietrich. Faßt Euch nur, Ritter Berndt, ich kanns kaum glauben?

Berndt. Wie oft soll ich es dir noch wiederhohlen?

Dietrich. Thuts immer noch ein Mahl, damit ich mich fest von der Wahrheit überzeuge.

Berndt. O es ist nur allzugewiß, durch des Arztes Bemühung kam noch einmahl Lebensathem in die Brust meines Bruders, seine Gattinn lag hingesunken neben ihm — er schlug die Augen auf, Berndt ist mein Mörder, lispelte er, und sank vollends in den Arm des Todes.

Dietrich. Verdammt!

Berndt. Die schöne Zita stieß einen lauten Schrey aus, der Arzt, der eben in der Ecke des Zimmers einen Verband bereitete, eilte herbey, fand ihn als gewiß todt und sie ohnmächtig. Ich war allein an ihrem Lager, als sie wieder erwachte, da starrte sie mich fürchterlich an, du bist sein Mörder, schrie sie, er selbst, er selbst hat's noch entdeckt, damit das Verbrechen nicht verborgen bleibe. Was nützt mich nun meine Mühe, meine Verstellung, vergebens sehnte ich mich nach seinen reichen Gütern, die mir wieder empor helfen sollten, da ich die meinigen in Saus und Braus verschwelgte, vergebens hoffte ich nun, Zita werde Liebe zu mir fühlen —

Dietrich. Laßt mich nun nachsinnen, ob sich denn da nicht mehr helfen läßt.

Berndt. Wie willst du das Unmögliche möglich machen? o daß ich ihn auch nicht besser treffen mußte, daß du mich täuschtest, als du ausriefest, er ist todt.

Dietrich. Weil ich mich über ihn beugte, und keinen Athem mehr spürte.

Berndt. Alles, alles ist verloren!

Dietrich. Noch nicht, weiß schon ein Mittel. Hört mich, der Pilger liegt in Todesangst, wird er nicht alles beginnen, um sich zu retten? Wenn Ihr nun hingingt zu ihm, und sagtet: Du, ich weiß, daß du der Mörder nicht bist, aber verschiedene Dinge zwingen mich zu wünschen, daß du als solcher angesehen werdest, wenn du öffentlich eingestehst, du habest aus geheimer Rache ihn gemordet, will ich dich ins Gefängniß wieder führen lassen, aber von da aus, dir zu sicherer Flucht helfen. Er wird es gewiß thun, und niemand wird Zitas Worte glauben; wenn er selbst sich anklagt — hat er dieß gethan und ist wieder in Gefängniß, soll er Euch durch einen Eid Verschwiegenheit geloben, Ihr beschenkt ihn reichlich, und laßt ihn frey, will er es nicht thun, so soll der Tod sein Loos seyn.

Berndt. Ich sage dir aufrichtig, ich schaudere vor diesen zweyten Mord, schon der erste ängstiget mich.

Dietrich. Ihr seyd noch wie ein Kind, laßt nur mich sorgen, aber dabey bleibts, die Hälfte von Eures Bruders Habe ist mein.

Berndt. Wenns nur ginge — aber ich fürchte, man wird Zitas Worten glauben.

Dietrich. Wenn Ihr sie nur nicht so heftig liebtet.

Berndt. Warum das?

Dietrich. Wollte gleich helfen — seht dieses Pulver in Wein genossen, zerreißt die Sinne, und macht im höchsten Grade wahnsinnig — Auf alle Fälle dächte ich, es wäre besser, das Vermögen ohne Zita zu haben, als sie und Ansehen und alles zu verlieren.

Berndt. Da hast du recht, auch muß ich dir aufrichtig gestehen, ich hoffe nicht viel von dieser Liebe — jetzt schon gar nicht mehr.

Dietrich. Nun also, so geht lieber gleich zu Werke. Des Pilgers Aussage sichert Euer Ansehen, ihr Wahnsinn Eure Güter.

Berndt. Soll ichs denn wagen?

Dietrich. Geht nur gleich, die Gefahr ist dringend. Ihr redet mit dem Pilger, und ich rufe indeß alle Burgleute in das Gemach Zitas, damit ers vor allen gestehe, auch bereite ich den Becher, und Zita wird sicher trinken davon — geht nur, geht, es wird alles noch gut werden.

Wendelin sah, daß sie das Gewölbe verließen, und eilte so schnell als möglich vom Fenster weg. Grauen hatte ihn erfüllt, er hörte bald darauf leise den Eingang zu seinen Aufenthalt öffnen, und sah Ritter Berndt eintreten. So wie sie verabredet hatten, sprach er zu ihm. Wendelin zeigte mehr Furcht vor dem Tode, als er wirklich empfand, er wollte lange sich nicht dazu verstehen, sich als den Mörder auszugeben, bis endlich

Berndt heftig in ihn drang, da gab er seine Einwilligung von sich. Ritter Berndt äußerte die heftigste Freude, er verließ jubelnd das Gewölbe, und bald darauf hohlten Knechte den Gefangenen ab, führten ihn in Zitas Gemach. Sie lag auf ihrem Bette matt und schwach, neben ihr hingestreckt der Leichnam. Wendelin erinnerte sich abermahl an den erschlagenen Malpano, er trat bleich und zitternd herein. Hier ist der Mörder, schrie Berndt, hier seht Ihr den Bösewicht, arme Zita, sein Geständniß mag es Euch erklären, daß er es sey, es wird allen deutlich werden, daß der Schmerz Euch verwirrt gemacht hat, und so seltene Dinge sprechen ließ.

Wendelin (zu dem Lager Zitas tretend.) Armes unglückliches Weib, du beweinst deinen gemordeten Gatten, ach dein Jammer durchschneidet mein Herz, es ist Gottes Schickung, daß diese Scene mir vor Augen kommt, ich will auch büssen dafür, will sie mit meinem Blute von meiner Seele waschen — schon sehe ich die Dolche gegen mich gezückt, aber um zu retten, muß ich Wahrheit bekennen, scheue den sichern Tod nicht, und hoffe dort oben Vergebung für das, was noch auf meiner Seele liegt. — Arme Zita, Euch droht großes Unglück, wohl mir in meiner letzten Stunde, daß ich es noch vertilgen kann — dieser Becher (er stößt einen goldenen Becher vom Tische hinab) enthält Gift, das Euch wahnsinnig machen soll, ich bin der Mörder nicht, Berndt und Dietrich sind Mörder und Giftmischer zugleich.

So rief Wendelin, alles schrie vor Entse=
tzen laut auf, aber Berndt und Dietrich hatten
schnell ihre Dolche gezückt, Tod und Verderben
dir, schrien sie, stürzten hin, rissen ihn zu Bo=
den, und wollten mit den Dolchen seine Brust
durchbohren, aber die Knechte Zitas hielten sie
zurück, ergriffen nun selbst die Mörder, und
schleppten sie fort — Zita wollte ihren Retter
danken, ihm lohnen, aber Wendelin schüttelte
ihre Hand, ermahnte sie zur Geduld in Leiden,
und verließ die Veste.

Als er in freyer Gegend diese Begebenheit
überlegte, sah er neben sich seinen Freund Adel=
mann stehen. Du bist gerettet, sprach er, und
zwar durch dein festes Vertrauen auf Gott, dei=
ne Standhaftigkeit, mit der du dich opfertest, um
die Unschuld zu retten, macht dich des Erbarmens
würdig, daß noch Zeit dir bleibe, deine Thaten
vollends abzubüßen. Durch die Gewissensangst,
die du bey der Erinnerung an Malpano fühltest,
durch den Schauer vor den gewissen Tod, der
dir drohte, als du den Giftbecher umstießest, den
du ehemahl selbst den Grafen Gerard von Win=
dersberg bereitetest, hast du so viel gebüßt,
als es menschliche Kräfte vermögen, du hättest
mehr verdient, wenn nicht der gütige Richter
die Handlungen, bey jedem Urtheile das von
der bösen That wegrechnete, was menschliche
Schwäche und Verführung mithalfen. Nun bist
du wieder frey, wandle ferne so fort, und dir
wird es wohl werden, bleibe stets so standhaft,

und vertraue, und du kannst noch Seelenruhe er=
langen.

Wendelin wollte Abelmanns Knie umklam=
mern, aber er war verschwunden, wie eine lichte
Rauchwolke vom Winde verweht.

Gerührt sank er auf seine Knie und dankte
für seine Rettung, unwissend, das Berndt und
Dietrich im Gefängnisse bereits lagen, befürchte=
te er ihre weitere Verfolgung, und eilte mit schnel=
len Schritten fort, flehte, daß der Allerbarmer
auch ihnen Reue senden und ihnen verzeihen möge.

Als er mit Anbruch des Tages in eine gro=
ße Ebene kam, wo ein Wasserfall von hohen
Felsen herab rauschte, und in einen breiten
Strome das Wasser fortfloß, da staunte er ei=
ne hohe Brücke an, welche hoch oben von ei=
ner Felsenwand zur andern führte. Ein kühnes
Werk, sprach er, wie gefährlich zu betreten, wie
schrecklich müßte es seyn, wenn da von dieser
Höhe einer hinab in den Strom stürzte. — Ihm
graute vor diesem Gedanken; er sah noch lange
den schauerlichen Ort an, wie düster die Felsen
da standen, ringsum nur fürchterliche Waldung
und Wildniß war. Der Weg führte über eben
diese Brücke, langsam bestieg ihn Wendelin,
blickte oft in den Abgrund, und blieb endlich
mitten auf der Brücke stehen, er blickte in den
Strom hinab, tief unten — da befiel ihn auf
einmahl der Donnergedanke, daß Walluf seine
Gattinn und acht unschuldige Knechte von eben ei=
nen solchen Ort hinabgestürzt hatte. — Entsetzen

ergriff ihn, er sank auf seine Knie — Ihm war's
als ob Priska und die acht Knechte aus dem
Wasser ihre Häupter und Arme empor hebten und
laut um Rache schrien — sein Herz empfand
den höchsten Grad von Schmerzen — Priskas
Bild ängstigte ihn auf das martervollste. — O
Allerbarmer, Allerbarmer, rief er, ich habe deine
Gnade nicht verdient, strafe, strafe mich Elen=
den, laß mich büßen den Tod der Unschuldigen,
laß mich ihr Blut versöhnen. — Er weinte und
schlug sich laut ans Herz — da fuhr er plötzlich
auf, er sah einen Mann nach der Brücke eilen;
in schlechter Kleidung, sein dunkles Haar hing
ihm graus um die Stirne, Wendelin erkannte
den Ritter Berndt. Schrecken befiel ihn, er
wollte entfliehen, aber Berndt hatte ihn bereits
ereilt, sterben! sterben! schrie er fürchterlich —
das wollte ich hier, mich selbst hinabstürzen, um
den Henkern zu entgehen — ha jetzt treffe ich
dich an, mein Verräther, Rache —Rache glüht,
der Tod winkt, hinab mit uns in den Tod.

Er ergriff den erschrockenen Wendelin, die=
ser rang nach Kräften mit ihm, aber ihn hatte
die Reise und Noth abgemattet, jener war stark
und kraftvoll. Bald war er übermannt, voll
Wuth riß ihn Berndt empor, schwang ihn hinab
in den Abgrund und stürzte sich nach.

Hoch schlugen über ihnen die Wogen des
Stromes zusammen, ergriffen sie mit Macht,
und trieben sie abwärts, Wendelins Natur half
seinen Kräften, sie sträubte sich gegen den Tod,

er rang mit den Wellen, und da er ehemahl oft
sich in Schwimmen geübt hatte, kam er bald
nahe ans Ufer. — Eben hatte er mit der Hand
ein Gesträuch angefaßt, als die Wellen Berndts
Körper vorbey trieben, er streckte die Hand empor, Wendelin vergaß schnell bey diesem Anblick
seine That, streckte die Hand nach ihn aus, und
erhaschte ihn beym Kleide; aber zu stark war die
Wassergewalt, sie riß Berndten fort, und da
ihn Wendelin nicht auslassen wollte, ward auch
er abermahl in den Strom gerissen. Er strengte
nun alle seine Kräfte an, errang, als das Wasser sich seitwärts neben einen Gesträuch vorbey
wand, das Ufer, faßte stärker einen Baumstamm,
arbeitete sich empor, und zog den bereits bewußt-
losen Berndt mit sich ans Ufer. Auch seine Kräfte waren jetzt vollends erschöpft, er sank neben
seinen von ihm geretteten Mörder auf den Boden hin.

Ein und zwanzigstes Kapitel.

Die schönste That.

Bald ermannte er sich wieder, weit früher,
als es von seinen wenigen Kräften zu vermuthen
war. Vielleicht hatte auch hier Adelmann seine
Hand im Spiel, vielleicht war eben er es, der

über das Leben Wendelins wachte, als er von
der grausen Höhe herab in den Strom fiel.
Sobald das Licht der Sonne wieder in sein Aug
drang, er einen dankbaren Blick gegen Himmel
geworfen hatte, erinnerte er sich an den gerette=
ten Mörder, noch lag dieser ohne Zeichen eines
Lebens neben ihn am Ufer. Wendelin bemühte
sich, ihn zu sich zu bringen, er rieb ihm mit sei=
nen wollenen Kittel die Schläfe, und nach langer
Mühe gelangs ihm; Berndt schlug die Augen
auf, starrte ohne Besinnungskraft vor sich hin.
Wendelin war etwas abseits getreten, damit
nicht er der erste Gegenstand sey, den seine Au=
gen entdeckten, damit er Zeit und Fassung be=
komme, sich zu erhohlen. Als Berndt lange tief
Athem gehohlt, die hohe Brücke, von der er stürz=
te, und sich als gerettet am Ufer erstand, trat
Wendelin hervor. Berndt schauderte heftig zu=
sammen. Ists dein Geist, rief er ihm entgegen,
und starrte bebend nach ihm hin.

Wendelin. Ich selbst bins, lebe noch
wie du.

Berndt. Ha überall, überall also bist du
zu treffen — wohin ich fliehe, muß mein Auge
dich sehen, du Wunderbarer, den Tod muß ich
entkommen, um am ersten dich wieder zu er=
blicken.

Wendelin. Hassest du mich denn so heftig?

Berndt. O ich hab Ursache genug.

Wendelin. Ich rettete dich aus den Wel=
len, ich zog dich selbst mit dem Tode kämpfend

ans Ufer, und erwärmte das Blut in deinen Adern.

Berndt. Du? du, den ich mit mir in den Tod riß.

Wendelin. Als ich deine Gefahr sah, fühlte, daß ich selbst ihr entgehen könne, da war jedes Andenken an deine grausame That weg.

Berndt. Nicht möglich, nicht möglich!

Wendelin. O es war nur allzugerechte, genau abgemessene Strafe, daß ich von der Höhe herabgestürzt wurde, und doch schenkte mir der Allerbarmer Kraft mich zu retten, sollte da mein Herz nicht auch sich deiner erbarmt haben, damit du Zeit gewinnst zur Reue, zur Buße.

Berndt. O mir kann Reue und Buße nicht frommen, auf mir liegt ein Verbrechen, das schon gleich nach Anbeginn in der Welt, als das erste und fürchterlichste Gottes Rache auf sich zog. — O, o, ich bin Brudermörder geworden!

Wendelin Verzweifle nicht so, sprich nicht so, daß dir kein Erbarmen werden kann, auch der Böseste kann darauf hoffen, wenn er bereut, aber nicht hoffen soll er, und doch abermahl Sünde auf Sünde häufen. Sieh mich an, Berndt, ich walle in harter Pilgerschaft, Noth und Kummer sind die Stricke, an die mein in Laster versunkener Körper sich hält, und vielleicht noch daran emporklimmen wird. — Ach ich that mehr wie du — ich war mehr als ein Mahl

Mörder, Mordbrenner und Giftmischer, und
doch — doch —

Berndt. Doch hoffest du Verzeihung?

Wendelin. Ich hoffe sie, und Stand=
haftigkeit in der Tugend und Reue soll sie mir
erringen helfen.

Berndt. Ach, daß ich auch so denken
könnte.

Wendelin. Thu's, lieber Berndt, und es
wird dir wohl werden.

Berndt. Du sprichst mit mir wie mit dei=
nem Freunde, und doch that ich dir so vielfaches
Uebel.

Wendelin. Wie heißt die schönste Tu=
gend? Verzeih deinen Feinden.

Berndt. Ach — ach — mein Herz möch=
te so gerne deine Worte fassen, und stets
bringt mich die Rückerinnerung zur Verzweiflung
zurück.

Wendelin. War ich nicht selbst so? willst
du gleich Beruhigung finden, ohne gebüßt zu
haben?

Berndt. Wie soll ich aber büßen? wie
soll ich beginnen.

Wendelin. Der Weg der Buße ist hart,
jedes Verbrechen, daß du begangen hast, wird
genau abgewogen.

Berndt. O dann ist Verderben mein Loos.

Wendelin. Nein — sieh, als du dich
der Brücke nahtest, sahst du mich wehmüthig
darauf hingelehnt, ach damahls ängstigten mich

schreckliche Bilder, mein Weib und acht Knechte,
die sie begleiteten, ließ ich Ruchloser eben von
einen solchen schaurigen Orte hinabstürzen, ich
fühlte die ganze Last meines Verbrechens. Du
ergriffest mich, stürztest mich hinab, und an mir
wird gleiches vergolten. Daß ich nicht starb,
ist des Ewigen Werk der Erbarmniß, noch habe
ich nicht genug gebüßt, würde nicht in die Wohnungen der Ruhe eingegangen seyn. Auch deiner wird er sich erbarmen, dich in Noth und
Elend sinken lassen, damit du leidest, und standhaft bleiben kannst — dann wird Ruhe als Lohn
deines Kämpfens folgen.

Berndt. Wendelin — Wendelin — nimm
mich mit Dir —

Wendelin. Ich walle nach dem fernen
Orient. —

Berndt. Bis ans Ende der Welt folge
ich Dir — Du bringst mich nicht mehr weg —
mein Retter von Tod und Verzweiflung — o
deine Worte träufeln wie Balsam auf mein Herz,
es erhohlt sich bey deinen Anblick — ich will
büßen mit dir, leiden mit dir, Gott wird sich
deinetwegen auch meiner erbarmen, — o nimm,
nimm mich mit dir.

Wendelin. (gerührt.) O wie seliger sind
nun meine Gefühle in der Armuth, als ehemahls
da ich in Lüsten schwelgte. Allmächtiger, was
that ich, was fühl ich — wie pocht mein Herz,
ich habe seine Seele gerettet, ihr Frist zur Reue

bereitet — ich, ich Lasterhafter habe einen Sünder zum Wege des Guten geführt.

Adelmanns Stimme. Der Mord an
deinem Weibe und acht Schuldlosen war deine
schwärzeste That, du hast gebüßt, hast die größte That dafür ausgeübt, die der Menschen fähig ist — Freude über Berndts Rückkehr herrscht
in den höheren Regionen — dir ist deine That
verziehen, Wendelin — wandle ferner, wandle
ferner — du wirst glücklich vollenden.

Wendelin (sinkt auf seine Knie.)

Berndt. O — welche Stimme, ich zittre
und bebe, Wendelin — ich bin betäubt, verwirrt
— ich hörte die Verzeihung verkünden — Gott
— Gott — kanns mir auch werden?

Wendelin. Komm mit mir, Berndt, wir
wollen wandeln mitsammen, tugendhaft werden,
und bleiben.

Berndt (erschüttert.) Ich dein Mörder —
kannst du vergeben und vergessen?

Wendelin (umarmt ihn mit Thränen.) Dieser Kuß sey das Siegel der Versöhnung.

Beyde lagen sich fest in den Armen, beyde
weinten, zwey Verbrecher, jeder reumüthig, jeder verzeihend des andern Thaten — o welch ein
Anblick! — —

Sie ermannten sich endlich, Wendelin zeigte seinen neuen Gefährten, wie nothwendig es
sey, diese Gegend zu verlassen. Berndt eilte
mit ihm fort, wenn man mich nur nicht ereilt,
sprach er, ich habe Mittel gefunden aus dem Ge-

fängniß zu entfliehen, in das mich Straßenleute warfen, war fest entschlossen mich zu tödten, jetzt sehne ich mich nach dem Leben, damit ich bereuen kann.

Sie wandelten auch schnellen Schrittes vorwärts, sobald es möglich war, tauschte auch Bernot seine Kleidung mit einem Pilgerrock um, so wallten sie fort, theilten Noth und Beschwerlichkeit mitsammen, erschreckten sich wechselweise, wenn sie in den Gebirgen Savoyens sich verirrt hatten, erheiterten sich mit dem Gedanken an bessere Zukunft.

Nach mannichfaltigen Beschwerlichkeiten auf ihrer Reise durch Italien, erstiegen sie an der Küste ein Schiff, das mehrere Pilger und fromme Ritter nach dem Orient führte. — Die Reise ging gut und schnell, sie sahen mit pochendem Herzen die Küste von Egypten sich aus den Wellen erheben, immer höher und höher, bis sie endlich Berge und Ebenen unterscheiden konnten, und glücklich in dem Haven von Tyrus landeten. Hier trafen sie eine große Anzahl von Pilgern, die nach Jerusalem wallfahrten wollten, trafen eine noch größere, die mit den unverkennbarsten Zügen von Freude und Seelenruhe von dem heiligen Lande weg, nach ihrem Vaterland zurückkehrten. Wendelin und Bernot, die seither die innigsten Freunde geworden waren, sahen ihnen mit wehmüthigem Blicke nach, ach wer weiß wann und ob wir so glücklich sind, sprachen sie, faßten sich aber bald mit dem Gedanken: diese haben gebüßt, wir sind erst auf dem Wege dazu. Sie begannen nun ihren Zug nach Jerusalem, es wäre zu ermüdend, wenn wir alle die unendlichen Beschwerlichkeiten anführen wollten, die sie auf dieser Reise befielen. Noth und Gefahr gab es genug, oft waren sie nahe daran, von Saracenen als Sclaven fortgeführt zu werden, immer aber gelangs ihnen sich durch Flucht oder schnelle Verbergung zu retten, oft mußten sie wider reißende Thiere kämpfen, oft verirrten sie sich in Sandwüsten, hungerten und dürsteten im höchsten Grade — oft verirrten sie sich in Wäldern, und sahen Tagelang, weder Ausweg noch Obdach, noch Nahrung, bis sie endlich schon ganz kraftlos die Mauern dieser heiligen Stadt vor sich sahen, wo sie in frommen Andachtsübungen mehrere Wochen zubrachten.

Einst als Wendelin durch die Straßen der Stadt wandelte, hin und her überlegte, wie er denn nur Gutes ausüben könne, kam er auf einen großen Platz, wo man eben bemüht war, eine Kirche zu erbauen, er sah wie die Armen da im Schweiße ihres Angesichtes sich hart ihren Lohn verdienten, sich in den Stunden der Ruhe auf das Steinwerk hinsetzten, und ihr bischen Brod seufzend verzehrten, ihr Elend rührte ihn. So böse du bist, sprach er, hast du auf deiner Pilgerreise zeither immer noch bessere Tage gehabt als diese Schuldlosen — du hast noch einen guten Theil von der Gabe des Ritter Klaus von Roggenburg übrig, ist es nicht strenge Pflicht, ihnen damit ihre Armuth zu erleichtern, schnell grif er in die Tasche, zog seinen Geldbeutel hervor, und schüttete ihn vor den Armen aus — diese fuhren staunend empor, wollten zu seinen Füßen stürzen, ihm danken, als er ihnen zurief: das ist Euer, pflegt Euch damit, aber weg war der wohlthätige Pilger, er hatte sich in einer naben Gasse verloren, verborgen in einem Hause, damit ihn die Nacheilenden nicht sehen, ihn nicht danken konnten, sie kehrten halb traurig, halb freudig zu ihrem Schatze zurück, theilten ihn redlich unter sich, und segneten daheim mit Weib und Kindern den unbekannten Wohlthäter. Wendelin war aber damit nicht zufrieden, er erinnerte sich, oft den Bau einer Kirche gelobt zu haben, er hatte es ehmahl nicht gethan, konnte es nun um so weniger, da er arm war, aber er suchte auf andere Art sein Versprechen wenigstens nach Kräften zu erfüllen, dingte sich bey den Tempelherren ein, welche den Bau aufführten, arbeitete mit ums Taglohn, und freute sich bey jeden Stein, den er zum Bau zutrug; war einer der emsigsten Arbeiter, trug Lasten, die sonst nur zwey fortschleppten. Man sah, daß er es aus Buße that, und bald ward der fromme Pilger bey allen bekannt, auch Ritter Berndt folgte seinem Beyspiele.

Zwey und zwanzigstes Kapitel.

Die Tugend wanket.

Die Saracenen, die schon lange nach dem Besitz von Jerusalem trachteten, wurden während dieser Zeit immer kühner, es war nothwendig, daß man alle Kräfte aufboth, sich gegen sie zu vertheidigen, wenig Hülfe kam aus Europa herüber, daher verbanden sich die Christen im Orient, um dem Feinde des Glaubens die Spitze biethen zu können. Als Wendelin hörte, daß man Schaaren wider sie sammelte, da erwachte auch sein Muth wieder, er legte den Pilgerrock ab, hüllte sich in ritterliche Rüstung, und zog in Gesellschaft Bernots, der nie von seiner Seite wich, den Feinden entgegen. Ein egyptischer Prinz, Sanguin mit Nahmen, war dazumahl von allen gefürchtet. sein kühner Muth führte die verwegensten Thaten aus, unter ihm bekamen die Krieger Löwenmuth, stürzten gleich Rasenden in die feindlichen Schaaren. Diesen zu steuren, und ihn in fernern Fortschritten zu hemmen, hatte sich das Heer der Christen gesammelt, man rückte näher zusammen, aber Sanguin hatte zwischen Gebirgen eine solche Stellung genommen, daß es nicht möglich war, auch nur mit der

wahrscheinlichen Hoffnung zum Siege ihn anzu-
greiffen. Sanguin verließ sein Lager nicht, und
so unterblieb ein entscheidendes Treffen, täglich
aber fielen kleine Gefechte vor, matteten Christen
und Saracenen ab. Wendelin der schon ehmahl
unter Kaiser Heinrich den fünften seinen Muth
hinlänglich erprobt hatte, scheute nun keine Gefahr, er führte immer die kühnsten Männer an,
lauerte oft in wüsten Gegenden auf die Feinde,
stürzte dann hervor, wenn gleich ihre Anzahl
zehn Mahl größer war, und kam stets siegreich
zurück — die Freunde schätzten und liebten ihn,
den Feinden war sein schwarzer hoher Helmbusch
bekannt, und immer ein Zeichen des Schreckens.
In einem dieser Treffen verlor er seinen treuen
Gefährten Bernde, er hatte zu tief sich ins Ge-
dräng gewagt, wurde vom Pferde fortgerissen,
und gefangen fortgeschleppt. Wendelin stürzte
sich vergebens mit rasender Wuth in die Feinde;
während er selbst umrungen verzweiflungsvoll
kämpfte, wurde Bernde fortgeschleppt, ohne daß
ihm Hülfe werden konnte. Wendelin war sehr
traurig um ihn, er hatte ihn liebgewonnen, einer hatte den andern stets zur Tugend aufge-
muntert. Er beweinte sein Schicksal, und ihm
ward bald darauf ein ähnliches bereitet. Sanguin ward müde sich necken zu lassen, er schwur
den kühnen Ritter, von dem er schon so vieles
gehört hatte, mit Anstrengung aller Kräfte in
seine Gewalt zu bekommen. Es begann ein Treffen, seine tapfersten Männer suchten Wendelin

Und fanden ihn bald im Kampfe, sie umgaben ihn, verloren zwar durch seine starke Faust viele ihrer Gefährten, aber auch er erlag, eine Wunde raubte ihm seine Kräfte, er sank vom Pferde und wurde von den Feinden fortgeschleppt.

Jetzt begann erst die Zeit der Noth und des Elendes, die ihm verheißen war. Er wurde nach Egypten geschleppt, da zwar von seiner Wunde geheilt aber mit schweren Sclavenfesseln belegt. Man wollte ihm nun vergelten, was er mit den Schwert verübte. Ein alter grausamer Mann hatte ihn zu sich genommen, da mußte er vereint mit andern Unglücklichen den schweren Pflug ziehen, bekam wenig und schlechte Nahrung, und wurde mit schweren Streichen stets zur neuen Arbeit getrieben. Anfangs litt Wendelin sein hartes Schicksal mit Geduld und Ergebung, er hoffte dadurch vollends zu büssen, und doch gerettet zu werden, als aber keine Hoffnung sich zeigte, bereits vier Jahre vorüber waren, sein Körper siech und ganz kraftlos geworden war, da sah er oft mit traurigem Blicke gegen Himmel, und seufzte tief, wenn er sich an die verflossenen guten Tage in seinem Vaterlande erinnerte.

Schnell fließen dem, der im Wohlleben schwelgt, vier Jahre vorüber, aber den Unglücklichen, der seiner Freyheit beraubt, mit Mangel aller Art zu kämpfen hat, dem sind sie eine Ewigkeit. Wendelin sah sich zum Thiere herabgewürdigt, er mußte in der großen unerträglichen Sonnenhitze am Pfluge ziehen, Lasten tragen die ihn zu Boden drückten, und wenn er ausruhen wollte, wurden Peitschenhiebe sein Theil, wenn er zur Nachtszeit ins dumpfige Loch kroch, in dem er wohnte, ward hartes Brot und faules Wasser seine Nahrung. Sein Muth war weg, Verzweiflung nahte sich, er gab jede Hoffnung an Erlösung auf, niemand wußte von ihn, niemand würde das große Lösegeld, das sein Herr bestimmt hatte, bezahlt haben, Adelmann ließ sich nicht sehen, ihn nur wenigstens mit Trost zu erheitern. — Grausenbilder umgaben ihn, der Gedanke, bis an das Lebens Ende so zu schmachten, war ihm unerträglich, er sehnte sich nach dem Tode, ohne ihn finden zu können.

Einst als sein Peiniger ihn, da er ermattet unter dem Pfluge zusammengesunken war, mit Peitschenhieben auftrieb, ihn mit dem Fuße stieß, da er abermahl zusammen sank, da fiel des Jammerslast schwer auf ihn, er konnte dieß Elend kaum mehr ertragen, er dachte an Wallufen.

Wendelin, Wendelin, rief plötzlich eine Stimme, warum rufest du mich nicht, ich kann schnell dein Leiden enden, dir Gutes bereiten. Wendelin fuhr auf, er erkannte Wallufs Stimme, und schnell fuhr ein Gedanke durch seine Seele, der sein ganzes Herz reizte. Er riß die Glocke hervor, und schlug mit Macht daran. Es rauschte und brauste jetzt ober und unter ihm, klirrte wie mit Ketten, der Boden öffnete sich krachend, und Walluf in seiner Feuergestalt trat hervor.

Stücke von abgerissenen Ketten hingen an seinen Gliedern.

Walluf. Ha endlich — endlich rufest du mich, da die Noth am höchsten gestiegen ist.

Wendelin. Du scheinst es zu wünschen, weil du deine Stimme hören ließest.

Walluf. Innig wünschte ich es schon lange — wohl dir, daß du es nun thast — schon habe ich dir Rettung bereitet.

Wendelin. Wirklich?

Walluf. Ja Theurer, Glück und Wonne werden dich umgeben.

Wendelin. Gewiß?

Walluf. Traue mir, ich arbeitete für dich.

Wendelin. Ohne daß ichs forderte?

Walluf. Der Freund läßt sich nicht mahnen.

Wendelin. Weißt du warum ich dich rief?

Walluf. Weil meine Stimme dich an mich erinnerte.

Wendelin. Du hasts errathen. Und nun betrachte einmahl meine Lage.

Walluf. Sie ist bedauerenswerth.

Wendelin. Sehr schmerzlich.

Walluf. Im höchsten Grade.

Wendelin. Unausstehlich!

Walluf. Schon naht Hilfe.

Wendelin. Höre vorerst meinen Entschluß. Kaum kann ich meine Leiden ertragen, und doch sind sie verdient — ich dachte von ungefähr an dich, und schnell ließest du deine Stimme hören, dieß könnte Folgen haben, daher rief ich dich wirklich — du selbst sollst es aus meinem Munde hören, daß ich deiner nicht mehr verlange, daß ich lieber leidenvoll sterben will, als deiner Hilfe begehren — und wenn ich abermahl des Hungertodes sterben soll, und den Peitschenhieben meiner Peiniger unterliegen, laß der Arbeit und Sonnenhitze mich aufreiben, so will ich ausharren und für meine begangenen Verbrechen dulden.

Walluf. Halt ein — was sprichst du?

Wendelin. Wahrheit, und innig freuts mich, dir es selbst sagen zu können, daß ich standhaft in meinen Leiden bleiben werde. Jetzt war ich schwach genug an dich zu denken, ich könnte noch schwächer werden, dich gar zu rufen, diesem will ich vorbeugen — und vor deinen Augen mich immer daran hindern (er zerbricht seinen Stab) siehst du den Stab gebrochen — sieh mir genau zu — wie standhaft ich die schwarze Hälfte in diesen Fluß schleudere — (Er wirft sie in den Fluß, und Feuer fährt aus den Wellen empor.) Labe dich nur an dem was du sahest.

Walluf. Unglücklicher, meine Macht ist dahin, und doch kann ich nicht umhin, dir zu helfen, sieh dieses silberne Pfeifchen, dieß wird dich sicher retten.

Wendelin. Genügts dir noch nicht, Bösewicht was ich that — soll ich Adelmann rufen?

Walluf (Die Pfeife hinwerfend.) Ich weiche — aber deine List, dein Spott soll nicht ungerochen bleiben.

Walluf verschwand, Wendelin war froh,

über ihn gesiegt zu haben, er ließ die Pfeife un=
berührt liegen, und eilte voll edeln Bewußtseyn,
nach seiner Wohnung zu, wo bald der Schlaf seine
Glieder bedeckte. Früh weckte ihn seines Herrn
Stimme auf — Auf du fauler Hund, auf zur Ar=
beit, rief er, und spannte ihn unters Joch am
Pfluge, Wendelin schritt · seufzend zu seinem
schweren Tagwerke. Als er sich eine Stunde müd
gearbeitet hatte, sein Herr abseits bey andern
Sclaven war, ruhte er aus, und sah Wallufs
Pfeifchen vor sich auf den Boden liegen, wills
doch versuchen, sprach er, und ruhen, ob ich nun
um einige Hiebe mehr oder weniger bekomme ist
ja einerley. Auch kanns mir nicht schaden, wenn
ich dieses Pfeifchen probiere. Er setzte sich also
neben dem Pfluge hin und begann sein Probe=
stück; einen hellen aber angenehmen Ton gab das
Pfeifchen von sich, es war als obs von sich selbst
spielte, man hörte es weit und breit in der Ge=
gend. Der Herr Wendelins lief eilig herzu, er
wollte schon, da er den Sclaven rasten sah, die
Peitsche aufheben, als aber der Pfeifenton in
seine Ohren scholl, da blieb er stehen, horchte,
und fühlte plötzlich angenehme Regung in allen
Gliedern, seine alten Knochen bekamen neue
Schwungkraft, er gab den Takt mit dem Fuße,
hüpfte bald etwas in die Höhe, und begann end=
lich sich nach den Ton des Pfeifchens zu drehen,
Wendelin konnte trotz seiner Traurigkeit sich des
Lachens nicht enthalten, er glaubte dem Alten
Freude zu machen, und blies stärker, immer stär=

ker und stärker drehte sich der Alte, sein Turban floh
weg, der lange Bart sprang hoch in die Höhe,
er arbeitete mit Händen und Füßen, drehte sich
in stetten Wirbeln, bis er ganz erschöpft zu Bo=
den sank. Alles war herzugelaufen, hatte sich satt
über des Alten Sprünge gelacht, eilte ihn aber
jetzt zu Hilfe, und suchte ihn wieder zum Leben
zurück zu bringen. Er ermahnte sich, war aber
ganz matt und schwach. Wendelin wußte nun
nicht wie er sich benehmen sollte, ihn ahndete nichts
Gutes, er hörte bald deutlich, daß der Alte Be=
fehl gab, ihn zu ergreiffen, und ihn seine böse
Lust mit Schlägen zu lohnen — haut so lange
zu, sprach er zu seinen Dienern, bis er sein Le=
ben verhaucht. Wendelin bath vergebens um Mit=
leid, entschuldigte sich, er habe den Alten erfreuen
wollen, aber es half nichts, man ergriff ihn,
und rüstete sich, ihn durch Schläge hinzurichten.
Da ergriff er das schädliche Pfeifchen — Ich lei=
de billig, sprach er, ich glaubte den Bösewicht
Walluf zu überlisten, und seine Schlauheit besieg=
te mich, er hat mir nun dieß Uebel bereitet, er
zertrat gezürnt die Pfeife — man riß ihn nun
zu Boden und begann eben die schreckliche Strafe,
als ein großer Zug Kameele und Bewaffneter das
Feld herüber kam, einige der Reiter, die bey den
Zuge waren, sprengten heran, und forschten warum
man den Armen so übel behandle, sie lachten, als
sie die Ursache erfuhren, befahlen inne zu halten,
und sprengten zu einem der Kameele, auf dem ein
reicher Tragsessel mit goldenen Vorhängen bedeckt

war. Bald kamen sie wieder zurück, und brach=
ten den alten Saracenen einen Beutel Gold. Die
Sultaninn Olensa, sprachen sie, die erlauchte Gat=
tinn des Prinzen Sanguin hat sich des Sclaven
erbarmt, sie sendet dir hier diesen Beutel, und
fordert seine Loslassung. Als der Alte den Nah=
men Olensa hörte, eilte er zu dem Zuge, sank
ehrerbiethig auf seine Kniee, und winkte den Scla=
ven ihm zu folgen. Er übergab ihn dem Gefolge der
Sultaninn. Wendelin, der sich über diese plötzli=
che Aenderung nicht genug wundern konnte, wurde,
da er sehr schwach war, auf ein Saumroß geho=
ben, und so ging der Zug vorwärts. Er wurde
zwar auch immer als Sclave behandelt, aber
doch gings ihm erträglicher, er wurde gepflegt
und genährt, bis sie in Kairo ankamen, da wur=
de er unter die übrigen Sclaven der Sultaninn
gemengt, und mußte im Garten des Pallastes
arbeiten, hatte es minder hart, bessere Nahrung
und Kleidung.

Bald gab ihm das bessere Leben seine vori=
ge Gestalt wieder, Röthe der Gesundheit färbte
seine Wangen, sein Aug bekam den vorigen Glanz,
ihm ward wohl in seiner damahligen Lage, der
Sclavenwärter mußte ihm auf der Sultaninn
Befehl mit Schonung begegnen, ihm nur leichte
Arbeit im Garten zutheilen. Einst, als er eben
in einer einsamen Laube beschäftiget war, das
Blumenwerk zu ordnen, kam ein Mohrensclave
zu ihm, und lispelte ihm scheu, als ob jemand
ihn belauschte, ins Ohr: Heute Nacht wenn deine

Gefährten ruhen, und du leise an dem Thürlein
pochen hörst, so gehe so stille als möglich heraus,
es erwarten dich Dinge von großer Wichtigkeit.
Ehe Wendeln noch antworten konnte, war der
Mohr entfernt; er staunte ihm verwunderungsvoll
nach, wußte nicht, wie er sich diese seltsame Be=
stellung deuten sollte. Seine Gedanken verirrten
sich in Muthmaßungen aller Art, ohne daß er
nur einen geringen Aufschluß hierüber hätte errin=
gen können. Gedankenvoll eilte er auf sein Lager,
horchte immer, ob man jetzt ihn rufe, aber nie=
mand ließ sich hören, schon schliefen seine Ge=
führten lange, auch seine Augen begann allgemach
der Schlummer zuzudrücken, da wars ihm, als
pochte jemand leise am Thürlein, er stand vom
Lager auf, und eilte hinaus, der Mohr stand
auffen. Folge mir schnell, sprach er ganz leise.

Wendelin. Wohin? was hast du mit
mir vor.

Mohr. Forsche nicht, es harrt deiner nichts
Uebels, Glück und Freude haben dich zu ihren
Günstling ausersehen. Oder solltest du nicht je=
nen erhabenen Muth besitzen, der so deutlich aus
deinen Zügen leuchtet?

Wendelin folgte nun, schnell führte ihn der
Mohr durch den dunkeln Hof zu einen kleinen
Thürlein, es war nur angelehnt, er führte ihn
nun eine schmale Treppe hinauf in einen langen
erleuchteten Gang — mit bebenden Schritten folg=
te der Ritter immer weiter seinen schwarzen Füh=
rer her, durch verschiedene sich durchkreuzende

Gänge. Jetzt kamen sie an ein Gemach, er hieß ihn eintreten, und verschwand schnell in der Krümmung des Gangs — Wendelin zauderte, er sah sich allenthalben um, ihm schiens zu bangen, aber er war nun bereits zu weit, konnte keinen Rückweg finden, und faßte endlich Muth ins Gemach zu treten. Es war prächtig erleuchtet, mit allen geschmückt, was nur asiatische Pracht und Weichlichkeit ersinnen konnte — Sein Auge blickte in eine Reihe von Gemächern, deren eins immer schöner als das andere war. Als er noch nicht lange den ihm ganz neuen Anblick angestaunt hatte, da sah er zwey Mädchen auf sich zukommen, reizend und zierlich geschmückt, sie brachten ihm Wohlgerüche duftende Kleider, und hießen ihm, sich mit selben bekleiden. Wendelin wußte sich nicht zu fassen, er zögerte, gehorchte aber, als die Mädchen ihn dringend bathen, sich entfernten, um ihm Muße zum Ankleiden zu lassen. Er warf nun die rauschende Kleider um sich, es war, als ob ihn mit ihnen eine andere Natur befallen hätte, er gefiel sich in diesem prächtigen Anzuge, schritt wohlgefällig auf und ab, und betrachtete sich in den ringsum angebrachten Spiegeln. Jetzt kamen die Mädchen wieder, sie brachten auf silbernen Tassen wohlriechende Speisen, tischten solche vor ihm auf und reichten ihm einen goldenen Becher voll geistigen Getränkes — Wendelin ließ sich nicht lange nöthigen sie zu genießen, er sahs gelassen, wie die Mädchen mit geschäftiger Eile ihn bedienten, leerte einen Becher um den andern, fühlte sich gestärkt,

und sein Herz öffnete sich der Fröhlichkeit. Jetzt
hörte er den Ton eines silbernen Glöckchens aus
einem entfernten Gemache, die Mädchen ermahn-
ten ihn, ihnen zu folgen, halb taumelnd that
ers, das geistige noch nie genossene Getränk hatte
seine Sinne betäubt. Nachdem sie eine Reihe von
Gemächern durchgegangen waren, kamen sie an
einen großen reichen Vorhang, der das Gemach
abtheilte, die Mädchen drückten seine Hände und
entfernten sich. Mit immer wachsenden Staunen
stand Wendelin abermahl unentschlossen, als der
Vorhang sich öffnete, und eine Dame hervor trat,
deren Schönheit ihn eben so staunen machte, als
ihn die Pracht ihrer Kleidung, welche beynahe
ganz mit Perlen und Edelsteinen übersäet war,
blendete. Wendelin hatte in seiner Jugend oft
von der ehemahligen Herrschaft der Feen erzählen gehört, er erinnerte sich an diese Mährchen,
und glaubte wirklich in einen Zauber-Pallast zu
seyn, wollte eben der Dame zu Füßen sinken, als
diese seine Hand ergriff, und ihn liebevoll anlä-
chelte. Nun, sprach sie, wie gefällt dir diese
Veränderung mit dir?

Wendelin. Ich vermags nicht, mein
Staunen, meine Empfindungen auszudrücken.
Wie soll ich Euch nennen, o lehrt michs, wie ich
Euch die gebührende Achtung erzeige.

Ich bin deine Retterinn, sprach die Dame,
ich bin jene Sultaninn Olensa, die dich vom Tode befreyte, die dir ein gemächliches Leben bereitete —

Wendelin (zu ihren Füßen sinkend.) Nehmt meinen innigsten Dank, mehr vermag ich Euch nicht dafür zu geben.

Olensa. Du hast also ein dankbares Herz — Wendelin?

Wendelin. Müßte ich mich nicht verworfen nennen, wenn ich Eure Huld, die Rettung meines Lebens nicht so fühlte, wie sichs gebühret — ewig — ewig werde ich Eurer gedenken.

Olensa. Wirst du? komm her, Wendelin, setze dich zu mir, ich habe beschlossen, mir von dir eine langweilige Stunde verkürzen zu lassen, erzähle mir von deinem Vaterlande — du seufzest — sehnest dich wohl dahin zu deinen Freunden. —

Wendelin. Ach das wird jeder, der von ihnen entfernt ist — aber ich nicht — ich — ich habe keine Freunde mehr.

Olensa. Du Armer, so will ich dir hier ihre Stelle ersetzen.

Wendelin. Eure Herablassung, o Sultaninn — ich kann mirs nicht erklären, weiß mich wahrhaftig nicht zu benehmen.

Olensa. Dir solls wohl werden hier, ich will mich bemühen, dir deine Tage angenehm zu machen. Hätte es schon lange gerne gethan, aber die Umstände waren nicht so günstig wie jetzt. Oft, wenn du arbeitetest in meinen Garten, belauschte ich dich von meinem Fenster — sah, mit welcher Geschicklichkeit du Sträuße für mich bandst, und es gefiel mir, sie zu tragen, da du sie gebunden hattest.

Wendelin (für sich.) Wie soll ich mir erklären — sollte Olensa — o nicht möglich — und doch — ha welch ein Zufall!

Olensa (zutraulich.) Warum bist du so nachdenkend? (ihren Arm an seine Schulter lehnend.) Nun, Wendelin, gefällts dir nicht bey mir.

Wendelin (verwirrt.) Sultaninn — Eure Herablassung;

Olensa. Du vergißt dich, ich bin nicht deine Sultaninn, bin deine Freundinn geworden. Komm her, Wendelin, laß uns vertraulich sprechen, der Freund muß alle Geheimnisse wissen — liebst du? —

Wendelin. Ha, ich habe wahr geahndet, Was wollt Ihr mit dieser Frage?

Olensa. Beantworte sie nur aufrichtig.

Wendelin. Ihr forscht auch allzugenau;

Olensa (verdrießlich.) Und du bist auch allzu zurückhaltend.

Wendelin. Bin ich nicht Sclave, gebührt mir gegen Euch die Sprache des Herzens?

Olensa. Ja, weil ich dich nicht als Sclaven betrachte — sonst müßt ich Sultaninn seyn.

Wendelin. Eure Herablassung macht mich verwirrt.

Olensa (schnell.) Findest du mich reizend, Wendelin?

Wendelin. Im höchsten Grade.

Olensa. Nun reut mich meine Herablassung nicht, (ihre Hand an seine Schulter lehnend, liebevoll.) Ich will dir sehr wohl, Wendelin! (sie erblickt das goldene Käpslein an seiner Brust, das ihm ehemahl der alte Mann mit dem Pilgerrocke gab, das er seither immer ohne Absicht getragen hatte, es nie, trotz seiner Bemühung, öffnen konnte.)

Was hast du da, fragte Olensa, und öffnete es schnell, sie betrachtete es mit Staunen. Wendelins Blicke fielen darauf — Gott im Himmel, das ist das Bildniß meines Weibes, rief er, und staunte und bebte.

Olensa (heftig.) Dein Weib — und du verschwiegst mir dieß? harrt sie deiner Ankunft sehnlich?

Wendelin. Ach — ach sie ist nicht mehr.

Olensa. Dann bin ich wieder mit dir versöhnt — komm Wendelin, ich will mein Bild jetzt in dieß Käpslein legen.

Wendelin (mit Heftigkeit.) Nein, das nimmermehr — o Priska — Priska!

Olensa. Was geht in deinem Innern vor? deine Wange glüht, deine Glieder zittern.

Wendelin. Lebt wohl, Olensa — Ihr scheint mich zu lieben, ich bitte Euch, vergeßt mich — ich darf Euch Eure Liebe nie vergelten, ich schwindle vor den Abgrund, an dem Ihr mich führen wollt, Jahrelange ausgeübte Tugend würde in einen Augenblick vertilget gewesen seyn — o bleibe du an meiner Brust, du Unvergeßliche, Gott lohn dirs oben, was du durch mich littest — Olensa — ich bitte Euch, laßt mich wegführen —

Olensa. Mein Staunen betäubt mich — welche Veränderung, welche Sprache — Elender! vor wem bist du.

Wendelin. O nahmenlos elend wäre ich bald durch Euch geworden — ja wahrhaft, Ihr seyd Sanguins Weib, und nur auch dieß Verbrechen hätte noch an meiner Sündenlast gefehlt — fort mit dieser Weichlichkeit — (er wirft seinen Rock von sich) fort mit diesem Glanz, der mir nicht ziemt, mich abermahl zum Laster lockte — so — in diesem Kittel gefalle ich mir besser.

Olensa. Verworfener Sclave, so trage ihn dann, diesen Kittel, so lang du athmest, fühle was ein beleidigtes Weib vermag, zurückstossen will ich dich in dein voriges Elend — die Striemen, die die Peitsche des Aufsehers dir schlagen, sollen nie zu schmerzen aufhören.

Wendelin. Thuts, Olensa, ich wills ruhig dulden, ich habs tausendfältig verdient — nicht an Euch — hier, hier (auf die Brust deutend) hier liegt der Wurm, der mich unaufhörlich nagt.

Olensa. Wendelin, fasse dich doch — ich will dich zurückführen lassen, dich wieder rufen, wann dein Herz ruhiger geworden ist.

Wendelin. Ich werde Eurem Rufe nicht folgen.

Olensa. Ich liebe dich.

Wendelin. Ihr dauert mich —

Olensa. So ändere dein Benehmen, und lohne mir meine Liebe.

Wendelin. Das werde ich nie, lieber will ich sterben, als abermahl sinken.

Olensa (wüthend.) Ha, so stirb dann,

stirb elender Wurm, und jauchzen will ich bey
jedem deiner letzten Athemzüge.

Wendelin Ich kanns nicht hindern —
dort oben werde ich Eurer That vergessen.

Olensa (bricht in Thränen aus.) So sehr
kannst du mich verschmähen.

Wendelin Ich bitt Euch, laßt mich ab-
führen.

Olensa. Du wirst gerührt?

Wendelin. Ja, aber nie bis zur Liebe. —

Olensa. O so folge dir mein Fluch nach
bis ins Grab — und warum kann ich nicht selbst
mich rächen, ist meine Faust nicht stark genug, dich
zu durchbohren? — o die Wuth gibt Riesenkräfte
(sie zuckt einen Dolch, und stürzt über ihn hin.)

Wendelin entreißt ihr den Dolch, wirft ihn
durchs offene Fenster, und schleuderte die Wü-
thende auf ein Ruhebett hin.

Eben wollte er sich schnell entfernen, als
der Vorhang des Gemaches aufrauschte, und
Sanguin selbst von einigen seiner Getreuen begleitet, eintrat, er bebte bey dem Anblick des
Sclaven zurück — Olensa stürzte zu seinen Füßen
— Rette, rette mich, rief sie — dieser Elende drang
bis in mein Gemach, drohte mir den Tod, wenn
ihm nicht meine Liebe würde.

Sanguin (entflammt vor Wuth, seinen Dolch
zückend.) Ha, du Elender Wurm!

Er wollte hinstürzen über ihn, ihn tödten,
aber einer seiner Begleiter hält ihm den Arm zurück. Wie magst du, erlauchter Prinz, dich mit

dem Blute dieses Nichtswürdigen beflecken, sprach
er, würde nicht allzusüß dieser schnelle Tod für
ihn seyn. Hast du nicht Mittel genug, ihm seine
verdammte That durch stärkere Peinigungen zu
vergelten?

Sanguin. Du hast recht, allzugütig wäre
diese Strafe für ihn, aber morgen, morgen will
ich ein Nachfest feyern, vor dem selbst dem Grau-
samsten schaudern soll.

Drey und zwanzigstes Kapitel.

Schwere Proben der Standhaftigkeit.

Nun ergriffen sie den armen Wendelin und
schleppten ihn fort ins Gefängniß. Todesgedan-
ken erfüllten jetzt seine Seele, er sah mit Schaudern der kommenden so unverdienten Marter entgegen, und bereitete sich zu seinem nahen Ende.
In diesen Gedanken störte ihn der Mohr, der
ihn zu Olensa geführt hatte. Wendelin, sprach er,
die Sultaninn hat sich deiner erbarmt, sie trug
mir deine Rettung auf, folge mir, doch unter
dem Bedinge, daß du gut machst, was du an
ihr verbrochen hast.

Wendelin sah ihn mit düstern Blicken an,
er erklärte sich standhaft, daß er den Tod ihrer

Gunst vorziehe — ich hasse sie, sprach er, geh und sag ihr dieß, der Tod ist mir willkommener, als ihre buhlerischen Blicke. Vergebens wandte der Mohr alle seine Beredsamkeit an, Wendelin gab keine Antwort mehr von sich, trieb ihn zuletzt mit Gewalt aus dem Gefängnisse. So laß mich deine Rettung besorgen, rief jetzt eine unsichtbare Stimme — rufe mich, Wendelin, ich will deine Verbannung vergessen, schnell will ich die Mauern deines Gefängnisses brechen — dich retten.

Wendelin. Weiche von mir, Satan — eben dadurch, daß ich dich von deinen Banden löste, ward mir all das Uebel — du hast Olensas Herz zur Liebe geleitet.

Die Stimme. Ja, ich thats, weil ich dir wohl wollte.

Wendelin. Fluch dir dafür, du Verworfener, ich büße nur für meine Schwachheit, besser wäre es mir ergangen, hätte ich noch länger mein Elend erduldet, nicht abermahl zu dir meine Zuflucht genommen.

Die Stimme (wild lachend.) So genieße denn nun auch den Lohn deiner Standhaftigkeit, schon ist der Pfahl bereitet, der morgen in deinen Körper getrieben wird, hänge daran und verzweifle.

Wendelin. Gott wird mich in meinen Leiden stärken!

Die Stimme. Olensa hätte dich mit Reichthümern überhäuft, du hättest sie dann verlassen können, nach Europa rückkehren, in einem fremden Lande, tugendhaft und wohl leben können.

Wendelin. Ha! mich täuschst du nicht mehr, auf künftige Tugend darf man nicht rechnen, gleich muß Reue beginnen — stets muß man standhaft bleiben, wenn man Lohn ernten will — ehmahl folgte ich so deiner Stimme, und statt dem Guten, das ich versprach, übte ich nur Böses aus.

Die Stimme. Was nützt dir dein Trotz, du hast noch nicht ausgebüßt, durch mich hättest du noch Frist dazu erhalten—Noch kann Olense dich retten —

Wendelin. O du schlauer, verführender Satan, weiche von mir, du gewinnst mich nicht mehr, ich will kein Leben durch Laster erkauft, würde schnell in Verbrechen sinken, nie mehr tugendhaft bleiben.

Die Stimme. Denk an den schrecklichen Pfahl.

Wendelin. Durch diese Marter werde ich vollends büssen, Lohn für mein Leiden ernten —

Die Stimme. So höre — —

Wendelin. Nichts mehr — o Adelmann, Adelmann, schaffe mir Ruhe, damit ich die kurze Zeit mich zum großen Schritte bereite.

Lautes Geheul scholl nun in seine Ohren, er hörte Ketten klirren, immer ferner und ferner Wallufs heulende Stimme. Schaudernd sank er auf seine Kniee, er durchlief sein Leben, sah alle seine übeln Thaten, auch seine großen Leiden, aber sie waren weniger, als das Böse, das er

verübt hatte — daher flehte er inbrünstig um
Erbarmen — bereitete sich zum nahen Tod, und
sah mit Schaudern der Stunde entgegen, wo
man ihn zur Marter abhohlen würde.

Sie kam, diese fürchterliche Stunde, mit wilden Jubel stürzten seine Peiniger in's Gewölbe
und rießen ihn mit sich fort. Als er mit wankenden Schritten in den Hof des Pallastes anlang-
te, da war schon alles voll Volk, das sich sehnte, ihn sterben zu sehen, er sah den Pfahl aufge-
richtet, aufgeschürzt die Henker darneben stehen,
in deren Mienen teuflische Freude lachte. Sein
Herz schien zu brechen, aber er sammelte sich
wieder, und wand den Blick abwärts, damit
er nicht die Werkzeuge seiner Marter vor Augen
habe. Jetzt entstand ein lautes Geräusch, und
Sanguin kam selbst, um sich an seiner Marter
zu weiden. — Die Knechte ergriffen ihn nun,
übertäubten die Betheurung seiner Unschuld mit
wilden Jubelgeschrey und schleppten ihn zum
Pfahle hin. — Halt, halt, schrie jetzt Sanguin —
ich will ihn nicht so lange leiden lassen, mich seiner erbarmen, ein schneller Tod soll ihm werden.
Führt ihn zu dem Gitterwerk, wo mein großer
Löwe versperrt ist, diesen werft ihn vor, er wird
schnell zerrissen seyn, und mein Löwe sich dieser
Kost freuen. Lautes Beyfallrufen begleitete diese Worte Sanguins.

Wenig gestärkt durch die Veränderung seines Urtheils, wankte der bereits halb todte Wendelin, von den Henkern umgeben, nach dem großen

eisernen Gitter, inner welchen der Löwe Sanguins verwahrt wurde, er sah, wie darinnen das
ungeheure Thier mit starken Schritten auf und
ab eilte, laut und schrecklich brüllte, die Mähnen
rüttelte, und sich dem Eingange mit weitgeöff-
neten Rachen gegenüber stellte, als sich der Zug
nahte. Sanguin war mit unter der Menge, er
wollte es recht nahe sehen, wie der Löwe den
Körper des Sclaven zerfleische. Jetzt ward der
Riegel vom Thore weggeschoben, man wollte es
etwas öffnen und den Verurtheilten hinein stossen,
als der Löwe, der diesen Tag noch nicht gefüt-
tert, und scheu durch die Menge des Volkes geworden war, mit Macht gegen das Gitter sprang,
es floh auf, und das grimmige Thier stürzte in
schnellen Sprung heraus. — Alles schrie zugleich
auf, floh entsetzenvoll, und kroch an den Säulenwerk des Hofes in die Höhe, um sich zu retten, der Löwe sprang den Fliehenden nach, Sanguins weit zurückfliehender im Laufe rauschender
Mantel mochte vielleicht seine Augen geblendet
haben, er stürzte dem Prinzen nach, und riß ihn
zu Boden, alles schrie, keines hatte Kraft um
ihm zu Hilfe zu eilen, schon hatte der Löwe die
Kleider des Prinzen gefaßt, riß sie ihm vom Leibe, und war im Begriffe, ihn zu zerfleischen, als
Wendelin auf einmahl Entschlossenheit faßte, einen
der sich verbergenden Wächter die scharfe Lanze
aus der Hand riß, dem Löwen nachstürzte, und
die Lanze ihm in den Leib stieß. — Brüllend
sank das Ungeheuer, wollte sich mit Blut über-

verübt hatte — daher flehte er inbrünſtig um
Erbarmen — bereitete ſich zum nahen Tod, und
ſah mit Schaudern der Stunde entgegen, wo
man ihn zur Marter abhohlen würde.

Sie kam, dieſe fürchterliche Stunde, mit wil⸗
den Jubel ſtürzten ſeine Peiniger ins Gewölbe
und rießen ihn mit ſich fort. Als er mit wanken⸗
den Schritten in den Hof des Pallaſtes anlang⸗
te, da war ſchon alles voll Volk, das ſich ſehn⸗
te, ihn ſterben zu ſehen, er ſah den Pfahl aufge⸗
richtet, aufgeſchürzt die Henker darneben ſtehen,
in deren Mienen teufliſche Freude lachte. Sein
Herz ſchien zu brechen, aber er ſammelte ſich
wieder, und wand den Blick abwärts, damit
er nicht die Werkzeuge ſeiner Marter vor Augen
habe. Jezt entſtand ein lautes Geräuſch, und
Sanguin kam ſelbſt, um ſich an ſeiner Marter
zu weiden. — Die Knechte ergriffen ihn nun,
übertäubten die Betheurung ſeiner Unſchuld mit
wilden Jubelgeſchrey und ſchleppten ihn zum
Pfahle hin. — Halt, halt, ſchrie jezt Sanguin —
ich will ihn nicht ſo lange leiden laſſen, mich ſei⸗
ner erbarmen, ein ſchneller Tod ſoll ihm werden.
Führt ihn zu dem Gitterwerk, wo mein großer
Löwe verſperrt iſt, dieſen werft ihn vor, er wird
ſchnell zerriſſen ſeyn, und mein Löwe ſich dieſer
Koſt freuen. Lautes Beyfallrufen begleitete die⸗
ſe Worte Sanguins.

Wenig geſtärkt durch die Veränderung ſei⸗
nes Urtheils, wankte der bereits halb todte Wen⸗
delin, von den Henkern umgeben, nach dem großen

eisernen Gitter, inner welchen der Löwe Sanguins verwahrt wurde, er sah, wie darinnen das
ungeheure Thier mit starken Schritten auf und
ab eilte, laut und schrecklich brüllte, die Mähnen
rüttelte, und sich dem Eingange mit weitgeöff-
neten Rachen gegenüber stellte, als sich der Zug
nahte. Sanguin war mit unter der Menge, er
wollte es recht nahe sehen, wie der Löwe den
Körper des Sclaven zerfleische. Jetzt ward der
Riegel vom Thore weggeschoben, man wollte es
etwas öffnen und den Verurtheilten hinein stoßen,
als der Löwe, der diesen Tag noch nicht gefüt-
tert, und scheu durch die Menge des Volkes geworden war, mit Macht gegen das Gitter sprang,
es floh auf, und das grimmige Thier stürzte in
schnellen Sprung heraus. — Alles schrie zugleich
auf, floh entsetzenvoll, und kroch an den Säulenwerk des Hofes in die Höhe, um sich zu retten, der Löwe sprang den Fliehenden nach, Sanguins weit zurückfliehender im Laufe rauschender
Mantel mochte vielleicht seine Augen geblendet
haben, er stürzte dem Prinzen nach, und riß ihn
zu Boden, alles schrie, keines hatte Kraft um
ihm zu Hilfe zu eilen, schon hatte der Löwe die
Kleider des Prinzen gefaßt, riß sie ihm vom Leibe, und war im Begriffe, ihn zu zerfleischen, als
Wendelin auf einmahl Entschloffenheit faßte, einen
der sich verbergenden Wächter die scharfe Lanze
aus der Hand riß, dem Löwen nachstürzte, und
die Lanze ihm in den Leib stieß. — Brüllend
sank das Ungeheuer, wollte sich mit Blut über-

häuft, voll Grimm noch emporraffen, aber er war zu gut getroffen, und wälzte sich auf den Boden zurück. Jetzt erst bekam alles Muth und neues Leben, man stürzte herzu, eilte dem ohnmächtigen Sanguin zu Hilfe, und stieß wüthend mit Dolch und Lanze nach dem schon todten Thiere. Sanguin wurde in seine Gemächer gebracht, Wendelin aber mußte im Hofe verweilen, bis seine Wächter von Sanguin erfahren haben würden, ob nun, da der Löwe todt sey, doch der Pfahl sein Leben enden solle.

Sobald Sanguin zu sich gebracht worden war, forschte er, ob der Sclave noch lebe, man bedeutete ihm, daß man seines weitern Befehles harre, und er geboth sogleich, ihn nach einem reinlichen Gemache zu bringen und mit Speise und Trank wohl zu stärken.

Nach einigen Stunden, da Sanguins Kräfte größten Theils wiedergekehrt waren, trat der Aufseher der Sclaven in das Gemach, wo Wendelin ruhte, und befahl ihm, zu den Prinzen zu folgen. Sanguin saß auf seinem Ruhebette, als Wendelin herein trat.

Sink hin auf deine Knie, elender Sclave, sprach der Aufseher zu ihm, aber Wendelin beugte seine Kniee nicht, ich beuge sie nur vor Gott und dem Fürsten, der mein Vaterland beherrscht, sprach er, vor Sanguin mögen es die thun, die das Verhängniß seinem Zepter unterwarf.

Alle glaubten diese kühne Rede würde Sanguins Zorn aufs neue entflammen, aber der

Prinz lächelte, und hieß den stolzen Deutschen näher treten. Glaube nicht, sprach er, daß ich nun abermahl Gericht über dich halten werde, du hast mein Leben mir gerettet, ich kann dirs mit nichts beffern vergelten, als wenn ich dir auch das Deinige schenke; dir die Freyheit gebe, hinzuziehen nach deinem Vaterlande, oder wohin ________ nur gelobe mir, meine Provinzen auf ________ meiden. Wendelin wollte antworten, aber die überraschende Freude hatte ihn betäubt, Ich gelobe! ich gelobe, rief er, und Freudenthränen rollten dabey über seine Wangen.

Damit bin ich zufrieden, sprach Sanguin, morgen, wenn du willst, magst du frey abziehen, ich befehle strenge, nicht nur daß man ihn ungehindert abreisen lasse, auch von jetzt an soll man ihm als meinen Lebensretter begegnen.

Alle, die zuvor nach seinem Blute lechzten, drängten sich nun mit zur Freundlichkeit verzogener Miene herzu, und wünschten ihm Glück zur glücklichen That und erhaltenen Belohnung.

Wenn er abzieht, sprach Sanguin abermahl, soll ein Kamehl für ihn bereit stehen, zehn Beutel voll schweren Goldes soll es tragen, deffen er sich nach Willkühr bedienen kann.

Wendelin. Gütiger Prinz, mein Herz dankt dir für deine Lebensrettung, mein Mund blieb stumm im Uebermaaße der Gefühle — jetzt aber, ach jetzt drängt sich ein Wunsch so mächtig in meinen Herzen empor, ach daß ich sprechen, daß ichs wagen dürfte.

Sanguin. Sprich, ich bin geneigt dich zu hören.

Wendelin. Du schenktest mir zehn Beutel Gold — sie sind mein Eigenthum, ich kann damit schalten und walten?

Sanguin. So sprach ich, und wills halten.

Wendelin. Ach das Sclavenjoch ist das härteste, o ich fühlte Jahrelang diese drückende Last, weiß wie's Herz und Seele niederbeugt. — Du bist nun zur Erbarmniß gestimmt, sieh, um für mich Gnade zu erbitten, konnte ich meine Knie nicht beugen vor dir, jetzt aber, jetzt werf ich mich zu deinen Füßen — gewähre mein Flehen. — Ich habe Armuth gelobt, wills halten, nimm deine zehn Beutel Gold — laß jeden für das Lösegeld eines Christensclaven gelten, und schenke mir die Freyheit zehn unglücklicher Menschen.

Sanguin. Du forderst viel.

Einige. Er ist sehr kühn und frech.

Sanguin. Aber auch sehr groß — Wendelin, wie kann in deinem Herzen, das so verwegene Laster an Olensa üben wollte, dieser Wunsch aufkeimen?

Wendelin. Gott da oben ist mein Zeuge, daß ich nicht nach der Liebe deiner Gattinn strebte.

Sanguin (haftig.) Nicht? nicht? o so erkläre mir, wie kamst du in ihre geheimen Gemächer?

Wen=

Wendelin. Du haſt Macht über mich, kannſt mich abermahl ins Gefängniß werfen, mich tödten laſſen — aber ich ſchwöre dir einen theuern Eyd, daß ich es eher erdulden, die größten Martern ertragen werde, als dir anzuzeigen, wie ich bin kam, darüber will und werde ich ſchweigen.

Sanguin (traurig.) Ich will nicht forſchen meiner ſelbſt willen — aber geh, — geh, ich kann deinen Anblick nimmermehr ertragen.

Wendelin. Und meine Bitte?

Sanguin. Du magſt dir zehn Sclaven wählen — dann ziehen elfe frey fort, daher will ich noch einen Beutel Gold dazulegen, damit jeder gleichen Theil zur Wegzehrung habe. —

Wendelin wollte danken. Keinen Dank, keinen Dank, rief Sanguin, ja und wenn du ihn mir leiſten willſt, ſo ſey es der, daß du deine Abreiſe förderſt, und wo möglich, heute noch aus Kairo fortziehſt.

Sanguin winkte, man entfernte ſich, und Wendelin eilte mit trunkenen Herzen in den großen Hof, wo man ihm bald die Sclaven vorführte.

———

Vier und zwanzigstes Kapitel.

Der Richter richtet, straft und lohnet.

Er überblickte da traurig die große Anzahl, hätte so gerne alle mit sich genommen — sein Blick schweifte zweifelnd umher, jeder war des Erbarmens so würdig — o daß jetzt Sanguin meine Empfindung hätte, seufzte er, das Thor des Pallastes würde zu enge für alle die Erlösten, die sich jubelnd auf meinen Wink hinausdräng= ten. Jetzt aber blieb sein Blick auf einen be= jahrten Mann haften, er stand abseits in einen lumpichten Kittel gehüllt, wand mit Vorsatz sein Auge von den forschenden Wendelin, und beugte sich zu zwey Knaben herab, die elend und trau= rig neben ihm standen. Wendelins Herz pochte laut, er nahte sich bebend: sey du der erste den ich erlöse, rief er — sey frey, frey, und verzeih mir, was ich dir übles that.

Du schenkest mir meine Freyheit, rief der Sclave, Gott lohne dirs Wendelin, den ich, bey Gott, auf dieser Welt nicht mehr suchte, über dessen Daseyn ich mich mehr noch wundern wür= de, hätte nicht heute Nacht ein Traum mir al= les erklärt, aber ich kann sie nicht annehmen.

Wendelin. Ach Gottfried, Gottfried von Stellerburg, Vater der von mir gekränkten Jo=

hanne, du verbitterst mir die Wonne, die mein Herz fühlt — ach vergiß meine Verbrechen, und schäme dich nicht, von dem reuenden Verbrecher deine Freyheit anzunehmen.

Gottfried. Nicht darum Wendelin — sieh diese zwey Kinder an, sie folgten mir hierher nach dem Orient, ich sorgte statt ihres Vaters für sie, mit mir wurden sie gefangen und elend, o diese kann ich nicht lassen, lieber ewig Sclave bleiben, als sie im Elende zurück lassen — dieß schwur ich oft — dieß wiederhohle ich ihnen nun — nicht wahr Kinder, wir bleiben bis zum Tod beysammen —

Die Kinder (sich anschmiegend.) Ja Vater Gottfried — ja — wir haben zither unser Brot mit Euch getheilt, wollens auch nun thun.

Wendelin. Die guten Tage sollt Ihr mit ihm theilen, Ihr sollt frey seyn.

Gottfried. Versteh ich dich recht, Wendelin?

Wendelin. Ja Gottfried — nun schenke mir deine Verzeihung.

Gottfried. Mann, der du mein bösester Feind warst, dieser Kuß macht dich zu meinem Freunde, ehmahl verfolgte ich dich, nun will ich deine Rechte im Vaterlande dir vertheidigen helfen — ich verzeihe dir herzlich — auch die Kinder thun es —

Wendelin. Die Kinder? ich that ihnen nichts übles.

Gottfried. O sehr viel — aber du haßt

ihnen wieder ersetzt — es sind Graf Gerards Kinder. —

Wendelin. Allmächtiger Gott!

Gottfried. Sein Blut hört auf über dich um Rache zu schreyen, du hast seine Kinder gerettet — noch mehr Wendelin, auch die Thränen eines unglücklichen Weibes trocknest du durch meine Befreyung, denn ich bin der Gatte Alisens von Malpano geworden.

Wendelin. O jedes deiner Worte erinnert mich an meine ehmahlige Thaten.

Gottfried. Sie sind aus dem Buche des Ewigen vertilgt, du hast gebüßt und bereut, neugebohren tritt der Sünder, der gebüßt hat, vor die Augen des Allmächtigen.

Wendelin erhielt nun eine getreue Erzählung, daß Gottfried, der Alisen Schutz versprochen hatte, nach Jahresfrist ihr Herz rührte, sie ihm ihre Hand reichte, unter der Bedingung, daß er auf Jahreszeit nach dem heiligen Land walle, dort Malpanos Schatten versöhne, dem sie im Leben oft geschworen hatte, nach seinem Tode nie mehr zu ehlichen. Die Kinder wollten nicht von seiner Seite weichen, und wurden daher mit ihm gefangen, schmachteten bereits zwey Jahre mit ihm im Elende.

Wendelin dessen Herz Gottfrieds Worte erschüttert hatten, eilte nun, durch ihn auch getröstet mit den übrigen Sclaven, denen er Freyheit gab, sich zur Reise zu rüsten. Jubelnd um-

gaben sie ihn, schwuren, daheim in seinem Va=
terlande sich wie Brüder um ihn anzunehmen.

Mit den Geschenken Sanguins zogen sie noch
am nähmlichen Tage jauchzend aus Kairo, ein
Diener des Prinzen begleitete sie sicher bis an
einen von Christen bewohnten Ort, wo sie dann
nach Kräften ihre Reise weiter fortsetzten.

Als sie die Küste von Europa betraten,
mit Freudenthränen den vaterländischen Boden
begrüßten, da nahte sich ein alter Mann dem
Zuge, und drängte sich zu Wendelin hin.

Wendelin (ihn erkennend). O lieber Al=
ter, willkommen hier so unvermuthet — sieh, in
den Pilgerrock, den ich dir abkaufte, ward auch
mir Ruhe des Gewissens —

Der Alte. Mein Gebeth half mit.

Wendelin. Tausend Dank dir, aber da
ich dich wieder trefe — o sag, sag wie ward dir
dieß goldene Käpslein, daß ich in dem Kleide
fand?

Der Alte. Mit dem Bilde deiner Priska?

Wendelin (traurig). O auch du kanntest
sie.

Der Alte. Sie gab mirs für dich, damit
du in der Ferne ihrer gedenkest.

Wendelin. O schweig — schweig, als
ich dich sah, war sie längst nicht mehr.

Der Alte. Erinnerst du dich noch des
Knabens, den ich bey mir hatte — heftiges Ge=
fühl drang dich, ihn zu küssen — es war nur
eine Vorstellung der Wonne die deiner harrte.

wenn du tugendhaft rückkehrteſt, auch deiner harrt nun ein zartes Knäblein, ein Kind, das Priska von dir unterm Herzen trug.

Wendelin (zuſammenſtürzend.) Gerechter Gott, ſo ward ich auch Kindesmörder —

Der Alte. Es harrt deiner, ſage ich — Mutter und Kind ſehnen ſich nach dir, denn ſie leben, gerettet durch mich —

Wendelin konnte nicht ſprechen, er zitterte und bebte, er forſchte in den Zügen des Alten, ſchrie laut auf, als deſſen Geſtalt ſich umwandelte, und Adelmann vor ihm ſtand. Jetzt ſtürzte Wendelin zu ſeinen Füßen, aber Adelmann drückte ihm an ſeine Bruſt, er gab ihm den Kuß der Verſöhnung; durch dieſen Kuß, ſprach er, weihe ich dich wieder zum neuen Leben, zum Genuße der Tugend ein.

Lange, lange konnte Wendelin den Gedanken nicht faſſen, daß ſeine Gattinn noch lebe, erſt als ihn Adelmann deſſen oft verſichert hatte, begann neue Furcht ſich ſeiner zu bemächtigen, wie ihm ihre und ihres Vaters Verzeihung werden könne. Adelmann tröſtete ihn, ich habe dir bereits vorgearbeitet, ſprach er — jede deiner guten Thaten machte ich ihnen bekannt — ſie freuten ſich hoch darüber. Vier Jahre hatteſt du in Uebeln gelebt, vier Jahre haſt du geduldet, jetzt ſehnen ſich Vater und Gattinn nach dir, ſie bangten oft für dein Leben, betrauerten dich oft, fördere nun ihre Wonne durch ſchnelle Folge — Laß Gottfrieden mit den Geretteten weiter ziehen, ihr werdet euch wieder sehen, und du folge mir nach Schiffenberg, wo Priska, wo dein Kind dich erwarten.

Wendelin trennte sich nun von Gottfrieden und den übrigen Gefährten, Adelmann wich nicht mehr von seiner Seite, bis sie die Mauern von Schiffenberg vor sich sahen. Jezt mehrte sich Wendelins Aengstlichkeit in jedem Augenblicke, vergebens suchte ihn Adelmann zu trösten, er schritt bebend in die Burg, sein Herz zitterte als er in den Saal trat, er sank auf seine Knie, und halb ohnmächtig zusammen, als Priska und Hubert ihm entgegenstürzten.

In den Armen der zärtlichen Gattinn erwachte er wieder, neben ihn lag der kleine Knabe, und hielt seine Hände fest an sich — Verzeihung, Verzeihung stammelte Wendelin. Priskas Küße hemmten seine Worte, ihre Hände trockneten seine Thränen ab. Hubert schloß ihn mit Inbrunnst wieder an seine Brust.

Schon am andern Tag meldete man einen Zug fremder Männer und Frauen, welche nach der Veste zogen, es war Gottfried und die von Wendelin befreyten Männer. Alise hatte seine Ankunft bereits erfahren, sie zog ihm mit Johannen und deren Gatten von Linsee entgegen, in ihrem Gefolge war der Greis, der von dem gemordeten Pilger ehmahl ernährt worden war, der Vogt mit seinen sieben Knechten, welche Adelmann aus den Wellen rettete, und die zeither bey Ritter Gottfrieden gelebt hatten. Auch Graf

Gerard war aus dem Orient gekehrt, war mit
unter den Fremden. Sie traffen nahe bey Schiffenberg zusammen, und nahmen dahin ihren Zug.
Der alte Graf Hubert ging ihm freundlich entgegen, aber Wendelin deſſen Herz erſt aufzu-
thauen, ſich der Empfindung der Ruhe zu öffnen
begann, ſtand wie vom Donner gerührt, als er
alle dieſe Perſonen erkannte, ſeine Verbrechen
rückten hell vor ſeine Seele, er riß haſtig den
kleinen Knaben an ſich. Ihr kommt abermahl
als meine Ankläger, rief er, erbarmt, erbarmt
Euch des unmündigen Kindes das nun erſt ſeinen Vater wieder bekommen hat.

Gerührt hörten alle ſeine Worte, ſie riefen
ihm einmüthig entgegen, daß ſie ſeine Thaten
vergeſſen haben, ihm gerne und willig verzeihen
— o dann wird es auch der Allmächtige, ſprach
er mit aufwärts gewandtem Blicke, und eine
Stimme erſchall neben ihm. Tröſte dich Wendelin, deine Sünden ſind dir vergeben. Hoch ſtaun-
ten alle, fielen auf ihre Knie, als Adelmann
ſetzt unter ihnen ſichtbar ward, mit hellen Glanz
umgeben; er ſpreitete ſeinen weißen Mantel über
Wendelin aus — Unter dieſem wirſt du ruhig
auf dem Lebenspfade fortwallen, ſprach er —
deine Seele hat ſich zum Guten gewandt, ſie hat
das Böſe in ſeiner Schauerlichkeit kennen gelernt,
und wird ihm nie mehr folgen — Wendelin ich
ſegne dein neues Leben mit Inbrunſt, weihe dich
durch dieſen letzten Kuß — —

Halte ein — halte ein! ſchrie jetzt fürchterſich und wild eine donnernde Stimme, Ketten klirrten, es rauſchte und brauſte. Die Gemäuer der Burg erzitterten, der Boden berſtete, und Walluf's Feuergeſtalt mit Rauch und Schwefel= dampf erfüllt, fuhr empor — er hatte eine bley= erne Rolle in der Hand, und einen glühenden Speer. Dieſen ſtieß er nun grimmig in den Boden; hier will ich rechten und richten, ſprach er — will aufdecken ob Wendelin auch des Er= barmens würdig ſey, ihn ſchnell mit mir in den Feuerpfuhl ſtürzen, wenn ich meine Anſprüche an ihn erproben kann, er hat ſich mir ganz überge= ben, ich kann meine ſo mühſam errungene Beu= te nicht fahren laſſen. Sag an, Wendelin, haſt du jede deiner böſen Thaten mit gleichem Guten vergolten?

Wendelin ſchmiegte ſich bebend an Adelmann, der ihn mit ſeinen Mantel verhüllte.

Adelmann (den Mantel ausſpreitend.) So ſchützt Gott die reuenden Sünder von der Macht Satans — ich bin zu ſeinem Schutzgeiſt beſtimmt, mit mir rechte, über ihn haſt du nicht Macht zu richten.

Walluf (wild.) So ſag an, was ich zu wiſſen fordere (die bleyerne Rolle aufreißend) hier ſind ſeine Thaten aufgezeichnet, und laben mich mit Freude, wenn ich dieſes lange Verzeichniß überblicke. Er hat oft gelobt von Schätzen, die ich ihm zur Verführung gab, fromme Stiftun= gen zu machen, hat er's erfüllt?

Adelmann. Nein, ſo lange er in Laſtern

lebte, that ers nicht, da er reuvoll Armuth ge=
lobte, war ers nicht vermögend; aber er half
mit Mühe und Schweiß in Jerusalem den Tem=
pel bauen, seufzte oft unter der Last die er trug,
die ihn zu Boden drückte, er theilte von seinem
Reisegeld den größten Theil unter die Armen aus.

Walluf. Er hieß mich Gift für Priska und
Gerard mischen, ließ den Pilger morden der die
Stütze dieses Greisen war, und doch wußte er
dieses.

Adelmann. Er rettete die tugendhafte Zita
vom Tode, da er selbst den Tod nicht scheuend
ihr entdeckte daß Gift in ihrem Trank gemengt
sey, den Greisen konnte er auf der Pilgerfahrt
nicht pflegen, und wirds nun um so reichlicher
thun.

Walluf. Also doch eines noch unerfüllt!

Adelmann. Dessen Erfüllung du nicht
mehr hindern wirst.

Walluf. Das wird die Folge lehren —
Er hat das Kloster in Brand gesteckt, Gerarden
und seine Knechte zu morden befohlen.

Adelmann. Dafür hat er Klausen von
Roggenburg, der ihm übles that, aus den Flam=
men errettet, hat die Kinder Gerards dem Elen=
de der Sclaverey entrissen. —

Walluf. Aber den Schwur brach er, das
Kloster nicht zu betreten, Priska nicht vor der
Zeit ihrer Andacht zu sehen.

Adelmann. Eben durch deine List, als du
ihn in Johannes Zelle locktest, war er verhindert

die zweyte Hälfte des Schwurs zu brechen, denn er sah Priska nicht, um so fester hielt er den Schwur, die Liebe der Sultaninn nicht zu verrathen, ließ dadurch den Prinzen Sanguin in Zweifeln, die er aus Liebe gegen Olensa bald tilgen wird, da sein Bekenntniß diese Verbindung zur Unglücklichsten gemacht haben würde. Zehn Knechte wollte er mit Gerarden umbringen lassen, zehn Unglücklichen hat er die Sclavenfesseln abgenommen.

Walluf. Hat er den Tod Malpanos auch ersetzt?

Adelmann. Ja, er ließ ihn tödten, aber dafür hat er den, der ihn mit in den Tod schleppte, jenen Ritter Berndt, der ihm in den Strom stürzte, gerettet — er brachte Reue in die Brust dieses Sünders, dieß war seine schönste That, er hat zugleich die Schwärzeste damit ausgetilgt, die er an seiner Gattinn verübte. Was that er noch?

Walluf. An deiner Brust glänzt hell schimmernd das Sinnbild der Tugend, dieses wollte er dir rauben, dich bethend morden, im Wahne, du seyst sterblich, wie alle die durch ihn fielen.

Adelmann. Vier Jahre nagte Reue und Kummer an seiner Brust, und immer blieb er fest dem Verlangen nach der verstoßenen Tugend getreu.

Walluf. Hat er auch für die Knechte gebüßt, die mit Priska in den Strom stürzten?

Adelmann. Auf dich wär ihr Tod gefal-

len, wenn ich sie nicht gerettet hätte, den er befahl dirs nicht, sie zu tödten —

Walluf. Noch gebe ich meine Forderung
nicht auf, noch habe ich ein Mittel in Händen,
alle deine Mühe zu vereiteln, da wie freut mich
der Gedanke, du stellst den wirklich begangenen
Verbrechen nur erlittene Angst und Gefahr entgegen, aus der du stets ihn rettest, er that wahrhaft übels, auf immer sanken seine Opfer in den
Arm des Todes, er fühlte stets nur dessen schreckliche Ankunft.

Adelmann. Du siegst nicht, eben das was
dir Freude zu machen scheint, soll dir dein eigenes Urtheil fällen, Bösewicht, du forderst mich
auf, auch mit dir zu rechten, du warst es, der
ihn zu Verbrechen verleitete — er ist Mensch und
schwach, du benütztest seine Schwäche — du lei-
tetest ihn in Gefahren, aus denen er nur durch
Verbrechen sich retten konnte — jetzt willst du alle
Schuld auf seinen Nacken wälzen — auf dich fällt
die größte Hälfte davon — Du hast deiner Macht
Grenzen überschritten, daher wuchs meine Gewalt, so wie deine Verbrechen, und ich war zuletzt stark genug zu retten und Euch entgegen zu
handeln, bis jetzt stark genug da du weit mehr
als Wendelin thatst, dein Urtheil zu fällen.

Walluf. Dein Urtheil kann nicht gelten —

Adelmann. So will ich den auffordern,
der Schwächen und Umstände abwiegt, der mag
entscheiden, wem mehr Straffe gebührt von Euch
beyden, dem Verführten oder dem Verführer —

Dem Verführer! dem Verführer! scholl es rechts und links, oben und unten; der Donner rollte laut, ein gräulicher Blitzstrahl schlängelte sich durch die Wölbung des Saals, blendete mit bläulicher Flamme die Augen aller, und schmetterte Wallufen zu Boden; der Abgrund öffnete sich, Feuerflammen sprühten empor, laut mengte sich Wallufs Heulen in des Donners Getöse und er stürzte hinab in die Tiefe, die Mauern der Burg bebten, Rauch erfüllte den Saal von oben bis unten.

Als Besinnung in die Seele der Anwesenden kehrte, denn sie lagen da betäubt und todtenähnlich, da sahen sie keine Spur des gräulichen Anblicks, Adelmann schwebte in lichter Wolke ober ihnen, Rosenduft und schmelzende Harmonie umgab ihn — Gott hat des Büssenden Thränen erwogen, sprach er sanft lächelnd, und dem Reuenden verziehen. — Verziehen! Verziehen schallte es in hundert unsichtbaren Chören nach, schallte noch lange, als Adelmann nicht mehr sichtbar war.

Wendelin genoß seitdem einer stillen Ruhe, Glocke und Stab waren von ihm verschwunden — seine ehmahlige Feinde liebten ihn, seine größten Theils unrechtmäßigen Güter waren von den rächenden Kaiser Heinrich an Andere vertheilt, er forderte sie nicht mehr, lebte von dem was Hubert seiner Tochter in frühern Tagen erspart hatte. Da Heinrich selbst verstorben war, Deutschland lange ohne Kaiser blieb, endlich der gerechte

Lothar die Krone erhielt, störte auch von da aus
niemand seine Ruhe. Zehn Jahre lebte er mit
Priska in Tugend und Redlichkeit, aber ohne
Kinder. Nach zehen Jahren, als bereits Hubert
die Welt verlassen hatte folgte ihm Priska nach.
Wendelin lebte noch für die Welt bis sein Sohn
das zwanzigste Jahr erreicht, und den Ritter-
schlag erhalten hatte. — Da zog er sich in die
Einsamkeit zurück, verbrachte seine Tage in einem frommen Kloster, und fand da einen Freund
bis an sein Ende, den bereuenden Ritter Bernot,
der, aus der Gefangenschaft erlöst, hier einsam
und tugendhaft lebte.

Wendelins Sohn zeichnete sich durch kühne
und biedere Thaten aus, war die Freude seines
alten Vaters, und drückte ihm voll kindlicher
Thränen die Augen zu, prägte sich die weisen Lehren des Vaters tief ein, und blieb stets tugendhaft, ein Muster seiner Nachkommen.

Gegen vierthalbhundert Jahre darnach, als
noch immer ein Zweig von Wendelins Stamm
blühte, suchte einer dieser Nachkommen, den
schon lange die manichfaltigen Sagen von seinem
Urvater nachdenkend gemacht hatten, deren Andenken aber nur mehr halb bey den Söhnen lebte,
in dem geheimen Archive seines Hauses, wichtige
Papiere, und fand von ungefähr in einen Pack
bestaubter Schriften die ganze Geschichte Wendelins von einen frommen Mönche aufgezeichnet.
Er las sie mit Staunen, aber der Glaube an
Wunder hatte damahl schon stark abgenommen,

er berieth sich also mit einigen seiner Freunde, was er von der ganzen Erzählung halten solle, und ihr Urtheil fiel einstimmig dahin aus, daß diese Geschichte wohl aus frommer Absicht mag aufgezeichnet worden seyn, daß dieser Wendelin wahrscheinlich ein großer Sünder war, der bereute und dann tugendhaft lebte. Die Glocke und der Stab sprachen sie, mit der er den guten und bösen Geist wecken und rufen konnte, stellen die Gedanken des Menschen vor, dem es frey steht, dem Guten oder Bösen nachzuhängen, seine Handlungen darnach zu leiten. Anfangs ist dem noch nicht verdorbenen Menschen das Laster schauerlich, daher erschien Walluf, der hier dem Trieb zum Laster vorstellt, anfangs in fürchterlicher Gestalt, legte diese ab, und war endlich zum schönen in Gold gekleideten Jünglinge, je mehr ihm Wendelin anhing, kam auch ohne Glockenruf, so bald ihm der Ritter Freundschaft geschworen, den Willen, Gutes zu wirken, durch Zerbrechung des weißen Stabes verbannt hatte, er kam aber auch wieder schauerlich, als Wendelin bereits zum Guten rückgekehrt war. Dem Urenkel Wendelins behagte diese Auslegung, nur das einzige, sprach er, gefällt mir nicht, daß hier immer das Laster so mächtig, die Tugend als schwach geschildert wird, als ihm aber einer seiner Freunde sagte, daß der Erzähler vermuthlich dieß deswegen that, damit der, der es liest, darauf aufmerksam werde, welchen mächtigen Einfluß das Laster wirklich auf menschliche Herz hat, wann es sich einmahl ergibt, wie schwach da wirklich die Stimme der Tugend wird, wie kühn das Laster kein Mittel scheut, seine Plane auszuführen, da doch die Tugend durch Dulden und Sanftmuth sich aus= zeichnet, schwach ist, um desto herrlichern Lohn zu ernten, zwar viel leidet, aber stets bessern Ge= winn in der Folge hat, daß diese Geschichte ge= wiß manchen lehren wird, behutsamer über sich zu wachen, sich nicht sicher und tugendhaft zu glauben, wenn nichts da ist, das bisher noch zum Bösen gereizt hat, auch vor dem kleinsten Schritte sich zu hüten, der immer größere zur Folge hat, — war er auch mit dieser Antwort zufrieden, gab die Geschichte emsig seinen Nach= kommen zu lesen, und so kam sie bis auf unsere Zeiten, und durch ein Ohngefähr auch in unsere Hände, die wir es nicht für überflüßig hielten sie nachzuschreiben, damit jeder sich darin spieg= le, darüber wohl nachdenke, und dann erst hand= le, wies ihm weise dünket.